W0222769

JEAN PAUL *Ideen-Gewimmel*

DIE

ANDERE BIBLIOTHEK

Herausgegeben

von Hans Magnus

Enzensberger

JEAN PAUL

IDEEN-GEWIMMEL

Texte & Aufzeichnungen aus dem unveröffentlichten Nachlaß

herausgegeben von Thomas Wirtz und Kurt Wölfel

Eichborn Verlag
Frankfurt am Main
1996

© Vito von Eichborn GmbH & Co. Verlag KG,
Frankfurt am Main, 1996

»Wenn ich könnte, so möcht' ich, was noch kein Autor konnte und kann, alle meine Gedanken nach dem Tode der Welt gegeben wissen: kein Einfall sollte untergehen.«

Jean Paul, *Vita-Buch* 1809

»Alles können Sie nicht haben.«

Bertolt Brecht, *Badener Lehrstück vom Einverständnis*

Inhaltsverzeichnis

*

Schatzkammer, Kuriositätenkabinett, Trödelmarkt

Einladung zum Spaziergang durch Jean Pauls nachgelassene Aufzeichnungen

In Bayreuth, wo er seit 1804 gelebt hatte, trug man Johann Paul Friedrich Richter, der am 14. November 1825 zweiundsechzigjährig gestorben war, als einen der Großen unserer klassischen Literaturepoche zu Grabe. Unter dem Schriftstellernamen Jean Paul war er als Verfasser des *Hesperus* 1795 zu dem Ruhm gelangt, den er, »der arme Teufel in Hof«, wie Goethe ihn gönnerhaft und abschätzig in einem Brief an Schiller nannte, so dringlich gesucht und so bitter nötig hatte, um aus der Enge der Welt und der materiellen Misere seines bisherigen Lebens herauszukommen. Nun wurde ihm jene eigentümliche und historisch neuartige Form von liebender Verehrung zuteil, die das Wort *Lesergemeinde* andeutet: eine Mischung aus der säkularisierten geschöpflichen Liebe zum Schöpfer und den Projektionen einer erotisierten Phantasie, die sich in der willkürlichen Verwechslung des Romanautors mit seinen Romanfiguren erging.

Sein Ruhm überlebte den Autor die Jahrzehnte des »Vormärz« hindurch und kam um die Jahrhundertmitte zu einem beinahe jähen Ende. Jean Paul wurde zu einer abseitigen Gestalt, für die nur wenige Sinn hatten — ein Schicksal, das er mit Hölderlin und Kleist teilte und das sich in der philologischen Betreuung der Werke dieser Autoren spiegelte; denn erst im 20. Jahrhundert wurden sie der Ehre einer sogenannten »historisch-kritischen Ausgabe« gewürdigt.

Auch im Schicksal seines literarischen Nachlasses schlug sich nieder, daß Jean Paul ein Fremdling für das Lesepublikum geworden war. Schon ein Jahr nach seinem Tode hatte der Freund und Nachlaßverwalter Christian Otto mit der

Veröffentlichung der Sammlung *Wahrheit aus Jean Paul's Leben* begonnen und 1827 *Selina oder über die Unsterblichkeit* herausgegeben, die Jean Paul zwar unabgeschlossen, aber doch fast druckfertig hinterlassen hatte. Ernst Förster, der sein Schwiegersohn geworden war, setzte nach Ottos Tod die Sammlung der *Wahrheit* (bis 1834 acht Bändchen) fort, schloß an die Ausgabe der *Sämmtlichen Werke,* die seit 1826 erschien, fünf Nachlaßbände (1836–38) an und gab unter dem Titel *Der Papierdrache. Jean Paul's letztes Werk* 1845 noch einmal eine größere Sammlung von nachgelassenen Schriften und Texten heraus. Dann aber war die Zeit für solche Editionen vorbei, und in der Folge tauchten nur noch vereinzelt Abdrucke aus dem Nachlaß in Zeitungen, Journalen, Sammelwerken etc. auf.

Der materiale Bestand des Nachlasses selbst verblieb zunächst im Besitz der Familie, kam später in die Obhut des neugegründeten Germanischen Museums in Nürnberg, das ihn einige Jahre aufbewahrte und dann »aus Platzmangel« zurückgab. Über die Bayerische Staatsbibliothek in München, die den Kauf aber ablehnte, kam er 1888 in die Berliner Preußische Staatsbibliothek, die ihn für 1000 Taler erwarb. Dort begann in den ersten Jahrzehnten unseres Jahrhunderts Eduard Berend, der Initiator und erste Editor einer historisch-kritischen Ausgabe von Jean Pauls *Sämtlichen Werken,* seine Erschließung. Berend gab in einer II. Abteilung der *Sämtlichen Werke* von 1929 bis 1936 fünf Nachlaßbände heraus, die die bereits ausgearbeiteten, aber zu Lebzeiten des Autors unveröffentlicht gebliebenen Schriften enthielten. Als er 1938 seine Arbeit wegen »rassischer Unzulänglichkeit« (Berend über Berend) nicht mehr fortsetzen durfte und aus Deutschland fliehen mußte, markierte das über ein halbes Jahrhundert hin das Ende aller weiteren Nachlaßeditionen. Dieser selbst wurde in den Kriegsjahren ausgelagert und galt nach 1945 als verschollen. Dann tauchte er in Moskau wieder auf und wurde 1958 von den Russen an die Berliner Staatsbibliothek (damals »Ost«) zurückgegeben, die ihn heute aufbewahrt. Ende der achtziger Jahre wurde die philologische Arbeit an der Herausgabe weiterer Texte des Nachlasses wiederaufgenommen; ab 1995 sollen im Verlag Hermann Böhlaus Nachfolger Weimar sechs Bände erscheinen und die Nachlaßedition abschließen.

*

Vielschreiber ist in unserer Sprache ein höchst abschätziges Wort; um es zu vermeiden, mag Jean Paul deshalb ein gewaltiger Schreiber genannt werden (davon wird im folgenden noch die Rede sein). Die von ihm zu seinen Lebzeiten veröffentlichten Arbeiten — Romane, Satiren, Idyllen und andere Erzählwerke, Schriften zur Ästhetik, Philosophie, Pädagogik, Politik und Sprache — machen eine beträchtliche Summe von Druckseiten aus. Aber die Masse dessen, was sein literarischer Nachlaß an ungedruckten Texten enthält, ist von vergleichbarer Beträchtlichkeit. Berend hat sie auf circa vierzigtausend Seiten geschätzt. Es sind Texte verschiedenster Art: die schon erwähnten ausgearbeiteten, aber bei Jean Pauls Tod meist noch unfertigen Schriften; Vorarbeiten zu zahlreichen der zu Lebzeiten publizierten Werke, insbesondere zu den großen Romanen; Entwürfe und Notizen für Werke, die er schreiben wollte, aber nie geschrieben hat; Exzerpte aus vielen Büchern; endlich auch eine Art von Vor-Arbeiten, deren Beschaffenheit sie als Spezifikum Jean Pauls ausweist: sie beziehen sich nicht auf bestimmte, in Arbeit befindliche oder geplante Bücher, sondern auf das — künftige — Büchermachen insgesamt und überhaupt; da es eine Grenzlinie zwischen Aufzeichnungen, die auf ihre literarische Verwertung hin gemacht wurden, und solchen »rein privater Natur« bei Jean Paul nicht gibt, lassen sich auch Tagebuch- und sonstige persönliche Notizen in den Kreis dieser Vor-Arbeiten einbeziehen. Er hat sie alle in Heften und Konvoluten gesammelt, denen er unterschiedliche Überschriften gab, und sie jeweils, wenn auch nicht durchgängig, mit einem Jahresdatum markiert, das den Beginn der Eintragungen festhält. Die Namen solcher Hefte lauten u.a.: *Dichtungen, Einfälle, Bausteine, Untersuchungen, Gedanken, Bemerkungen, Merkblätter.* Zusammengenommen bilden sie für Jean Paul einen riesigen Vorratsraum, für den Leser eine literarische Schatzkammer, die freilich mitunter auch etwas von einem Kuriosenkabinett, wenn nicht gar von einem Trödelmarkt, an sich hat. Seit 1778, also als Fünfzehnjähriger, begann Jean Paul, diese Kammer zu füllen, und erst mit seinem Tode endete der Prozeß unermüdlicher und unersättlicher Verwandlung seiner selbst in Schrift.

Die Texte, die das vorliegende Buch enthält, sind daraus genommen.

*

Als Erzähler der *Geschichte vom braven Kasperl und dem schönen Annerl* hat Clemens Brentano, Sohn eines Frankfurter Großkaufmanns, die Skrupel bekannt, die ihn plagten, weil er das Dichten zum »Erwerbszweig« gemacht habe. Er läßt die Großmutter fragen, was sein »Handwerk« sei, und sich damit in Verlegenheit bringen: Es sei wunderbar, meint er, daß ein Deutscher sich immer ein wenig schäme zu sagen, er sei ein Schriftsteller. »Eine gewisse innere Scham hält uns zurück, ein Gefühl, welches jeden befällt, der mit freien und geistigen Gütern, mit unmittelbaren Geschenken des Himmels Handel treibt.« So antwortet er schließlich, er sei »ein Schreiber«, woraus die Großmutter dann »ein Mann von der Feder« macht.

Mit diesen Namen hätte sich Jean Paul ohne Vorbehalt auch bezeichnen lassen; und liest man — in den Werken oder den Aufzeichnungen des Nachlasses — die vielen und vielfältigen Erwähnungen von Studierstube und Schreibtisch, Federn und Federschneiden, Tinte und ihrer Zubereitung, Güte und Haltbarkeit, Papier und allen sonstigen Artikeln und Umständen der täglichen Schreibarbeit, dann liegt es auch nicht fern, von deren Handwerklichkeit zu sprechen.

Alles andere in Brentanos Sätzen hätte Jean Paul eher befremdlich angemutet. Zwar ist auch er, in Brentanos Worten, »ein Dichter von Profession, der es nicht nur nebenher ist«, und in der Tat ist er auch »aus dem Schulgarten nach dem Parnaß entlaufen«, um dort mit so konsequenter Ausschließlichkeit Berufsschriftsteller zu bleiben, wie sie zu seiner Zeit noch selten war. Aber nicht einen Augenblick hat er »Scham« darüber empfunden. Es mag damit zu tun haben, daß *er* der Sohn eines Pfarrers war, welchem Berufszweig nicht nur mit den »Geschenken des Himmels«, sondern gar mit diesem selbst Handel zu treiben oblag. Und mochte er auch dem theologischen Studium entlaufen sein, so verstand er seine Schriftstellerei doch als eine Art von Nachfolge des väterlichen Berufs: »Denn ein Autor ist der Stadtpfarrer des Universums«, der »im Musentempel den Gottesdienst« hält. Die Sakristei und seine Studierstube, die Kanzel und den Preßbengel rückte er wohlgemut nebeneinander und betrachtete die Betreuung der Seelen, vor allem der trostbedürftigen, als seine schriftstellerische Aufgabe, wie es die pastorale seines Vaters war.

Wenn aber hinsichtlich des Schriftstellerberufs seine eigene Zweifelsfreiheit den Zweifeln Brentanos entgegensteht, so läuft dessen Vorstellung vom Geschäft des Schreibens, d.h. vom Zustandekommen des poetischen Werkes, quer zu allem, was Jean Paul über sein Produzieren hätte sagen können. Es mochte dem Lyriker und *improvvisatore* Brentano angemessen sein, seine Gedichte als »unmittelbare Geschenke des Himmels« zu bezeichnen. Der Prosaist Jean Paul blickte da auf ganz andere Erfahrungen. Jene Art von Inspiration, die man früher »Kuß der Muse« nannte, gehörte nicht zu seiner Poetenausrüstung; und hätte er auch sein dichterisches Vermögen und die daraus hervorgehenden Werke als Himmelsgeschenke gern und dankbar erkennen wollen, so wäre es ihm doch unmöglich gewesen, sie darüber hinaus als »unmittelbar« gegeben anzuerkennen. Nie lag, mit einem inspirierenden Einfall, das Ganze eines Werks auch nur umrißhaft in seinem Kopf. Seine Bücher entstanden aus einer unabsehbaren Fülle von Einfällen, die sich ansammelten, ergänzten, revidierten oder einander aufhoben. Er produzierte sozusagen unter nachparadiesischen Bedingungen, lustvoll zwar, aber doch, wenn auch nicht im Schweiße seines Angesichts, als Schrift- und Schreibarbeiter; und statt Unmittelbarkeit diktierte das Prinzip sorgfältiger Organisation diese Arbeit.

Das ist ein Begriff, der von Brentanos romantisierender Rede meilenweit absteht; daß und wie er zutrifft, geben die Aufzeichnungen des Nachlasses zu erkennen. In ihnen schließt sich Jean Pauls literarische Werkstatt auf. Es ist zwar ein Ein-Mann-Betrieb, aber der Produktionsprozeß ist darin so arbeitsteilig organisiert, daß man statt von einem »Betrieb« gut und gern von einem ausgedehnten und verzweigten »Unternehmen« im heutigen industriellen Wortsinn sprechen könnte. Der Unternehmer-Autor hat nicht nur die eine zentrale Produktionsstätte unter seiner Direktion, aus der, auf den Blättern, die für den Drucker bestimmt sind, das fertige Produkt Buch hervorgeht, sondern auch eine ganze Reihe von Zulieferungsbetrieben, von denen das Material und die Teile aufbereitet werden, aus und mit denen das Produkt zusammengebaut wird. In den abertausend Aufzeichnungen der Hefte des Nachlasses, die wir oben als Vor-Arbeiten gekennzeichnet haben, hat man solches Zulieferungsmaterial vor sich.

Eines der Themen, deren Jean Paul nie müde wird, ist Autorschaft und alles, was damit zusammenhängt, vor allem die eigene. (Will er eine seiner Romanfiguren vorzüglich auszeichnen, macht er sie zum Autor eines seiner eigenen Werke.) Einen Grund dafür verrät das Bekenntnis: »Oft weiß ich kaum, was ich eigentlich aus mir machen soll als Bücher« (Nr. 469 dieses Bandes). Er wußte es von früher Jugend an bis ans Lebensende nicht; und wenn ein anderer seinen Beruf hat und ausübt, um damit sein Leben zu fristen, so kehrt sich bei ihm ein solches Mittel-Zweck-Verhältnis geradezu um. Seine Existenz erfüllt sich in der unaufhörlichen Verschriftlichung seiner selbst. Alles verschwindet ihm hinter diesem einzigen Geschäft, sich und die Welt mit Tinte aufs Papier zu bringen. So viele Sätze, so viele Lebensbekundungen, ja -rettungen: in der Schrift festgehaltenes, dem Vergessen und Vergehen entzogenes Dasein. Vergessensvermeidungsstrategien sind ein vielfach wiederkehrendes Thema der Nachlaß-Aufzeichnungen.

*

Jean Pauls Arbeit am Büchermachen nimmt ihren Anfang bereits dort, wo er eigentlich noch auf der anderen Seite der Autorschaft, auf der des Lesers, steht. Zum Nachlaß gehören Tausende von wohlgeordneten und durch Register zugänglich gemachte Exzerpte, mit deren Sammlung er als Fünfzehnjähriger begonnen hatte, um sie im Verlaufe eines halben Jahrhunderts zu einem Magazin enzyklopädischen Wissens anwachsen zu lassen. Daraus bezieht er Stoff für das eigene Bücherschreiben, wobei das aufgeschriebene Gelesene allerdings nicht umstandslos, als bloß Abgeschriebenes, von den fremden Büchern in die eigenen übergeht. Es wird einem Verarbeitungsprozeß unterworfen, vor allem einem von solcher Art, wo der — in der *Vorschule der Ästhetik* ausführlich erörterte — »Witz« den Lesestoff ergreift, aufsaugt und verzehrt, nämlich in Metaphern, Allegorien, Vergleiche verwandelt, aus denen sich seine satirisch-humoristische Schreibart vornehmlich speist.

Die *Einfälle* betitelten Nachlaß-Hefte sind zum Gutteil Plantagen des Witzes und Sammelstellen der anfallenden Früchte; oder in einem Bild, das weniger organologisch, aber zutreffender sein mag: Sie sind der Fabrikationsort für die witzigen Produkte; denn etwas Maschinelles haftet der Mechanik des witzigen Hervorbringens unverkennbar an.

Wenn Jean Paul später, auf das satirische Frühwerk zurückblickend, seine damalige Schriftstellerei eine »Essigfabrik« nennt, dann haben beide Teile dieses Kompositums ihre Berechtigung.

Auf eine knappe Formel gebracht, ist das witzige Verfahren eine vom Verstand betriebene Kombinatorik, mit welcher semantisch abständige Begriffe einander so nahe gebracht werden, daß sie sich als Verwandte, wenn nicht als identisch auszugeben vermögen. Jean Paul hat dieser Verstandesoperation in der Folge eine höhere Vernunft zugesprochen (»Die Kraft zu kombinieren und Aehnlichkeit zu finden wächst bei mir so, daß ich zuletzt gar keine Unähnlichkeit mehr kenne, sondern wie ein Gott alles ähnlich sehe.« Nr. 428); aber für das witzige Verfahren, das sich in den ersten Heften der *Einfälle* (ab 1780) ausprobiert, gilt eher, was Vladimir Nabokov den Dichter Shade in *Pale Fire* sagen läßt: »Man kann die Worte einspannen wie Zirkusflöhe und sie andere Flöhe hin- und herkarren lassen«. Diese witzige Kombinatorik zeigt sich da verselbständigt und formalisiert, gleichgültig gegenüber einem verbindlichen Sinngehalt der zustandekommenden Aussage. Eine Notiz, die bei Lichtenberg eine Parallele findet, ist bezeichnend: Wo dieser von einer »Milchstraße von Einfällen« schreibt, setzt Jean Paul »Milchstrasse von glänzenden Pointen« (Nr. 1513). Es kommt ihm nicht darauf an, was durch den Einfall als Aufschluß und Einsicht zutage tritt, sondern auf das formale Element der Pointierung, der zugespitzten Rede. So erscheint dann manche Seite der *Einfälle* als ein Exerzierfeld, auf welchem die rekrutierten Wort-Dinge einem Kommando folgen müssen, das sie zum uniformen Marschieren neben immer anderen Mitmarschierern anhält.

Auch das ist an den Notaten dieser schriftstellerischen Anfänge erkennbar: daß die witzige Manier zunächst eine aus der Not geborene Tugend ist. Der Name dieser Not ist: Armut des Lebens, Enge des Welterfahrungsraumes. Wenn der Hofer Gymnasiast und spätere Leipziger Student die eine

Seite seiner Vergleichskomponenten aus den Stoffen seiner Lektüre bezieht, so wendet er sie auf der anderen Seite auf das dürftige Erfahrungsmaterial an, das dem phänomenalen Bestand der ihm zugänglichen Lebenswelt zugehört; und dieser Bestand ist so beschränkt wie er selbst in der bitteren Armut seiner Lebensumstände. So eingeschnürt und gefangen ist er darin, daß er (noch!) nicht auf den Gedanken kommt, sich selbst und die eigene Lebensmisere mit ihrem schreienden Kontrast von innerem Reichtum und äußerem Elend zum Quell und Thema seines Schreibens zu machen. Statt dessen sucht er für seine geistige Überlegenheit einen Ausweg und ein Betätigungsfeld in jenen witzigen Formalismen, mit denen er das sprachliche Äquivalent seiner satirischen »Vernichtungs-«Aktionen zur Verfügung hat.

Erst die folgenden Hefte der *Einfälle* zeigen dann, wie die Semantik des Witzes sich entformalisiert, wie Jean Paul auch vom »unbildlichen« oder »Reflexions-Witz« zum »bildlichen Witz« — so die *Vorschule* — gelangt und sich ihm der Weg erschließt aus der rein satirischen in die poetische Schreibweise. Symptomatisch ist es, daß ab 1790 zu den *Einfällen* die *Dichtungen* überschriebene, neue Sorte von Heften hinzutritt, Mit-Wegbereiter und dann Begleiter der Romane, in denen und mit denen er zum »Jean Paul« wird und zum literarischen Ruhm gelangt.

*

Wenn große Geister sich aneinander reiben, müssen nicht immer Funken sprühen. Unsere Verwunderung über die Dürftigkeit ihres wechselseitigen Erkennens und die Achtlosigkeit ihres Verkennens ist verständlich, aber Folge einer perspektivischen Verschiebung. Wir haben gelernt, sie als Regenten ihres je eigenen Reiches zu würdigen; aber *sie* waren sich vor allem fern, so antipodisch fremd, wie man einander wohl nur in der Scheingemeinsamkeit von Zeitgenossenschaft sein oder werden kann. In solcher Fremdheit ist dann nicht einmal der böse Blick produktiv, denn er setzt nicht nur Abneigung, sondern auch eine gewisse Nähe voraus.

So sind die Aufzeichnungen Jean Pauls über Goethe, die man in diesem Band lesen kann, im besten Falle amüsant, aber mit einer dringlichen, eindringlichen Bemühung um Einsicht und Verstehen haben sie wenig zu tun. Und mit Goethes Urteilen über Jean Paul ist es kaum anders, eher schlimmer bestellt. Sehen wir von der bemühten Freundlichkeit ab, die er in den *Noten und Abhandlungen zum Divan* zeigt, als ihn das Interesse an der Aneignung einer fernen — orientalischen — Geisteswelt aufmerksam werden ließ für eine Eigenartigkeit Jean Pauls, die ihn zuvor wohl eher ärgerlich anmutete; blicken wir auf die Urteile aus der Zeit, in der beide sich persönlich bekannt wurden, dann ist unverkennbar, wie Goethe, nach kurz erregtem, bald versiegendem Interesse, sich über den Neuankömmling auf dem deutschen Parnaß zu verständigen, sich damit bescheidet, sein abschätzig einsortierendes Urteil definitiv zu fällen. Er schießt aus seiner Bastion des Weimarer Klassizismus volle Breitseiten auf den Repräsentanten eines verkehrten Geschmacks, der sich anmaßend zur Geltung bringen will: »Ein Chinese in Rom«, wie er in mittelmäßigen Versen spottet; oder in einem Distichon, das ihm so holprig geriet, daß es aus den zum Druck bestimmten Xenien ausgeschieden wurde: ein »Richter in Hof«, der, talentvoll und halbgebildet, seine Leserschaft ergötzt, und gegen den Goethe einen bedauerlicherweise nicht existenten »Richter in London — was wär' er geworden« ausspielt. Es sind Urteile, die eine große Nähe zu den Platitüden verraten, mit denen der Getadelte auch von den Berliner Rationalisten Nicolai und Merkel traktiert wurde, in denen die Weimarer Klassiker sonst den Inbegriff ästhetischer Zurückgebliebenheit und intellektueller Nichtigkeit sahen.

Für das goetheanische Bildungsbürgertum des 19. Jahrhunderts waren solche Urteile wirkmächtig genug; für das heutige literaturkritische Urteil sind sie Schnee von gestern. Überdauert hat hingegen, beinahe kanonisch geworden, was Goethe über die postume Sammlung *Wahrheit aus Jean Paul's Leben* zu Eckermann sagte: »Als ob die Wahrheit aus dem Leben eines solchen Mannes etwas anderes sein könnte, als daß der Autor ein Philister gewesen!«

Über die in jener Sammlung enthaltene *Selberlebensbeschreibung* sagt der Satz (außer dem, daß der Urteilende sie offenbar nicht gelesen hat) etwa so viel aus wie das Urteil, *Dichtung und Wahrheit* bringe zutage, daß der Autor ein Geheimrat und Fürstenknecht gewesen sei, wie die Jungdeutschen ihn insultierten; und Jean Paul selbst hatte bei der Konzeption seiner Autobiographie alles andere im Kopf, als die »Fakten des Lebens«, von denen Goethe sprach, zu erzählen. Eine Notiz (Nr. 138) hält die Differenz fest: »Mein Leben kann nur ich beschreiben, weil ich das Innere gebe; das von Göthe hätte ein Nebenherläufer beobachten und also mittheilen können.« (Was freilich auch ein Mißverständnis sogenannter goethescher »Objektivität« ist.) Im übrigen aber rennt das Philisterverdikt bei ihm offene Türen ein. Sich als bürgerliche Existenz preiszugeben, ja ins Wesenlose zu verweisen, ist er auf eine Art bereit, die schlechthin entwaffnend ist: »Wenn ihr wüßtet, wie wenig ich nach J.P.F. Richter frage; ein unbedeutender Wicht; aber ich wohne darin, im Wicht« (Nr. 359). Von »J.P.F. Richter« ist in dem Satz die Rede, nicht von Jean Paul. Er reißt sie auseinander und weigert sich, ihre Identität zu akzeptieren. Das »Ich« des Satzes, das in dem einen wohnt und in dem anderen sich schreibend vergegenständlicht, weiß sich *in* und bekennt sich *zu* der duplexen Einheit, die es zu sein nicht umhin kann, und die es reflektiert hat in dem vielköpfigen und einsinnig-polaren Personal, das die Erzählwerke bevölkert: herausgesponnen und wiederum zu »Ichs« verselbständigt von diesem Zentral-Ich, das sich ihnen gegenüber als der eine »Jean Paul« ausgibt, und dem doch stets im Bewußtsein bleibt, selbst auch ein »Doppeltgänger« und siamesischer

Zwilling zu sein wie die Brüder »Mensch« im *Komischen Anhang zum Titan*.

In seiner Wichtel-Männlichkeit stellen die Aufzeichnungen aus dem Nachlaß den Schreiber ausgiebig vor, aber kaum eine geht darin auf — oder findet doch in einer folgenden ihre Einholung durch »das helle Bewußtsein des Ich«. Gelegentlich werden sie zu einer Registratur des Alltagsweltlich-Allernächsten, des ganz und gar Kontingenten und der Trivialität des Kleinstadtlebens, das er verachtet und mitlebt, des Haus-, Ehe- und Pantoffellebens, das ihm tagtäglich auf den Leib rückt — und oft genug dieser Leib selber ist. Es ist kaum vorstellbar, daß Goethe so dem Niesen seine Aufmerksamkeit hätte zukehren mögen, gar noch der »Kunst und Notwendigkeit des Niesens« (Nr. 528). Jean Paul hingegen verfolgt das Thema interessiert, bis er — wo sollte er anders hingeraten? — bei der Feststellung angelangt ist: »Kein Mensch hat es noch in Druk bemerkt, daß es ein Vergnügen ist, zu niesen« (Nr. 517). Wenigstens eine Vorarbeit dazu hatte er selbst allerdings bereits geleistet: »Niesete er, so sagte er: ›Helf dir Gott, Wutz!‹«, kann man im *Leben des vergnügten Schulmeisterleins* lesen. Für Erkundungsreisen solcher Art bieten die Aufzeichnungen dieses Bandes Kompaß und sonstige Handreichung.

*

Der übliche Weg zur Lektüre eines Buches führt über die Lektüre anderer Bücher; wir lesen es, weil wir andere, die Wegweiser zu ihm wurden, gelesen haben. Wenn es sich aber um lesenswerte Bücher handelt, bleibt ein solcher Lektüreweg selten eine Einbahnstraße: Das neue Buch bekundet seine Erkenntlichkeit für die ihm zugute gekommene Interessenszuleitung, indem es den Leser auch wieder zurückführt zu den Büchern, von denen er herkam. Im Fall des vorliegenden Buches liegt es nahe anzunehmen, daß die Wegweiser zu diesen Aufzeichnungen aus Jean Pauls Nachlaß dessen

»Werke« gewesen sind; und so mag der Gang von den einen zu den anderen zwecks Erkundung des Kommerzes, der zwischen ihnen besteht, im ganzen wie im einzelnen eine belehrende Vergnügung des Verstandes und Witzes sein.

Jean Pauls letzter Roman *Der Komet oder Nikolaus Marggraf*, 1820/22, hat einen Helden, der zwar auf einen bürgerlichen Namen hört und den Beruf eines Apothekers ausübt, daneben oder darüber hinaus aber Grund zu dem Glauben zu haben meint, er sei der natürliche Sohn eines ihm freilich noch unbekannten Fürsten. Dieses Arrangement versetzt den Erzähler in die Lage, Nikolaus Marggraf betreiben zu lassen, was er die Helden seiner Geschichten mit Vorliebe betreiben läßt: sich aus der Gegenwart des bloß Vorhandenen und Bedingten hinüber in eine Zukunft zu imaginieren, in welcher ihren Wunschbilderentwürfen keine Schranken gesetzt sind: »Wenn er wüßte, was für Himmelfahrten ich mir jetzo im höchsten Grade lebhaft denke, ein ganz himmlisches Leben für uns beide, welchem gegenwärtig nichts fehlt, als daß es noch nicht da ist.«

Marggraf stellt sich vor, er sei endlich Fürstensohn und selber Fürst geworden und feiere — was sollte es sonst Schöneres im fürstlichen Leben geben? — seine Hochzeit mit der schönsten Prinzessin. Nach dem hohen Beilager kommen dann die diversen Hoffeste, darunter die obligate Bauernwirtschaft, in welcher sich der Hofstaat in lauter Bauernvolk verwandelt und bäuerlich vergnügt ist. Dann aber korrigiert Marggraf den eingeschlagenen Phantasieweg: Warum sollte der Hof durchaus eine Bauern-, warum nicht eine Apothekerwirtschaft veranstalten? »Stell' er sich vor«, sagte er zu seinem Gehilfen, dem Stößer, »›stell' er sich vor, ich stellte als Fürst einen Apotheker vor, die Fürstin meine Frau, und Er (denn Er bleibt bei mir) einen Stößer! Gott! Stoß, wenn wir alle dergleichen würden!‹ rief der Apotheker und stellte entzückt sich auf die Füße. ›Goddam!‹ versetzte Stoß, ›jetzo sind wirs schon, freilich nur so im Ernste, aber wenn wirs einmal gar zum Spaße wären, o Ventre saint gris!‹«

In einem Zirkellauf kehrt da die Phantasie aus der antizipierten Zukunft in die Gegenwart zurück, und der Apotheker scheint sich vom Reichtum des Fürstseins herunter in seine dürftige Wirklichkeit zu tauschen wie ein anderer Hans im Glück. Aber der Lauf der Phantasie beschreibt keinen Zirkel, sondern eine Spirale. Die Wirklichkeit ist immer noch, was sie ist, und doch eine andere: nicht mehr Not und Gebundenheit, sondern Freiheit und Spiel. Könnte einer, was er im Ernst ist, im Spaß sein, es wäre Lust statt Last, zu sein, was er ist. Man könnte es eine jeanpaulische Fassung des »Reichs der Freiheit« nennen, dessen Utopie der junge Karl Marx entwirft: von Menschen bewohnt, die aus Mitteln fremder Zwecke selbst zum Zweck sich geworden sind, die nicht mehr ihre Arbeit verkaufen, d.h. sich fremder Verfügung anheimstellen müssen, sondern über ihr Arbeiten selbst verfügen und sie als ihre eigenste Vergegenständlichung betreiben.

Eine Aufzeichnung in diesem Buch lautet: »Im Winter arbeit' ich gern nach Zwang; — laßt mir den Frühling frei, damit ich nichts thun und hundert Dinge aufschreiben kann!« (Nr. 390) Gegenwart und Zukunft heißen hier Winter und Frühling, und sie stehen sich gegenüber wie die Welt im Zustand der Prosa und der Poesie. Zwang verweist auf die Brotarbeit in den Journalen, deren Erledigung lästige, aber unbestrittene Pflicht ist, weil für »J.P.F. Richter« samt Familie gesorgt werden muß; Nichtstun ist die luftige Freiheit, in der sich dem vom Lebensernst nicht mehr belasteten »Jean Paul« der Weg zum Schreiben der »hundert Dinge« öffnet. Daß mit ihnen alles beim Alten, nämlich beim Schreiben, bleibt, ist die witzige Pointe des Satzes; daß aber Schreiben nicht gleich Schreiben ist, sondern sich gleichfalls in das »im Ernste« und das »zum Spaße« teilt, gibt dem Witz seine Bedeutsamkeit.

Ob er die Romanhelden von ihren imaginären Lebenserwartungen sprechen läßt oder selber von den Wünschen spricht, die er in der eigenen Lebenswirklichkeit hegt: Der

Gang und die Wege des Gedankens gleichen sich, ist doch derjenige, der die Feder führt, immer der eine Jean Paul, zu dem J.P.F. Richter unaufhaltsam dadurch wird, daß er seine Vergegenständlichung *in der Schrift* betreibt. Und deshalb darf der Satz, mit dem man die Poesie auf ihren Nenner bringen könnte: daß sie uns, was wir sind, freilich im Ernst, für eine Weile zum Spaß sein läßt, auch als Devise für alle anzustrebende Lebenspraxis stehen.

Die in Kleists *Marionettentheater* gestellte menschheitsgeschichtlich-chiliastische Aufgabe: nach der Verriegelung des Paradieses die Reise um die Welt zu machen und zu sehen, »ob es vielleicht von hinten irgendwo wieder offen ist«, bekommt bei Jean Paul den Charakter einer immer wiederholbaren und wiederholten Unternehmung. In einer Art von praktisch betriebenem Chiliasmus gebärdet er sich als Adam, der sich nicht damit abfindet, aus dem Paradies verwiesen zu sein und draußen seinen Ort zu haben. Über die Mauer, die es einschließt, klettert er wieder zurück. Die wachhabenden Engel, die dem notorischen Einbrecher längst mit Sympathie begegnen, werfen ihn zwar umgehend hinaus, aber in der heiteren Erwartung, ihn am nächsten Tag schon wieder vor sich zu haben.

*

Die Herausgeber wünschen dem Leser eine vergnügte Lektüre.

Von der Bücherwelt und ihren Bewohnern

Schreib' alles auf. [1]

Der uns bekannte Autor, seine Schriften und sein Schreiben

Meine Schreiberei [gleicht] dem *Porter;* alle Bierarten vereinigt, die man sonst getrennt bekam. [2]

Bis jetzt hat mich niemand ganz verstanden, nicht einmal der Lobredner. Nur Einen erträglichen Rezensenten kenn' ich — der mehr in die Sache sehen könnte und der vielleicht schreibt —; aber leider ist er der Selbstrezensent. Und ich trau' ihm kaum, geschweige jeder. [3]

Wäre Wutz, Fixlein, Siebenkäs in England heraus gekommen: ich wüßt' ein anderes Schicksal für sie, nicht in England auch Deutschland. [4]

Es wird doch jeder mehr als eine — meine — Aesthetik in der Studierstube haben. Gut, was also meiner fehlt, das ergänz' er sich aus der ersten besten; warum soll ich eine erste beste noch einmal schreiben, da sie ohnehin schon oft genug da ist. [5]

Nur Eine Freude gibts, die während ihres Genusses sich selber festhält für jedes nächste Genießen, die schaffende, wo deine Seele ihre kräftigste Stunde zugleich erschafft, erlebt und darstellet im poetischen Schaffen. Anderer Freuden kannst du dich nur erinnern im matten Nachschein; diese steht immer im vollen Sonnenaufgang wie das erste mal vor dir und vor jedem. [6]

Warum ich nicht im Titan lesen darf.
Es ist noch ein versperrtes Leben in mir; und darum ergreift er mich, weil es heraus will, wenn er anklopft; seit langer Zeit hat sich ein Leben in meiner Brust gesammelt, das

keinen Ausgang hat und an sich selber wächst. Die Geister vieler Jahre haben die stumme Brust bezogen und dürfen nicht reden und drängen sich und hören jedes äußere Wort ⟨werden lebendig⟩. [7]

Nie bin ich ein freierer Mensch, alle inneren Verhältnisse und Kräfte treiben leichter ihre Spiele als nach dem Ende eines Buchs das ich geschrieben. [8]

In meinem Buche steht schlechtes und Gutes, süsses und saures unter einander oder vielmehr blos Gutes: denn was disen nicht gefället, gefället doch ienen, und was sonst niemand gefält, gefält doch mir. [9]

»Einheit«? wenn das Leben keine hat? — Nehmt meine Biographien für die meinige, haltet mich für einen Montaigne, damit ihr mir vergeben könt. [10]

Schreib' alles auf; gerade wenn etwas sich zuträgt, glaubt man es nie zu vergessen, weil die Gegenwart glänzt; aber die nächste thuts auch und dan vergisset man. [11]

— die herrliche Dinte, die ich bei meinem Korrigieren ausstreichen muß. [12]

— gegen das Abstumpfen der Federn bin ich noch nicht abgestumpft. [13]

Wie glücklich ist der Jüngling schon darum, weil er überall Werke findet, die ihn entzücken! — Z.B. mich Voltaire. Später find ich für mich keinen Voltaire mehr. [14]

»Er, mein Nachahmer, hat sich ganz in mich getaucht und riecht nach mir, ich rieche mich schon von weitem, wenn ich ihn sehe.« [15]

Ich strich oft einen ganzen Band aus, damit ich ein Bändchen gäbe. [16]

»Und da les' ich in meinem alten Swift beim Essen und da bin ich so froh als wenn ich froh wäre.« [17]

Bringe wie La Bruyere abgerissne Gedanken unter einzelne Rubriken: so erfreuen sie mehr. [18]

Erst wenn man schreibt, weiß man am besten, was man selbst haben will. [19]

Ob ich gleich nicht weiß, wer unter allen Autoren der Erde die meisten Gleichnisse gemacht, so freuet es mich doch, daß ihn niemand übertrifft als ich. [20]

Meine Empfindung bei meinen Werken, daß alles eilig und wild gemacht sei, indes ich doch alles, bedenkend, mache. [21]

Man müste von sich 2 oder 3 widersprechende Selbstbiographien schreiben, um eine 4te rechte zu machen. [22]

Ich möchte aus allen meinen Romanen 1 grossen Roman machen. [23]

Himmel! wenn ein Autor, z.B. ich auf einmal mit 30 Bänden zuerst vorgetreten wäre! [24]

Da jeder 〈*Wagner**〉 sich solche Anmerkungen exzerpiert und die eigne (Schlechtigkeit) Öde mit fremden Blättern und Früchten bedeckt, und eigentlich nichts zu gewinnen ist bei und durch einen der nachspricht und nachschreibt: so muß man überhaupt nur selbst das Rechte schreiben ohne Rücksicht wozu und für wen ja ohne Hoffnung, ob gleich alles

* Da Jean Paul mehrere Wagner kennt, die Autoren sind, ist schwer zu sagen, wen das unfreundliche Urteil trifft: Ernst Wagner (1769–1812)?

Gute von der ewig bis zum Bessern steigenden Welt erkannt wird — Und wenns nicht wäre, müßte man es doch sagen, so wie denken. Das Schöne muß eine Göttinn sein, ohne ausgestellt zu werden. Was in Einer Menschenseele vollendet ist, kann nicht eine 2te begehren. Götter waren früher als Menschen; das Erkannte früher als das Erkennende, der Himmel eher als die kleine Erde, die aufblickte. [25]

Ich habe unter meinen Leserinnen viel falsche Rechtschreibungen ausgebreitet. [26]

»Wer mich als Autor liebt, erwartet ein Wort, um zu bewundern; wer haßt, eines um fortzuhassen; ich glaube Schweigen befriedigt beide.« [27]

Ich könnte aus meinen Exzerpten Exzerpte geben und nachsetzen: »eben so ist — aber jeder soll das Recht haben, sich aus diesem Faktum ein Gleichnis, ja mehrere zu machen.« [28]

Ich schreibe — und so sollte jeder — über jede Sache, z.B. Erziehung, so, als wenn ich nie mehr ein Wort darüber zu sagen gedächte oder vermöchte. [29]

Ich lese oft ein Buch von mir im Namen *A*'s — dann wieder im Namen *B*'s — jedes mal wird das Buch anders und ich. [30]

Ich im Traum: ich habe mich in 4 Almanache geviertheilt. [31]

Existiert nur einmal ein Werk von mir: so ists mir unendlich gleichgültig, welche geistige Mühe und körperliche Opferung es mir gekostet haben möge; — es erscheint mir dann wie auf Flügeln gekommen und ich hielt blos die Arme unter. [32]

(Bei Gelegenheit der Xantippe) So gefährlich ists, einen Autor zu beleidigen; denn ehe man sichs versieht, ist man verewigt. Ich rathe daher meinem Orestes Fikenscher* allhier, welcher das gelehrte Fürstenthum Bayreuth geschrieben, worin er uns alle bis zu sich herunter eingetragen, meinen Werken überall, auch in der elendesten Literaturzeitung, mit der höchsten Hochachtung zu begegnen und solche trefflich zu finden. Sonst läuft er Gefahr, daß ich ihn verewige und versteinere ⟨einsalze und einbalsamiere⟩ und seinen Kopf als eine ⟨seine⟩ Ibismumie mit langem Klystier-Schnabel zum Besehen aufstelle, so daß er in Bibliotheken neben meinem aufgestellt so lange belacht wird als meiner darin bleibt. Noch ⟨Vor der Hand⟩ schon' ich so wol die Schwäche ⟨komische Mattigkeit⟩ seines Stils als seiner Denkkraft und vertusche sie ⟨halte die Hand darüber⟩. [33]

Das Publikum hat keinen Nutzen davon, daß ich einem Menschen, der mir eine Ohrfeige gegeben, eine oder zwei zurückgebe; indeß muß es doch geschehen. [34]

Ich möchte lieber das bezahlt haben, was ich ausstreiche, als was ich gebe. [35]

Wieder zu Vita; in Rücksicht des *Hesperus.* Dadurch daß ich fast alle schönsten Szenen nie erlebt hatte, kam ich zu sehr ins Lyrische und Weitläufige und wollte ordentlich in der Dichtung die Wirklichkeit genießen. [36]

Die Auszüge aus mir - als wenn man mir den Ringfinger mit dem Ring abhackte und ihn einer Braut darböte als Probe der Hand, die ich ihr zu geben gedächte — oder so daß man für den *Phallus* den *Pollex* halten muß. [37]

— es kostet mehr Zeit, auszuradieren als den Fehler zu schreiben. [38]

* Georg Wolfgang Augustin Fikenscher (1773–1813), Gymnasialprofessor in Bayreuth.

Meine biographischen Bauten stehen da so viele, daß sie ein ganzes Dorf ausmachen; das Dorfschloß ist der Titan — die Kirche der Hesperus — das Schulhaus Fixlein pp. [39]

Über die Zusätze zu meinen alten Romanen. Ihr seid mir lieb, ihr Kinder, in dunstvoller Zeit. Kann ich etwas erweitern an euerer Geschichte: so ists mir lieber als geb ich eine neue. Neuer Thatsachen kann ich nicht genug bekommen; ihre Darstellung gibt mir Jugend zurück; und ich bitte jeden um neue Fakta, der sie liefern kann. Ich habe Seeligkeit genug, wenn ich sie nur darstelle. Kein Schicksal kann mir das Leben wiederholen, das ich hatte, als ich den Hesperus, Siebenkäs pp. schrieb und ich meine Seele zu vielen Seelen und ihre Freuden zu meinen machte. Ach warum ist so manches nur 1 mal auf der Erde! [40]

Ich trage zur deutschen Bildung bei durch die Angewöhnung an schwere Kombinazionen; was auch hier fehle, die Lesers Kraft ist doch erhöht und diese bedarf in der Erhöhung blos ein fremdes Regeln.
Die Register nicht deines Gelesenen, sondern *Gedachten.* [41]

Sehet nur in meinen früheren Werken die Sehnsucht nach, die sich immer mit Ach und O und Siehe ausspricht. [42]

Satirisches Lexikon. — Gnade Gott der Welt, wenn ich einmal ein Vehikel ⟨Fahrzeug⟩ finde, das alles trägt, was ich ihr geben ⟨vorschütten⟩ kann. [43]

Alle meine Schreiberei ist eigentlich innere Selbstbiographie; und alle Dichtwerke sind Selblebenbeschreibungen, denn man kennt und lebt eben kein anderes Leben als das eigne. [44]

Für *Katzenberger.* Zweite, nicht verbesserte, aber vermehrte Auflage. [45]

Titel des großen Werks: J.P. letztes Buch — Nachsommer — Valetbuch — Thorschluß — Amen-Buch — Kehraus, Ultimatum. [46]

Schon der schreibende Dichter unter den handelnden Prosaisten der Welt erscheint unähnlich; aber gar der sprechende ist unter diesen ein neuer Welttheil nicht einmal sondern eine neue Welt; sie haben nur die Wahl, zu verdammen oder zu kanonisieren. [47]

Ich behaupte, keiner der jetzigen Schnellschreiber würde sich in seinem Produkte wiedererkennen, wenn er nur halb die Mühe auf seine wendete als ich auf meine; so vortrefflich würden sie sein. [48]

Ich bin gar nicht wie Buridans Esel zwischen 2 Heubündeln in Rücksicht der Wahl der Arbeiten, die ich geben kann, sondern zwischen 100 Bündeln rund umher. [49]

Schaffen und Bemerken so verschieden. Denn wenn ich nicht mehr arbeiten kann, setz' ich Bemerkungen hin wie eben hier den 22ten Mai diese gerade. [50]

Oft wenn ich eine Satire lade und abschieße: so stellt mir unbewußt der Teufel irrend einen wirklichen Hasen hin, den ich dann treffe: so bin ich ein Freischütz, der zum Fenster hinaus nach Ost schießt und in West hat er seinen Hasen erlegt. [51]

Ein Buch zu schreiben, das auf dem einen Blatte die wizigen, scharfsinnigen Baylischen, Wehkerlinschen* Einwürfe nachmachte — auf dem andern die Wahrheit mit Gefühl. [52]

* Aus Pierre Bayles (1647–1706) *Dictionnaire historique et critique* (1697; dt. Übersetzung 1741–44 von Johann Christoph Gottsched) und Wilhelm Ludwig Wekherlins (1739–1792) Periodika *Chronologen* (1779 bis 81) und *Das graue Ungeheuer* (1784–87) exzerpiert Jean Paul von Anfang der 80er Jahre an.

Ich denke stets, ich mache zu wenig Bilder; und les' ich mich, so denk' ich das Gegentheil; indeß schreib ich nach ersterm fort. [53]

Kein Mensch in der Welt gewinnt durch eine Selbstbiographie; sie also zu schreiben, ist Demuth. [54]

Kurz vor Ende eines Buchs liegt die meiste Unordnung um mich her, weil ich vollenden will — bei Anfang eines Buchs die größte Ordnung weil ich vollendet hatte. [55]

O wie glücklich war ich einst, als ich den Hesperus allein ausarbeiten konnte, ohne nur einen verfluchten Aufsatz für irgend eine Zeitschrift zu machen. Wie glücklich! [56]

Ich lese ungern meine alten Werke; find ich sie besser als meine neuesten, so ärger ich mich über diese — find ich sie schlechter, so über jene. [57]

Mir ist als Autor und fast als Mensch jede neue Erfahrung gleichgültig, weil sie doch im Höchsten zu nichts führt und ich *nach* meinen der Gegenwart abmodellierten Werken nichts suche als Ruhe. [58]

Mein in der Feuer-Dichtungs-Wuth langsames Aufschneiden des Papiers: »sei vernünftig«. [59]

Ich schreibe einen Brief, um in das litterarische Feuer zu kommen. [60]

Jeder Geruch einer Blume stimmt mich auf meinem Schreibtisch poetisch. [61]

Gib Proben wie du manche Sachen in zehnmal mehr Witz zerfällen hättest können. [62]

Noch kein Autor hat so oft »wie« oder »gleich« hingeschrieben als ich. [63]

Nichts stärkt mich mehr zum Schreiben als ein neues Werk von einem Meister — z.B. Göthe — dann les' ich; aber es hilft mir nichts, denn ich höre nicht auf zu lesen. [64]

Von so vielen ächten Karakteren wie Leibgeber, Liane pp. hab' ich nie etwas gesehen in der Wirklichkeit — von manchen sah ich und traf sie — manche sah [ich] und kopierte sie vergeblich, weil ich den organischen Punkt nicht traf. [65]

Ich hasse das Erzählen so sehr, daß ich eine Reise nur stets 1 Menschen recht erzähle. [66]

Wenn ich könnte, so möcht ich was noch kein Autor konnte und kann, alle meine Gedanken nach dem Tode der Welt gegeben wissen; kein Einfall sollte untergehen; aber wie ist dieß bei Reichthum zu machen. [67]

Ich wollte viel lieber mich gelesen als geschrieben haben: wie viel Schmerz und Ermattung hätt ich als bloßer Leser mir ersparen können. [68]

Ein gutes Buch, wie Göthes Leben, stört meinen ganzen Arbeittag. [69]

»Bienen besuchen Lindenblüten noch im Mondschein«. Eine solche Stelle zieht ⟨zog⟩ schon als Metapher ⟨poetische Schönheit⟩, als eine poetische Entzückung in mich ein, ob ich gleich noch nicht wußte, wo sie zu gebrauchen. [70]

Ich halt' es eben für meine Pflicht, nicht zu genießen oder zu erwerben sondern zu schreiben — soviel Zeit es auch koste oder Geld weggehe — ja so viele Freuden, z.B. die Schweiz zu sehen, mir blos das Opfer der Zeit versagt. [71]

Wie ich oft dasitze mit lauter Kraft für Einfälle, Bilder und Sprachfülle; und mir mangelt blos die rechte Form noch, in der allein ich meinem Kunstwerk jene Kraft anwenden darf; — und bei solchem Burid[ans] Esels-Schweben werden blos meine Sammelbücher reicher. [72]

Welche Anstrengung von Stunden erfodert oft eine einzige dramatische Seite oder Äußerung; indeß ein dogmatischer Bogen darin zu schreiben gewesen wäre. [73]

Noch kein Dichter hat die Tage ausführlich dargestellt, die er hat, wenn er so voll Materie aller und bester Art, so viele philosophische und politische Bemerkungen, voll Einfälle, voll Winke für alle Wissenschaften ist, daß er schier platzen möchte, weil er keine Form ausfindig machen kann, in die er alles hineinlaufen ließe. [74]

Nichts nimmt mir mehr Schreibzeit und reißt die Schreibkette öfter entzwei als am Morgen eine große Wetteränderung, ein aufsteigendes Gewitter oder so pp. Ich bezahle meinen Wetterprophetenruhm theuer durch schlechtere Bücher. [75]

Jetzo indem ich zum Aufschreiben einer Bemerkung nach Vita hinlange, hab ich sie vergessen; und nur durch Schreiben hab ich dieses Bemerken des Vergessens nicht vergessen. [76]

Ich weiß freilich nicht alles mehr, was ich geschrieben, aber ich weiß mehr als ich geschrieben. [77]

Es wird mir für meine Werke kaum das gezahlt, was ich durchstreiche, geschweige [was] ich stehen lasse. [78]

Nichts quält mich mehr bei meinem Hineinfahren und Setzen fliegender Gedanken als dieß daß ich immer eine vollbeschriebne Seite finde, folglich aufschneiden und umwenden muß. Gibts größre Martern? Nämlich vorhergesehene? [79]

Daß ich selber die Vielfachheit der Darstellung voraussehe, sichert eben meine Wahrhaftigkeit; denn ich kann herrschen darüber. Das Unwillkürliche ist der höhere Standpunkt, der den Leser findet und von dem als Richterstuhle er mich richtet; ich weiß ihn aber nicht. [80]

Meine Poesie, Witz p. würde man weniger schätzen, wenn man die Mühe kennte — die Philosophie mehr, wenn man die Leichtigkeit und Sorglosigkeit kennte. [81]

Ich belüge hier, sobald ichs thue, vielleicht Jahrtausende nicht unmittelbar sondern mittelbar, weil man Schlüsse zieht und schreibt und diese wieder weiter geschrieben werden und aus diesen wieder Schlüsse gezogen werden. [82]

Wenn ich sage, ich kann jetzt keinen Titan mehr schreiben: so ist nicht Mangel an Kraft, sondern weil ich einen geschrieben und folglich die Ideale des Herzens erschöpft habe. [83]

Ich darf nicht lange sinnen und entsinnen; sonst kommt mir das Exzerpten-Übermaß. [84]

Meine Angst, daß meine Dinte eher bleich werde als ich. [85]

Von anderen Autoren und Werken

Die Dichter müssen nicht zu viele Dichter lesen. [86]

Das Final-»Ach« in Kleists Amphitryon würde zu viel bedeuten, wenn es nicht auch zu *vielerlei* bedeutete. [87]

Ich wette, Göthe erräth selber noch an seinem Mährchen herum; und findet immer Sinn, wie jeder von uns. [88]

Über Novalis — und Schlegel; beide konnten nie ein Kunstwerk liefern, nur lyrische Ergiessungen und Worte über fremde. [89]

Niemand hat die Kürze des Stolzes oder seine höchste Sprache so sehr in der Gewalt gehabt als Klopstock; jeder Vokal brüstet sich. [90]

»Fiormona oder Briefe aus Italien«* Das elende Heldengeschwätz komt auf ein wenig Liebe hinaus. [91]

Wenn die Zeit vorgerückt ist und man an alten Lese[reien] Wieland[s] nichts findet: so sagen die, die einst mit Recht bewunderten, man sei zurük gerückt, weil man nicht eben so bewundere. [92]

Klinger wirft den Deutschen Autoren vor, daß die Weltleute sie nicht lesen. Wer soll sich denn ändern? die Weltleute oder die Autoren und Er. [93]

* Verfasser ist Gottlob Heinrich Heinse. Das 1794 erschienene Buch wurde in der Folge mehrfach neu- und nachgedruckt und dabei als Werk Wilhelm Heinses ausgegeben.

Jeder Jüngling sucht eine Form, unter welche er alle seine Kräfte auf einmal anbringen könte — so Novalis. Sie beten ihrem Meister Göthe öfter nach, als sie ihm nachahmen; so in der Menschenkentnis, die sie nicht haben. [94]

Göthes Epigramme und sein Geist ⸗ Nie war die Stärke gefälliger — ein (Raphael[ischer]) Gott als ein Kind, gleich dem *Amor,* alles bezwingend, aber unter Tändeln; tief, indem ers vergißt. Je älter er wird, desto älter muß man werden, um ihn jung zu finden. [95]

Anrede an Göthe.
Wenige wissen, wie viel er gab ohne sich zu nennen. Wie ein Gott ließ er das Weltall wirken, das er regte, und sprach nicht davon. Tausend Worte wurden gesagt — man wartete auf seine Stimme — und er selber hatte sie diktiert und sich verborgen. Denn nur Er allein schuf nicht blos aus Lettern, sondern aus Worten, den Kern der Schule, die ihn zu oft nennt. Denn kein Dichter repräsentiert die Dichtkunst, — so wenig als ein Mensch den Gott — sondern ihn selber stellt sie dar und er dichtet fort. — Göthe, gäb' es einen Wunsch der Erde: ich würde dir ihn wünschen. Aber du brauchst nichts als dich — darum sei du dir gewünscht; dein äußeres Leben gleiche deinem inneren, dein Schmerz gleiche dem Spiel, womit du den Schmerz wegspieltest — dein Herz bleibe ⟨sei⟩ ein Olymp — Dein Grab würd es auch — du hast so viel Lob gehört, dir kann nie ein andres Leben fehlen als das kürzeste. — Steigst du auf zu den Göttern, so wird jeder groß und wund, der es sieht; das Leben ist ihm vorbei, die Ewigkeit zu nahe — Aber warum sprech ich denn vom Entfliehen deines Geistes? — — Weil *Herder* und *Schiller* dahin ist — [96]

Wo geht denn im Tristram die Handlung fort? Dieser Vorwurf ein stilles Geständnis des Interesses; je mehr Interesse, desto schneller sol die Handlung laufen. [97]

In Thümmels Büchern ⟨Lust Gebäuden⟩ herschet viel Küche in meinen viel Keller. [98]

Ein Egoismus, der bis zum Stil — wie bei Cramer* — bis zur Handschrift — bei Lavater — hereingeht. Warum ist uns denn diese Rücksicht auf sich so verhaßt? — Weil jedes Ich erstlich eine Ungerechtigkeit an einem fremden ist, insofern jedes ausschließt — und weil die Kunst eben bei jedem in der Absonderung der Ichheit besteht. [99]

Es ist mislich, wie Göthe im Meister eine leidenschaftliche Person (Aurelie) zu malen, an der er selbst keinen Antheil nimt — Zwiespalt der Darstellung und Absicht; so Roquairol. [100]

Lessing.
Er fing mit Dichtkunst an und hörte mit ihr auf (im Nathan). Jede Großkraft verklärt sich zuletzt zur Poesie — Unbegreiflichkeit seiner Gründlichkeit in jedem einzelnen Fache, worin er Streit anfing; welche nicht durch zufälliges und zeitfälliges Nachschlagen hervorzubringen gewesen, sondern die sich als ein Theil eines großen Ganzen ankündigte und voraussetzte. Sein Gemüth war keiner Wissenschaft und Kunst fremd und keinem Gefühl; Theater und Theologie ergriffen ihn. — So oft ich L. gelesen, spürt' ich mehre Tage eine besondere dialektische Kraft und Leichtigkeit des Distinguierens. — Jeder sollte ihn ein Paar Tage vorher lesen, eh er seine Streitschrift anfing[e] — Ich habe wenige Wahrheiten vielleicht aus Lessing gelernt, aber viele Wege, zu ihnen zu kommen. [101]

Je mehr Verstand und Talent — Maria** — desto mehr vager [?] Wort- und Sach-Unsin, wenn wenige Kentnisse da sind. [102]

* Karl Gottlob Cramer (1757–1817), der populäre Romanautor, oder Karl Friedrich Cramer (1752–1807), der Klopstockianer und deutsche ›Jakobiner‹.

** Clemens Brentanos Pseudonym in seinen ersten Buchveröffentlichungen (*Gustav Wasa*, 1800; *Godwi*, 1801).

Göthe ist episch, weil er die Menschen verachtet und sie also als blosser Zuschauer nur zu poetischen Figuren brauchen kan. Das Alter macht episch. [103]

Die Neuesten ⟨Schlegel⟩ sind Genies, — aber auf dem Land erzogen — sie *wissen* viel, aber *kennen* wenig. [104]

Wie komts daß ich, der ich *Sterne* mit allen Rücksichten auf jedes Wort — und noch dazu mit allen Wünschen, ein neues zu finden — [lese,] dieses überfliege und erst später finde, daß ichs überflogen? — Ists denn so schwer, auf den Schoos-Autor aufzumerken? — Freilich könt' ich das nicht nachher bemerken, wenn ich nicht früher bemerkt hätte, daß ich überflogen, so daß ich also das leztemal nicht überflogen. Aber die Sache ist, daß man eben nur bei Schoos-, Knie-, Herz-Autoren weis, daß man nicht alles recht gelesen. [105]

Hätte Göthe mehr von Herder — und Herder mehr von Göthe geborgt bei der Empfängnis: beide wären größer geworden. [106]

Shakespeare. Jeder Dichter hat in sich seinen Idealmenschen, sein vollendetes verklärtes Ich — so für *Shakespeare* ist *Hamlet,* ein Dichter, spottend, wollend, dichtend pp. [107]

Damit ists nicht gesagt, wenn man sich wie Göthe einen Heiden nennt — denn jetzo nach und unter Christus ist eben ein Heide etwas schlimmeres als ein Heide, da er den Gegensatz kennt. [108]

Schauspiel. Es ist erbärmlich, wenn Jämmerlichkeiten, wie die Kotzebues, die kaum 1 mal gelesen zu werden verdienen, 10 mal müssen gelesen werden, um behalten zu werden; — und dann noch von 100 Zuschauern gehört. [109]

Wenn Göthe stirbt, ist mir als wenn ein Jahrhundert unterginge. [110]

Den 23ten Jenner 1820 die »Unvermählte« von Kotzebue hier gehört, wo niemand handelt als der, der den Vorhang herunterläßt, wo 2 junge einander ihre Liebe erzählen und dann zwei alte sich einander ihre aber [?] wo statt der Handlungen wenigstens Abhandlungen auftreten und spielen. [111]

Man kann in Wielands Perioden jedes Endwort voraus sehen. [112]

Herders plötzliche Schwermuth an einem schönsten Abend in Neapel (S. 26 B. 2 seiner Biographie) war der Schmerz zu leben und doch zu dichten. [113]

Göthe fürchtet sich vor jeder fremden Wärme, weil sein Eispallast schmelzen könnte. [114]

Lessing erinnert nie an sich, kaum wenn er von sich selber spricht; Klopstock erinnert immer an sich, auch in der kleinsten Zitazion anderer Autoren. [115]

»Da Sie an nichts so arm sind als an — Zeit: so schenken Sie Ihr Bißchen Armuth doch nicht dem Kater Murr.« [116]

Göthe [hat] überall etwas Titanisches. Das Alter frißt freilich dem Prometheus die Leber weg, aber die Gallenblase darin wird stärker. [117]

Klopstock hatte 2 Gedanken, einen großen — den Messias —, und sein Ich, den kleinen. [118]

Iflands Stücke so, daß jeder von den Rollen-Menschen das Stük eben so schriebe — der Verfasser zeigt sich als Geschöpf, nicht Schöpfer. [119]

Man solte die berühmten Leute, 〈Wohnörter, des Besuchs wegen〉 der Erinnerung wegen, auseinanderthun — Rousseau

Ermenonville — Voltaire *Ferney* — so Göthe nach *Weimar*, Herder nach p., Schiller nach — p. [120]

Nach einer Stunde [?] unbrauchbaren Enthusiasmus — wie über Göthes Faust — thuts so wol, kühlen Winden den Kopf zum Fenster hinauszuhalten. [121]

Es ist immer mehr werth, Lehrer durch Lehren zu bilden als einer selber zu sein für sie. (In Bezug auf *Herder*). [122]

Hippel war ein heiliger Geist, in den der Teufel gefahren war — Aber er gehört unter die Autoren, die man aufschlagt, wo man will, und fortliest. [123]

Bei der ersten Lesung eines Buchs von Goethe pp. (z.B. Wahlverwandtschaften) hat man blos Sturm und keinen reinen Genuß; dessen ganze Vergangenheit und damit eine erschloßne Zukunft webt man in die Gegenwart auch versteht man ihn nicht, weil man ihn immer als den Vorigen finden will. [124]

Jede einzelne Zeile von Schiller (außer Nexus angeführt) gefällt mir stets mehr als 100 Zeilen hinter einander. [125]

In Goethes Biographie ist mehr das Leben um ihn als in ihm dargestellt. [126]

Je länger ich Voltaire lese, desto mehr find' ich blos den Menschen in ihm, der das Gute will und nach seiner Weise durchsetzt — Nirgend ist er Heuchler im Innern des Herzens denn alle seine höflichen Antworten an höfliche Anfragen und Verse verstehen sich von selber. [127]

Aus dem sanften Lichte, welches Goethe auf alle, auch die entgegengesetzten Verhältnisse fallen läßt, aus seinen allgemeinen Bemerkungen über die Welt errathen wir noch nicht den Hinter⸗ oder Untergrund, der seinem Glauben unterliegt. Er könnte wie ein böser Dämon, die ganze Welt relativ⸗sanft beurtheilen. [128]

Werther. Warum wirkt er jetzo nicht mehr so Todtschießen wie sonst? Ist er nicht für die neuen Jünglinge ein neues Buch? Oder hat ihn die Zeit selber zu einem alten schon verarbeiteten Buche gemacht? — Der allgemeine Enthusiasmus fehlt, den nur die erste Erscheinung eines Buchs anzündet, weil alle auf einmal von ihm brennen; später brennt blos Kopf nach Kopf und keine allgemeine oder Mit⟨Zusammen⟩ flamme verstärkt die einzelne. [129]

Bei Herder schien mir immer eine Ironie über und gegen alle durchzuschweben, ob er gleich seine eignen Werke nicht achtete — Sein Inneres fühlte sich höher als jedes Äußere von ihm durch Wort und Buch. [130]

Sterne hätte, ohne neue Erfahrungen, nach seiner Weise Millionen Bände schreiben können. [131]

Nach dem Christenthum und in jetziger Zeit ein heidnischer Dichter zu sein, ist blos ein Deckmantel andrer Abgänge, nicht ein Purpurmantel des Reichthums und der Fülle ⟨Adels⟩.* [132]

Der Lorbeerkranz stand Göthe wie die Krone Joseph II, zu weit vorragend. [133]

*Krause*** behandelt die Wahrheit so treulos als wenn sie seine Hure wäre. [134]

Göthe in den Wanderjahren mehr ein Buchbinder als ein Buchmacher. [135]

* Zielt auf Goethe.
** Christian Sigismund Krause (1758–1829), Assessor in Bayreuth, auch als Autor tätig.

Es ist für einen Autor gut wenn er — z.B. ich in der Berliner Zeit — die Herabsetzung und Herabstimmung-Linie bald passiert ist; Goethe passierte sie jetzo im Alter; ich in der Kraft und stieg. Er aber kann nicht mehr steigen und steigern. [136]

Von Göthe: seine Wanderjahre sind die eines Gesellen; seine Kriegreise die eines Lehrlings — ein Kreuzzug, um sich das h[eilige] Grab selber zu graben. [137]

Mein Leben kann nur ich beschreiben, weil ich das Innere gebe; das von Göthe hätte ein Nebenherläufer beobachten und also mittheilen können. [138]

Die meisten würden für das Weggelassene in Göthes Briefen das Gedruckte hingeben. [139]

Man erwehrt sich selber nicht des Glaubens an die Belehrung lebendiger Meister — wie ich bei Jakobi p. — als ob es irgend ein mündliches Wort und Herz gebe, das nicht früher in Büchern gesprochen. Haben dich nicht 1000 Verstorbne belehrt: erwarte von ein Paar Lebendigen nichts. [140]

Gentz.
Wie es Vielwisser gibt (Polyh[istor]) so hat er die Kraft, ein Vielglaubiger zu sein, gleichsam ein ganzes Zeitalter mit den streitenden und aufeinander folgenden Parteien zugleich. Bei diesem Reichthum der seltensten und oft feindlichen ⟨verschiedensten⟩ Überzeugungen ist er im Stande, allmählich, ja zugleich mit mehren, einander entgegengesetzten Parteien zusammen[zu]stimmen und so ordentlich jeder fremden Meinung [zu] sein. [141]

Herder: Es ist nur ein Wunder, daß er keine härtere Härte annahm. Wenige kennen das Gefühl eines Autors dessen Thron erschüttert wird. — wie Herder von alten Augen umgeben — sich mit der Wahrheit verwechselnd — im Amte — neben sich Sieger, alte Bekannte unangetastet — Früher versöhnt Ein Lobredner mit 100 Tadlern, später nicht zehn Lobredner mit Einem Tadler — Am Ende des Lebens verträgt man Schmerz des Ruhms am wenigsten — Abgebrochner Ruhm bitterer als verschobener — Hart ists, in der Zeit wo man Belohnung hofft, Strafen zu finden und Vorwürfe einer vergeblichen Rennbahn — [142]

Warum hat mich denn Swift so ergriffen, mit dem [ich] leider keine Aehnlichkeit in Vorzügen habe und gottlob keine in Fehlern? — Blos durch seine Poesie der Satire. [143]

Betrachtung über Herder, der voll handelnder Poesie und voll Sinn für jede, nicht im Stande ist, einem Gespräche auch nur die kleinste Objektivität zu geben. [144]

Die Selblebensbeschreibungen nach den Nazionen verschieden: 1) Der Deutsche wie Moritz, Göthe, Stilling malt das Häusliche aus, was keinem Franzosen gefallen würde 2) Dieser mehr das Allgemeine, was man auch an einer Hoftafel erzählen könnte 3) Der Engländer mehr die Staatsverhältnisse. [145]

Über Rezensenten und Kritik

Ich könnte sagen: man lasse einen Menschen eine Rezension machen: so kennt man ihn. [146]

Dadurch daß beim *Deutschen* alle Schönheiten gelten und wechseln, ist eben eine ins Bestimmte gehende sich verzweigende Kritik so schwer, z.B. über Thümmels Reisen, Göthe, Herder. Der Franzose hat leichter bestimmt zu loben und zu tadeln, weil er es immer über dieselben Kunstwerke zu thun hat und nicht immer in ein neues Gebiet des Urtheils brechen muß. [147]

In Reinhard* jene sündige zweifelnde Natur, die nicht recht weiß wie weit sie Recht hat, um Recht zu bekommen, die allgemein oder auch scherzhaft spricht, um durch zu schlüpfen und die sich, wenn sie taubblind aber nicht taubstum einige Zeit mit gesprochen hat, doch durch eignes Sprechen und fremdes Schweigen so viel Muth erschreibt als zum Ertragen und vergessen eigener Erbärmlichkeit von nöthen ist. [148]

Ich bitte euch, leset doch Antikritiken p., die zwei Jahre alt sind, und Kritiken, die 3. [149]

Die Posaune des Lobs wekt verstorbne Bücher auf. [150]

Unsre Litteratur wird von Kapaunen ausgebrütet. [151]

Alle schlechten Bücher solten ironisch angezeigt werden, damit man nur etwas davon hätte. [152]

* Gemeint ist wohl Karl Leopold Reinhardt (1771–1824), anläßlich dessen Rezension der *Vorschule der Ästhetik* im *Freimüthigen*, der von Jean Pauls speziellem Kontrahenten Garlieb Merkel herausgegebenen Zeitschrift.

Bei guten Werken mus man *vor* dem Druck alle Kleinigkeiten tadeln, und *nach* ihm alle übersehen. [153]

Man verachtet die Rezensionen über sich selber und doch glaubt man denen über andere. [154]

Ich war eben immer zu Hause mein eigner Rezensent. [155]

Der Rezensent ist in der Blüte seiner Jahre, was ich schon daraus sehe, daß er noch keine Früchte zeigt. [156]

Rezension heisset Herausgabe; der Rezensent hält oft jene für diese. [157]

Die Geschichte, wie die meisten Bücher gemacht werden, des Verfassers eigne Kritik, wären mehr werth als die Bücher selber. [158]

Nikolai ist jezt der ästhetische Pastor Göze. [159]

Das Publikum lieset Rezensionen gern und wil die Autoren wie die Engländer die Bären nicht nur *tanzen,* sondern auch gehezt sehen. [160]

»Fält dir bei einer Versteigerung die Algemeine Deutsche Bibliothek in die Hände so reisse heimlich einige Seiten heraus, du lieferst eine neue um 2 Seiten verbesserte Auflage.« [161]

Algemeine Deutsche Bibliothek, zu dum, um blos partheilich, zu partheilich, um blos dum zu sein. [162]

»Gesuchter Witz« Beim Himmel, er ist blos suchender und findet nur mich, nicht den Rezensenten. [163]

Der Berliner ästhetischen und philosophischen Macht geht es — nur langsamer — wie der militärischen; sie ist vernichtet, ohne daß sie oder jemand anders es weiß als die Nachbarschaft, nämlich Europa. [164]

Ich will lieber das dickste schlechte Buch schreiben als die kleinste ⟨dünneste⟩ gute Rezension davon. [165]

Fällt er ([Garlieb] Merkel) mich noch einmal an, so versichere ich ihn — und er hat bis dahin Zeit, sich zu besinnen —, daß ich in der großen Ausgabe überall, wo ich seinen Namen satirisch genannt, [ihn] ausstreichen und mit einem elenden fingierten ausfüllen will, blos damit ich ihm die Freude nehme, durch meine Satire auf ihn namentlich auf die Nachwelt zu kommen. Bessert er sich: so will ich seinen Namen in allen meinen Satiren auf ihn deutlich stehen lassen. [166]

Weitschweifigkeit und Wässerigkeit wollen die Deutschen; um die Rezensenten, damit sie nicht das Buch selber angreifen, abzuhalten, muß man ihnen so etwas hinstellen, wie den Mäusen in Bibliotheken Wasser. [167]

Über Lesen und Leserschaft

Es gäbe kein langweiligeres Buch als worin nichts stände als der eigne Glaube des Lesers. [168]

Wenn man den Helden als Kind aufführt, weis der Leser nicht, sich ihn als Man vorzustellen. [169]

Die Leser streben nach Handlungen d.h. nach deren höchstem Ziel, nämlich Ende — dan ist aber das Buch aus. Wie das Leben, wollen sie ein Buch zugleich kurz und lang, Befriedigung ihrer unmässigen Begier und dan doch noch neue Reizung derselben. Auch im Aesthetischen giebts moralische Tugend und Mässigkeit. [170]

Ich sehe nicht ab, warum ein Buch schon bei 1 Lesen gefallen oder ein Gedanke das 1 mal deutlich sein sol. [171]

Der gröste Irthum des Publikums ist, daß es den Autoren mehr Verstand zutrauet als sie äussern, anstat ihnen weniger als sie äussern zuzutrauen. [172]

Der Autor bildet sich durch sein Schreiben schneller weiter als der Leser durch sein Lesen. [173]

Man verehrt jeden Autor zu sehr, den man zu lange studiert, man wird er selbst. [174]

Bei einem moralischen Menschen wird jedes genialische Buch eine neue Lebensepoche, Änderungen stehen in ihm auf; das Leben ändert seine Gestalt; wir legen unsere Beichte ab. Aber warum müssen diese Ernten, ohne Aussaat vorüberrauschen p. [175]

Er liest, one zu lernen und gleicht der Vaukansonschen Ente, die ihr Futter one Ernärung nimt. [176]

Die Einsamkeit macht stolz; warum aber, da man sich in ihr doch mit den grossen Männern vergleichen könte, die man lieset. [177]

Die Leser glauben immer, das, was sie in Einem Athem lesen, habe man in einem gemacht. [178]

Kalov*: wenn die Bibel untergegangen, er könne sie aus seinem Kopfe wieder herstellen. Besser, er könts aus seinem Herzen. Die rechten Bücher leben *in* und *durch* dieses ewig. [179]

»Er habe die besten Autoren gelesen.« Das ist eine geringe Belesenheit. [180]

Nach Ende eines langen Gedichts ohne Ordnung: mich wundert weiter nichts als daß er aufgehört. [181]

Bücherlesen heißt in einer geistreichen Gesellschaft sein, wo man nur zuhört und nichts beiträgt zur Unterhaltung [182]

Brochüren-Leser. Menschen, die nie etwas von Voß oder Stollberg** gelesen, lesen jetzo deren Streitblätter, und wieder die Blätter anderer darüber. Die erbärmlichste Leserklasse! Hast du eine Schrift recht gelesen und aufgefaßt: so ist dir alles fremde Geschreibsel darüber entbehrlich. Aber den

* Gemeint ist wohl Abraham Calovius (1612–86), Hauptvertreter der lutherischen Orthodoxie an der Universität Wittenberg, Gegner des synkretistischen Helmstedter Theologen Georg Calixt, überhaupt repräsentativ für die herrschende Streittheologie der Zeit; »von umfassendem Gedächtnis« (ADB).

** Die Auseinandersetzung um die bereits 1800 stattgefundene Konversion Friedrich Leopolds Graf zu Stolberg-Stolberg (1750–1819) erreichte 1819 mit Johann Heinrich Voß' (1751–1826) Schrift *Wie ward Fritz Stolberg ein Unfreier?* einen neuen Höhepunkt.

Menschen ist beinahe alles Menschliche nur durch Menschlichkeiten beizubringen, Realien durch Personalien. In einer Streitschrift für oder gegen Voß könnte man die größten Wahrheiten, deren Lesung man eben sonst nicht haben könnte, niederlegen. [183]

Man denkt bei keinem Buche daran, ob der Verfasser, der uns anredet, noch lebendig ist oder todt; er selber verschwindet, und das gedruckte Wort hat in beiden Fällen gleiche Kraft. [184]

Wie einen das so ärgert, wenn ein Tropf alles Grosse von der Liebe und dem Leben in der Poesie auf seine kleinen bangen Lagen anwendet. [185]

Sehr viele sind schon entzükt über ein Buch, wenn nichts darin steht als ihre vorigen Meinungen gedrukt. [186]

Wenn man lange in Kinderschriften p. lieset, bekomt man die alte Angst vor jener Enge und Sklaverei. [187]

Gewisse Leser glauben gleich mit zu schreiben, wenn sie das Schreiben lesen; Hund krazt, wenn man ihn krazt. [188]

Was heißt denn Lesen? — Man denke sich einen guten Gesellschaftszirkel — niemand wird eingeladen als einer der statt der Ahnen J[ahre] und Jahrhunderte mitbringt — ein Dummer kommt nie hinein; nämlich er darf darin nicht sprechen — Wer darin spricht, sind Leute, von denen man jedes Wort auffängt, kommentiert und druckt, weil nie etwas besseres gesagt wurde — Wer in dieser Gesellschaft spricht, darf nicht etwa sagen: guten Morgen, oder: wie befinden Sie sich — sondern jedes Wort muß Geist haben, jede Sentenz Flügel — Und wie heißt diese Gesellschaft? — Eine auserwählte Handbibliothek. [189]

Unter allen möglichen Lesern denk' ich mir den Setzer immer als den Dümmsten. [190]

Nichts kann man den Deutschen leichter geben als gesammelte Aufsätze von einigen Jahren her — sie haben alles vergessen und halten alles für neu. [191]

Die meisten glauben, sie können eine Sache lesen, blos [weil] sie einer geschrieben. [192]

»Wenn Sie es nicht *zwei*mal gelesen: so haben Sie es nicht *ein*mal gelesen.« [193]

Es hat noch keinen Menschen gegeben, der seine ganze Bibliothek gelesen hätte. [194]

Nachwelt heißt weiter nichts als 20 oder 2000 Leser mehr als ich schon habe. [195]

Das Schlimmste ist, daß die Leser von einem Autor immer *dasselbe,* nur aber in Steigerung erwarten und fodern, nicht aber etwas Anderes — die Steigerung ist ihnen das Andere. [196]

Mitten im Lesen sich auf einmal sagen, daß man nicht die redende Person vor sich hat, sondern todte Buchstaben, die man immer wiederholen kann. [197]

Da kommen die verehrenden Leser in Briefen und zu Fuß und lieben auf Stunden unendlich den glaubigen Autor, indeß er, wenn er in ihrer Stadt wohnte, kaum angesehen würde von ihnen, oder nie geschont, sondern gehandhabt wie jeder andere, der mit ihnen zur Verehrung des Autors reisete. [198]

Robinson. Jemand stelle sich nur recht in seine wüste Insel und fühle ihm die Einsamkeit, das Verzagen nach, den Mangel an Beihülfe, die wehrlosen Nächte, die Tage ohne Menschen und ohne Stützen, die Sehnsucht nach irgend einem elendesten Dörfchen über dem Meere, das sich seiner annähme — und dann vergleiche man diese fremde Unlust mit der eignen Lust, womit man seine Geschichte so bezaubert liest, daß man sie mit zu erleben wünscht — so vergleiche man, um zu finden, wie wir aus wirklichen Übeln poetische Lüste machen. [199]

Das Hohe, um was der Leser den Dichter vergöttert als wär' er ein besonderes Wesen, muß doch schon im Leser wohnen, um es zu begreifen und zu achten; ich rede nicht einmal vom Bewundern, was noch mehr Achten voraussetzt. [200]

Nur ein befangner Kopf will das Neueste nicht lesen (wie *Kanne**); das ist ja das letzte als Blüte der Zeit; jedes Aelteste war einmal ein Neuestes — Woher habt ihr denn das Alte? [201]

4ten März [1820] Welche schöne andere Freundschaft läßt sich mit gedruckten Menschen (Büchern) schließen als mit wirklichen! Wie bleiben sie treu in ⟨an⟩ uns hangen, wenn alles abfällt und trösten, ewig! Wie sind sie immer dieselben, tadeln unsere Schwachheiten ohne eigne zu begehen unter dem Tadel! — und warum soll ich mir denn nicht blos Freunde aus der Vorwelt holen, ob sie gleich den Leib verloren, aber doch das Aechte, die Seele behalten? — Diese Freunde allein kennen keine Zeit, keinen Eigennutz, sind innigst Verwandte, Theile unserer Seele, zwei Seelen in Einem Leibe — Vergleiche nun die Zeit vor dem Buchdruck. [202]

Hätt' ich die besten Leser: so wäre alles leicht gemacht —; aber ich habe leider nur gute und treffliche. [203]

* Bezieht sich auf Johann Arnold Kanne (1773–1824), zu dessen Schrift *Erste Urkunden der Geschichte der allgemeinen Mythologie* Jean Paul 1808 eine Vorrede beisteuerte.

Autorschaftliches

Himmel! wie müßte ein bester Schriftsteller und Mensch uns alle sämmtlich verachten, von mir an bis zu Göthe herab. [204]

Manche Autoren halten im Frühling einer neuen Literatur immer ihr welkes Laub des vorigen Herbstes fest. [205]

Viele Menschen, zumal Weiber, könten ein gutes Buch machen, aber kein zweites; jene die mehr poetischen Sin als Kraft haben. [206]

Ließe man ein Werk bei einem Autor so lang er lebte, er korrigierte so lang daran. [207]

Es ist doch besser und schwerer von alles etwas (wegen der Sprünge) als von etwas alles zu wissen besonders für den Dichter p. [208]

Der volendetste Dichter, der alles gelesen — alle Wissenschaften — alles gesehen p. und dan doch die Freiheit behalten, über die erworbne Welt zu herschen und eine poetische aus dem Erdenklos zu machen. [209]

Wir solten nichts mehr nachahmen als die französische Prose, und nichts weniger als ihre Poesie. [210]

Wenn es Homer nicht verübelt wird, daß er alles *sah:* warum dann einem jetzigen Dichter, daß er alles *las,* weil jetzt das Sehen unmöglich ist. [211]

Kein Autor, dem man sein Werk ein Paar Jahre vorher vorläse, eh ers macht, würde glauben, daß er so etwas machen könnte sondern es studieren wollen zu Behuf seiner schwächern Werke. Später studiert ers wol auch, machts aber vorher. [212]

Die schönste Erziehung eines Dichters ist nicht seine Begünstigung und Ausdehnung, sondern seine äußere Einschränkung; je weniger ihn geistig und leiblich umgibt, desto stärker sehnt er sich und jede Sehnsucht wird einmal um so mehr ein reineres Dichtwerk, da er eben nichts aussprechen und erreichen wollte als sich selber. [213]

Denk' dir den besten Menschen der Erde, der in allen Werken nur das Heiligste und Schönste für seine Brust aushob und der in wachsender alter Heiligkeit nichts Unreines duldet: dan nim die Feder und suche den Götlichen zu entzücken. Man wird diesen Fal sonderbar und unnöthig finden; aber es ist eigentlich die Pflicht eines jeden Autors, keinen andern Leser zu sezen und zu wollen als einen solchen. [214]

Das einzige moralische Verdienst eines Autors ist nicht sein moralisches Schreiben sondern daß er es durch sein Leben besiegelt. [215]

Hat der Dichter 〈Hab' ich〉 seine Fähigkeiten nur, um drukken zu lassen? ist er blos ein Mensch, um ein Autor zu sein? ist nur Apollo Got? ist ihm der Athem nur eingeblasen, damit er ihn blos harmonisch von sich gebe, wie der Flötenspieler des Vaukansons mit seinem Athem nichts tut als die Flöte blasen? und atmet er nur für euer Or? [216]

Sonderbar ists wenigstens, daß doch meistens das, was der Autor stahl, weit besser war als was er selbst machte und es komt nur auf eine algemeine Einführung des Plagiats an, ob in unsern Schriften des Guten mehr als des schlechten sein sol; so Machiavel, daß die erbfolgenden Kaiser schlecht, die adoptirten gut waren. [217]

Wenn unsere Autoren keine vernünftigen und vornehmen Personen an die Tafel ihres Buches bekommen können, so nöthigen sie den Pöbel herein. [218]

Unser Jahrhundert kränkelt und ruht und nichts ist an ihm gesund und in Mozion als der Schreibfinger — [219]

Wenn jeder Autor stat eines Romans sein Leben schriebe: so hätten wir mehr Romane. [220]

Die mittelmässigen Autoren sind bei uns einander unähnlicher als bei den Franzosen die grossen. [221]

Keine Zeile schreibt ein Autor so gern als die ins Postbuch für das empfangne Geld. [222]

Sein philologisches Leben ist ein Registerband, der sich nur bezieht. [223]

Wer übersetzt werden kann (ins Französische wenigstens) verdient nicht übersetzt zu werden. [224]

Für den Dichter gilt der Optimismus: seine Welt muß die beste sein und alle Übel auflösen. [225]

Heirathen der Gelehrten. Nur zwei rein schaffende Autoren gibts, die Dichter und die Philosophen, alle übrigen schaffen am Stoffe und erschaffen ihn nicht; nur theilweise ist z. B. der Historiker Dichter und Philosoph. Das aber ihnen vorliegende ist der Ariadne Faden, an welchem sie weben. Der Dichter und Philosoph hingegen muß den Faden zeugen und aufhängen. — In letztem Schaffen stört nun alles Äußerliche des Haushaltens, der Kinder pp. Der Dichter kann nicht frei genug arbeiten; und eine Unterbrechung ist vielleicht eine Vernichtung. [226]

Anfangs ist ein Autor froh, wenn er nur gelesen wird; später freuet er sich über keinen Leser, sondern will Käufer. [227]

Wie viele Vorreden muß ein Autor schreiben vor seine Werke, bis er den Ruhm erwirkt, vor fremde seine zu stellen. [228]

Der Dichter (*bei Gelegenheit von Byrons Chillion* in den Alpenrosen auf 1819). Indem er uns Anschauung neuer Lagen und Charaktere in die Seele gräbt: so erschafft er für uns im eigentlichen Sinne die Welt weiter, da ja alle äußere Welt nur als innere in uns vorhanden sein kann. Seine erschaffnen Charaktere leben so gut mit uns und stehen unverwüstlicher da als die lebendigen um uns; ja seine Szenen bleiben noch lebendiger vor uns stehen als selber die erlebten, die in ihrer Menge sterben oder sich verdunkeln. Gleichwol ist der Sinn für Poesie unter uns mehr vorausgesetzt als aufgethan. Die Weiber lesen Romane lieber als Gedichte, zum Beweise, daß sie in jenen nicht die Dichtkunst suchen — So auch beinahe die Jünglinge, die nicht eben selber Verse machen. Die ältern Leute denken an keine Poesie, sogar wenn sie solche in den alten Autoren erklären, weil ihnen Sprache Dichtung ist; denn sonst wär' es anders und besser, so müßten die Humanisten nach Göthe, Byron, Klopstock eben so eifrig greifen. [229]

Die literarische Unsterblichkeit hat das Schöne, daß wie bei Mumien, der Mensch nicht blos unverweset sondern auch wolriechend wird. [230]

Man mus dieselbe Sache den Lesern auf dieselbe Art sagen — Yoriks Steckenpferd — damit es ein Sprichwort werde, wie zum Hunde immer dieselben Worte. [231]

Der Vorwurf liegender oder abgehender Werke wird nach Gefallen für und wider einen Autor gebraucht. [232]

Es ist gut daß man nicht bei den Genies wie bei den Fürsten die künftigen Kronprinzen kent, [sie] würden sonst alle verzogen. [233]

Ein berühmter Autor hat seinen Hof wie ein Fürst und erfährt so viel von seinem Lande als dieser. [234]

Das sonderbare Verhältnis, wenn zwei Autoren ohne persönliche Kentnis, nur ihre Bücher zu Menschen machend, mit einander korrespondieren und dadurch ordentlich den Autor als den Menschen behandeln. Stossen sie gegen einander nicht an, desto schöner. Also sind solche Briefe am reinsten; andere kokettieren. [235]

Mit Nachbeten und Nachahmen fängt jeder an. [236]

Weitläuftige Schriftsteller zünden immer ein Licht nach dem andern an, um das erste zu erleuchten, und mehren dadurch die Schatten an der Wand. [237]

Er schrieb über 30 erste Bände, weil niemand die 2ten wollte. [238]

Überall ist der Geist das Höchste. Schlachten sind Körper-Geburten; eine kann durch die andere vernichtet werden. Kein gutes Buch, kein guter Gedanke, Lehre und Lehrer geht durch ein zweites unter. Einen Eroberer kann man nach 300 Jahren besiegen, keinen Dichter und Philosophen nach 1000. [239]

Man sollte eine Geschichte der Unterbrechungen der Dichter und Denker schreiben — durch das Haushalten, Menschenleben — Zwei Drittel Kräfte gehen so in der Ehe verloren, weil ein unterbrochner Enthusiasmus ein vernichteter ist. Anders das Zölibat. — Nichts kann die Stöhrung eines Dichters vergüten; ein Geometer, Philosoph, Rechner findet den weggezognen Faden leicht wieder; aber jener macht ja selber das Labyrinth. [240]

Ein Schriftsteller wird sich wichtig, wenn er einer Druckerei gegenüber sitzt. [241]

Bei einem Dichter ist Erlebtes und Erdichtetes nie zu scheiden, beides muß sich gleich sehen, oder er ist keiner. [242]

Eigentlich sollte man nicht sagen Gelehrten-Republik sondern Gelehrtenaristokratie; denn der geistige Adel herrscht mit geistigem Schreib-Faust-Recht. [243]

Schöne Geister sind selten schöne Seelen. [244]

Ein Autor, der auf das Erschauen fernster Anspielungen Anspruch macht durch diese selber, muß sich nachher das Misgeschick gefallen lassen, daß man da, wo er ohne Anspielung hingeflossen, wieder An- und Ausspühlungen sucht. [245]

Das Wichtigste in einer Autobiographie eines Autors ist eigentlich das seines Schreibens, der Schreibstunde, seiner körperlichen Verhältnisse zu seinen Arbeiten — Angewohnheiten das Unbedeutendste — [246]

Welchem Autor ists gegeben, mit verbundenen Augen den Eiertanz zwischen den Eiern der Zukunft zu tanzen, ohne eins zu zertreten? [247]

Das gehört eben zum Autor, alles vergessen, die besten Weine, Federn, Zeiten, Kräfte wählen, um etwas zu geben, da er ja keine andern Verdienste um den Staat nur haben kann. Sogar wenn er nur für Leute schriebe, wofür Kollegien arbeiten, nämlich für zeit-lebige. [248]

Schiller hat in seinen ästhetischen Briefen zuviel daraus gemacht: daß ein Dichter ein Dichter ist. Ihm ist es eine wunderbare Erscheinung. Worüber er sich wundert, darüber hat er sich eben nicht zu wundern. [249]

Die berühmten Autoren haben nicht originellere Eigenheiten als andere Leute, sondern nur eine originellere Unverschämtheit oder vielmehr Zuversicht, sich keck zu zeigen wie sie sind — sich auf ihren Ruhm verlassen —, indeß sich andere vor andern verheimlichen. Und eigentlich können die meisten Charakterzüge nur schwache und tief unter ihren Schriftzügen sein. Umgekehrt sollte man den General und andere Geschäftmenschen gerade schreibend sehen, wie jene handeln. [250]

Ästhetik, allgemeine und besondere

Unten im Loche des Blumentopfes sieht man das Schlängeln der gepreßten Wurzeln. [251]

Wohin ich sehe, braucht jeder Trost, der beste Kopf wie (kaum) der kleinste ⟨das Köpfchen⟩ und jeder verwünscht die Wirklichkeit. Und dennoch wollt ihr in dieser Verarmung noch haben, daß die Dichtkunst statt ihres Reichthums auch nichts wiederhole als eure Armuth, die sich ja selbst wiederholt. [252]

Der Deutsche ist der Kanarienvogel der Poesie und singt allen Vögeln nach. [253]

Der Deutsche wagt kaum den Namen Laus; der Engländer macht ein Heldengedicht* darüber. [254]

Auf dem Spizberg findet man Trümmer von den Schiffen aller Nazionen ⸗ deutsche Literatur. [255]

Welche Besonnenheit muß der Dichter nicht haben, um den Strom seines Herzens nach dem zufälligen Bette eines Reims zu leiten. [256]

Nirgends mehr als bei dem höchsten Komischen ist man so nahe, die Karakter-Wahrheit zu verlezen. [257]

Humoristische Karaktere helfen bei Handlungen wenig. [258]

Seitdem die ganze Erde 1 Land wird, darf man eben so gut auf die fremdesten Gebräuche anspielen als der Grieche auf seine. [259]

Manches »Gesuchte« wär es nicht, wenn der V[erfasser] mehr suchte. [260]

* Peter Pindar (i.e. John Wolcot, 1735–1819), *The Lousiad* (1768).

»Sommer-Herbstsproß«. Jedes solche Wortspiel beweiset eine freie Beschauung des Zeichens, welche sich nicht ins Zeichen oder Objekt verliert. [261]

Schlegel spricht von einer Poesie der Poesie. Es giebt einen Scherz des Scherzes, wenn man die altägliche Ironie, Spas p. wieder in eine Ironie p. bringt. z. B. wenn ich die Redensart scherzend brauche: Schmalhans war Küchenmeister. [262]

Die moderne Poesie ordnet die Gestalt blos *für* und *zu* einer Idee; die alte *durch* eine Idee, sie leben für sich, nur ihre Verbindung ist Dichter-Willkür; dort sind die Gestalten Willkür. [263]

Die Phantasie ⟨(Philosophie?)⟩ ist ein helles Glas, das den dunkeln Körper der Erfahrung braucht, um abzuspiegeln. [264]

Im Anfang eines Romans stehen immer um den Helden seine Karakterzüge; gegen das Ende wird alles von historischen Interessen verschlungen. [265]

Ein Karakter, der nur einmal existiert, wäre nicht für die Poesie; die Tristramschen sind symbolisch. [266]

Nichts abscheulicher als viele auf einmal verliebt darzustellen. [267]

Eine Menge Wörter sind uns als Bilder süsser denn als Urbilder, z. B. Honig, Milch, Zucker, Rose, Lilie. [268]

Die Poesie schildert die beste Welt, die vor der Schöpfung in Gott war. [269]

Für den Verstand kan man nicht zu lakonisch sein, aber wohl für die Phantasie. [270]

Die Phantasie bringt nichts heraus, sie bekleidet nur was der Sin, das Innere giebt. [271]

Gerade die neuen Schreier, daß nur die Form alles und der Inhalt nichts bedeute, bringen nur diesen, nicht jene; mehr den poetischen Geist als Leib; aber Form heisset ihnen eben der poetische Geist und Inhalt die materiellen Bestandtheile, die er organisch belebt. [272]

Ein Autor steht seinen kleinen Unterschieden so nahe, daß er sich immer geändert d.h. gebessert zu haben glaubt. [273]

Jeder Karakter mus eine Karakteristik mehrer Karaktere (einer Gattung) enthalten. [274]

In der 1001 Nacht die Schönheit schon dadurch gut gemalt, daß die Weiber immer den Schleier abnehmen müssen — Beschreibt 1 Glied schön hel, (die Nase, Hand, Figur) so steht die ganze Gestalt da. [275]

Eine nicht belohnte Liebe, wie in 1001 Nacht, wirkt durch die Unendlichkeit stärker. [276]

Es gibt schwerlich eine schlechte Zeile, die nicht ein grosser Autor durch die Stellung zu einer guten machen könte. [277]

Der poetische Charakter eines Menschen hält das Mittel zwischen der Armuth einer Eigenschaft (oder einer theophrastischen Schilderung) und zwischen dem überflüssigen Reichthum eines Individuums, das so viele Züge hat, die nicht die Einheit verstärken oder kolorieren. Die *Anlage* und gegenwärtige *Lage* bestimmen den Karakter, der keinen Zug haben darf, der nicht motiviert ist durch den Ausdruk von jenen beiden. [278]

Um die Liebe lächerlich zu machen, lasse man nur 5 Paare auf einmal lieben. [279]

Der Pöbel anderer Nazion[en] ist auf dem Theater für uns ideal — auch sind bei andern Völkern das Volk und die Vornehmen verbundner als bei uns. [280]

Es ist weniger daran gelegen, daß ein fremdes Wort ein-, als ein inneres fort-geschafft werde; lässet aber der Ausländer den Inländer unvertrieben: so seh' ich nicht, warum nicht beide bleiben. [281]

Alles Wissen und Kennen veraltet in uns; aber alle Empfindung — die für das Schöne — ist ewig unerschöpflich und neu. [282]

Das Geistige muß man *ahnen* — das Körperliche *schauen* — und dann beides umgekehrt darstellen. [283]

Es gibt kein bestes Volk sondern hier und dahin wurden die Juwelen geworfen — wie wollt ihr einen besten Autor? Es gibt keinen Klassiker, der die andern entbehrlich machte. [284]

Man sollte eine Sammlung aller Sprachkeckheiten großer Autoren haben, um die Zunge immer mehr zu befreien. [285]

Die beste Poetik wäre, alle Dichter zu karakterisieren. [286]

Ironie.
Ihre Schwierigkeit in der Prose. Man gebe mir von Lessing aber nicht Liscov — Lichtenberg — Wieland große Stücke, ich will kleine Fehler darin finden. Sie fodert mehr rhetorische Berechnung als die Laune, die das kühne Wort verträgt, ja oft begehrt, aber jene ausschlägt. Kaum der humoristische Enthusiasmus reicht hin zum schnellen Funde der rechten ironischen Sprachwendungen. Vielmehr erfindet hier ein Gegenfeuer oder die Kälte. Jede einzelne Zeile kostet bei dem völlig dastehenden Funde der Ironien noch Zubereitung und Sorge. [287]

Charakter. Ich muß nicht dem Charakter zu sagen haben, wie er reden und handeln soll, sondern er muß es mir sagen, wenn ich ihn innerlich anschaue. [288]

Das Innerste Eigenste jedes Menschen sind nicht einzelne Karakterzüge, sondern diese kommen von jenem. Ohne diese darzustellen, kan man keinen Karakter malen. [289]

Nicht die Philosophie sondern die Dichtkunst giebt dem Leben eine spielende Behandlung, die es verdient. Jene ist auf einen steinigen Niederschlag eingeschränkt, diese giebt Freuden und Leiden Schwingen, jene sieht nur fliehend[e] Schmerzen und Freuden, diese schenket jedem Untergang ein Abendroth. [290]

Wenn die Liebe uns verlassen, besucht uns doch die Musik. [291]

Ohne Empfindungen, bei bloßer sinnlicher Liebe kann Mond, Berge p. nicht zu einem Ganzen gemacht werden. [292]

Irgend ein Geist gibt uns ein Meer durch Gaze um Walzen gewickelt — Wir heißen es das Weltmeer — Und wenn wirs in der Oper nachahmen im Kleinsten, heißen wirs Täuschung. [293]

Klage daß der Kunst-Autor seine Gefühle den wahren Kunstregeln unterwerfen muß.

Wüßtest du, wie lange der Schmerz unterhalten werden muß, bis er dem Kunstmaler lange genug gesessen hat? Und daß beim Schrei, womit jeder sich lindern darf, keine vorzeitige, überzählige Thräne ihn erleichtern darf. — Theilung zwischen Kunst und Wahrheit. [294]

Trost bei Unnüzlichkeit der Papiere im Tode. Man mus viel Ungesehenes schreiben des Gesehenen wegen, viel Unnöthiges, weil sonst das Nöthige nicht erschiene. [295]

Die idealische Abwesenheit wird zur kahlen Wirklichkeit, wenn ich mich in sie stark denke — und umgekehrt wird die Wirklichkeit zur schönen Vergangenheit, wenn ich sie, mit geschlossenen Augen, von mir entferne. [296]

Der Verstand pausirt, und die Harmonie des Verses spielt fort. [297]

Manchem schlechten Buch felt nur ein vortreflicher Kommentator. [298]

Unsere Briefe sollen eben zu keinen Kindern unsers Herzens geraten; sie sollen blos unsre Köpfe sillhouetiren. Vom Herzen läst sich onehin kein Schattenris zeichnen und Empfindungen, die die Post gefaren bringt, sind des Postporto's nicht wert. Die Stärke der Liebe äussert sich in der Bändigung der Zunge; der lezteren in den Empfindungen den Zügel schiessen lassen, beweist daß wir lügen. Meine Briefe werden also Salz aber nicht Honig mitbringen. [299]

Der Wiz hasset das Gesetz der Stätigkeit. [300]

Die Laune* hat die gröste Antipatie gegen den Wolstand, dessen Fesseln den geschwinden Ubergang von einer unänlichen Idee zur andern durch Unterbinden verhindern. Der Bär tanzt nur an der Kette; sie blos one dieselbe. Sie erscheint wie Christus nur unter Freunden. [301]

Eine Muse die Mutter der Sirenen. [302]

Der Genus der Gemälde und Statuen hat das Sonderbare, daß man nicht weis w[ann] man aufhören sol. [303]

Die blossen Töne des Schmerzes sind so wenig eine Elegie als das seufzende Knarren des Karrens ein Adagio p. [304]

* Im 18. Jahrhundert für engl. *humour*.

Wir hören eigentlich keinen Klang als Klang sondern als Sprache, jeden Ton als ein gesprochnes Wort; — sonach führte die bloße Instrumentalmusik eine Art Text mit Vokalmusik bei sich. — Sogar der bloße unorganische bedeutlose Schall gränzt noch an Wortbedeutung. [305]

Ich will doch lieber den Durchfall Luthers (in Schmutzworten) als das Miserere seiner Gegner haben. [306]

Keiner sollte mir ein ästhetisches Werk zu schreiben anfangen, der mir nicht vorher in einem Examen bewiesen, daß [er] das Konversazionslexikon wenigstens 2 mal durchgelaufen. Wie wenig auch da im Kopfe hangen geblieben, es wäre doch besser als die nakten Nägel nachher. [307]

Über nichts leichter kann man lange saalbadern als über Kunstwerke, weil diese den ganzen Menschen darstellen und die ganze Menschheit und Geschichte, z.B. Faust, daher die Saalbadereien über Göthe, da man in das Urtheil über die Vielgestaltigkeit eines Romans alles legen kann, was man von Antithesen und Tiefsinn weiß. — Da die Dichtung der Spiegel des All ist: so hat man ja bei ihr Stoff zum Reden über ein All. [308]

Für den Kutscher gibt es keine andere schöne Gegend als eine russische, d.h. eine Ebene — Seine Aussicht ist blos die auf die beiden Hinterbacken der Pferde als seine Alpen. [309]

Auch bei dem Schreiben mus man sich nirgends anzukommen vorsezen. [310]

Man gebe jemand ein götliches Buch — von Homer und Arist[ophanes] zugleich geschrieben, oder von Shakespear und Göthe — in Kursivschrift und einem Folianten von 86 Bogen stark und sehe ob es ihm gefält. [311]

Ein einziger Fehler der Ignoranz verurtheilt ein wissenschaftliches Buch, aber nicht 100 ästhetische ein ästhetisches. [312]

Die Romane [sind] die mislichsten Kunstwerke, weil sie länger als jedes andere. [313]

Die jezige neueste Litteratur ist was sie predigt, eine Erregungstheorie. [314]

Bei schönen poetischen Darstellungen — z.B. Romeo von Shakespeare — möchte man Romeo gar nicht sein, blos um ihn reiner, uneigennüziger zu empfinden. [315]

Um die Mutterkirche des Geschmaks liegt der Gottesacker todter Schönheiten — Gros⟨Stief⟩mutterkirche. [316]

Dem Theaterdichter wirft man nicht die Meinungen seiner Personen vor, warum dem Romanendichter? [317]

Kunst-Maler sind die ohne Kunst. [318]

Im Hofkonzert giebt niemand auf den Künstler z.B. den 1 Violinisten Acht als der 2te. [319]

Die Kunst hat die Sonderbarkeit, daß du ganz vol Bemerkungen, Karakteren, Geschichten stecken kanst, ohne daß du, wenn du leztere erwählet, im Stande bist, von allem übrigen das Geringste anzubringen, in dem gewöhnlichen Fal, daß du falsch gewählt. Von Wiz, Laune und andern Sachen könte ich auch noch sprechen. [320]

Geistig vergisset man am meisten, wenn man hoch auffährt, daß man dem Rad etwas unterlege, um nicht zurük zu rutschen. [321]

Im Tanz mus alles Tanz sein, also keine Schritte im Walzer, so in der Poesie. [322]

Eine Ruine kan man wohl verdoppeln, aber nicht zerstören. [323]

Die Poesie ist die Aussicht aus dem Krankenzimmer des Lebens. [324]

Hirtengedicht eines Hirtenhunds. [325]

Jedes Jahr könnte eine neue Aesthetik geschrieben werden. [326]

Poesie erleuchtet wie Feuerwerk, will aber die Nacht nicht vertreiben, sondern benutzen. [327]

Dormitorien schnarchender Homere. [328]

Nach dem Tod der Leidenschaft blüht die poetische Blume, so wie Blumen aus dem Blut wuchsen, das ein Halbgott vergoß, ehe er zu den Göttern stieg. [329]

Auf dem musivischen Fußboden Göttern ins Gesicht treten. [330]

Warum gibt es nicht blos [eben] so viel Wortbücher als Wörterbücher, sondern mehrere? [331]

Dem Buchhändler gefallen keine Bücher, die bei ihm bleiben. [332]

Die größten Städte und Genies sind unregelmässig gebauet, voll Sackgassen und Palläste. [333]

Wie die Tonkunst zunimmt, wird der Ekel an ewig wiederkommenden Wollauten und der Überdruß an gewöhnlichen Auflösungen so reich gedeihen, daß man am Ende zu Mistönen greifen wird. [334]

Noch haben wir kein poetisches und musikalisches Genie vereint in Einem Kopfe gefunden — dann wäre das höchste geschehen. [335]

Die Stallfütterung verdirbt jede Maler-Landschaft und leert für das Auge aus. [336]

»Dieses Stück von Goethe sei hübsch.« Ich: Gott sei hübsch. [337]

Wie kann »die Einbildungskraft unter der Vorstellung des Sternenhimmels erliegen«, da sie ja das herschafft, was zum Erliegen dienen soll? [338]

Man kann sich der Täuschung nicht enthalten, daß jeder Autor, der uns das Leben in schöner freier Dichtung gibt, es selber, wenigstens unter der Arbeit, auch so frei und schön verlebet habe, indeß die Frage ist, ob ers auch nur je in der schönern Form anderswo als in seiner Brust gefunden. [339]

Das Komische hat das Gute, daß man es fortsetzen kann, man mag seine Meinungen über die Menschheit ändern wie man will. [340]

In Dresden ([Adam] Müller) und Weimar *(etcet.)* erkennt man erst durch Gemälde, Gedichte p. die Wirklichkeit — daher berechnen sie da die Wirklichkeit, die nachzuahmen ist, stets nach der Wirklichkeit, die schon dargestellt — Von der ächten, neuen, originellen haben sie keinen Begriff als bis wieder ein Genie aufsteht, der aus seinem Herzen ihnen wieder etwas zum Nachmachen darstellt. — Höchstens vergleichen die Leute Darstellung mit Darstellung, poetischen Schein mit poetischem Schein; und ein Schein ist ihnen Wirklichkeit. [341]

Populär ist nicht immer weit von pöbelhaft. [342]

Einmal wirds oder kanns doch kommen, daß *Ein* Mensch zugleich ein Mozart und Göthe ist und alles vollendet, jede Musik und jede Sprache zugleich. [343]

An manchen Orten heißt der Abtritt »Gelegenheit«. Daher vielleicht der Titel Gelegenheits Gedichte. [344]

Sich die Hände in Dinte waschen. [345]

»Schmuck wirst du an dem Aufsatz vermissen, aber die Gedanken hielten wie Kinder nicht zum Anputzen still.« [346]

Die gelehrte ästhetische Parteilichkeit, daß ein Autor entweder ganz schwarz oder ganz weiß sein müße — weil sie Schwarz auf Weiß schreiben —, da es doch noch so viele andere Farben gibt. [347]

Warum soll man das Gräßliche nur denken? Ist dieß nicht auch etwas gräßliches? Ist der Mensch zu schönem Handeln bestimmt: warum nicht auch zu schönem Denken? [348]

Ich will lieber 10 Höllen als 1 Himmel malen; mit dem Erleben ists umgekehrt. [349]

Die ewige Verwechslung der Jugend, daß sie die Materie zu ergreifen meint, wo sie die Form nachmacht. [350]

Ironiker schlagen das Hufeisen verkehrt auf. [351]

Musik durch bratende Aepfel. [352]

Eine Poetik seines poetischen Lebens schreiben. [353]

Ein nicht lesender, aber denkender Mann wie *Rollwenzel* spricht alles auf das Kürzeste und Bestimmteste aus; Weitläuftigkeit kennen nur Nachbeter und Leser; jede Periphrase setzt Unteilnahme voraus. [354]

Sprache. Aus der Unmöglichkeit, die Thierstimme in Worte zu bringen, seh' ich die Armuth an Buchstaben. [355]

Auch der *Schein* kömt ⟨sezt⟩ vom ⟨ein⟩ *Licht* ⟨voraus⟩. [356]

Die Musik die über die Gasse fliegt, giebt allem, was darin gethan wird, ein feierliches poetisches Ansehen. [357]

Giebts subjektive Thorheiten und Lächerlichkeiten.
Nur objektive im fremden Auge. Denn wie ein Wesen auch handle, so ists sich selbst doch nicht in der Minute des Handelns lächerlich; es geht von seiner Vorstellung aus und findet d.h. macht den Kontrast nicht. Der Auslacher mengt immer 2 Wesen zusammen, sich mit der Vorstellung des falschen Mittels, das andere mit dem Wunsche des Zweks. Das Lachen sezt stets einen *Irthum* voraus, und ist das Gewissen des Verstandes; allein der Irthum mus im Bunde mit dem Willen ⟨Handeln⟩ stehen. Warum sind die Irthümer der Philosophie nicht lächerlich? [358]

Ich-Ausplauderungen, behagliche und unbehagliche

Wenn ihr wüßtet, wie wenig ich nach J.P.F. Richter frage; ein unbedeutender Wicht; aber ich wohne darin, im Wicht. [359]

Das einzige weiß ich gewiß — und jeder sollt' es nur so machen — ich habe aus mir so viel gemacht als aus einem solchen Stoff nur zu machen war; und mehr wird man nicht verlangen. [360]

Um meine Lebensgeschichte zu haben, brauch' ich bloß die Bände der Exzerpte vor mir aufzuschlagen: an jedem extrahierten Buche hängt ein glimmendes Stük meiner Geschichte. [361]

Der Mensch ist nie allein — das Selbstbewustsein macht, daß immer 2 Ichs in einer Stube sind. [362]

Kromwel schlief in 15 verschiednen Schlafzimmern. Für mich ist ein 2tes eine Quaal, weil es bei dem Erwachen mir die Wiederkehr des örtlichen Bewustseins verzögert. [363]

Ich habe nichts als mich von meinen Eltern geerbt. [364]

Ich bin nicht im Paradies und sehe nur über die Staketen hinein. [365]

Im Wagen verachte ich den Fusgänger, auf der Strasse den Fahrer. [366]

Wär' ich ein Fürst: so würd ich auf jedem Stubenbrette einen Man gewinnen, der sich wunderte über meine wunderbaren Gaben von Gott, und das würde so viele Jahre und so einstimmig fortdauern, daß ich recht gut voraus weis, ich würde bei einem so betäubenden Nebel — und wär' es nicht menschlich — all das Gute von mir öffentlich sagen, was ich jezt nur im Geheimen denke. [367]

Man denke sich einen Menschen, der die Griechen und Römer und dan die Neuern und Neuesten durchgelesen — der in die Hebräer geblikt — der mit allen dichterischen

Schönheiten schon mehrere Flitterwochen zugebracht — der blos noch einige Tage nach der Messe glüklich ist, wo er die Novitäten durchflattert oder durchwatet (denn dieses ist leider kein Unterschied) — — man denke sich einen solchen Menschen, so hat man mich vor sich stehen und sich selbst. Wie reich und heiter seh' ich jene Männer gehen, die erst nach einem oder 2 Jahrtausenden geboren werden und die sich nun hinsezen und das schmecken können, was nach meinem Tode und nach meinem Leben erschienen ist. [368]

Rede: laßt mich erst matt weinen, damit ich nachher ordentlich sprechen kann. Fragt nichts nach meiner ersten Rührung, damit ich selber Hoffnung habe, ordentlich ohne zu heftige zu sprechen. [369]

Das verfluchte Auffahren! Es ist blos ein heißes Zusammenschmelzen mehrer Fälle in diesen einzigen. [370]

Er meint in einem oder dem andern Jahrhundert dürften doch Fälle eingetreten sein, wo ich das Wetter nicht ganz getroffen. [371]

Ich helfe mir blos durch begrabne Aerzte, nicht durch begrabende. [372]

Je älter man wird, desto schöner und lichter schimmert uns aus den frühen Jahren die ideale Liebe nach. [373]

Für mich ists ein ordentlicher Lebens Stillstand, wenn ich einen Brief oder ein Paket, das, zu spät auf die Post gegeben, nun ohne Fahren und Reiten todt und unbeweglich mit all seinen lebenden Worten vor mir liegen [sehen] muß. [374]

Man solte alle mögliche Einfälle auf und gegen sich haben, damit sie kein anderer hätte! *J. Potage* ⟨*J.P.*⟩ [375]

Sonderbar, daß man alles neu findet, nicht wenn man die Stube über Philosophieren p. vergisset sondern erst wenn man daraus wegläuft. [376]

Jedes Pferd merkt eher, daß Hot rechts bedeutet als ich. [377]

Um eine Statue recht zu lieben, müste sie einige Wochen auf meiner Stube wohnen. [378]

Es ist eine eigne Lust, eine schöne Hand zu schreiben, diese z.B. [379]

Bis an mein Ende trage ich mich mit der Idee, daß ich es bald haben werde. [380]

Das Beste, was hierüber gesagt werden kan obwohl nur von mir. [381]

»Ich habe mich satt.« [382]

Oft wenn ich so meine eignen Sachen wiederlas und mich begeistert fand — nicht vom einzelnen, dessen Ursprünge und Zusammentragungen ich ja kenne, sondern — vom Geiste des Ganzen: so sagt' ich und weinte: nun Gott gebe, daß du etwas werth bist — und am Ende glaub ich selbst, er hat das Gebet schon früher erhört. — Auch ärgere ich mich beim Wiederlesen über die Kürze; und bei dem Schreiben über das Gegentheil. [383]

Zu *Herder:* »ich möchte alles für Sie thun, nur nicht Ihren Willen.« [384]

In meinem Kopf ist nichts einseitig als der Schmerz desselben. [385]

Wie schwer ists, sich in der größten Nähe die es gibt — denn vom Ich zum Ich ist kein Schritt — anschauen, da man ja erst nach Jahren merkt, daß man sein k so macht, oder irgend einen andern Buchstaben und ihn darauf verbessert! [386]

Wie viel Zeit verliert nicht ein Gelehrter, wenn er seinen Steiß gegen den Ofen stehend wendet und denkt statt schreibt und sitzt! — Man kann daran stundenlange stehen, ohne sich aufzumachen und nur 3 Worte hinzusetzen. [387]

Mich tröstet nichts über das Leben und Sterben als daß ich etwas gethan oder gemacht, meine Bücher. [388]

Wenn ich nichts mehr zu leben habe, schreib' ich mein Leben. [389]

Im Winter arbeit' ich gern nach Zwang; — laßt mir den Frühling frei, damit ich nichts thun und hundert Dinge aufschreiben kann! [390]

Ich merke Namen so wenig, daß ich oft vor dem Spiegel frage, wie heißt der darin. [391]

Ich komme am Ende dahin, daß mir nichts gefällt als die Todten und die Kinder. [392]

Ich greife alles an und mich greift alles an. [393]

Lad' ich ein, oder werd' ich eingeladen — zweimal leidet meine Freiheit — aber im Wirthshaus nie. [394]

Ich lese immer und bilde mich, um mit der Zeit Schritt zu halten, mit der vergangnen. [395]

Ich erschrecke nie mehr als wenn es 1 Uhr ausschlägt, weil ich dann essen muß. [396]

Die Musik zerstört mich körperlich nicht etwan darum, weil sie alte Erinnerungen aufweckt — sondern weil es Töne sind, die mich ewig greifen, und sogar wenn ich ein auferstandner Seeliger wäre. [397]

Niemand soll mich tadeln als ich; und dann soll man mir kaum Recht geben. [398]

Ich lebe nicht blos *von* Arbeiten, sondern auch *in* Arbeiten. [399]

Man muß nicht blos andere, auch sich selber ausstehen können. [400]

Ich habe oft wol Lob genug erhalten, aber nur übertreibendes; das gerechte fehlt noch, doch nicht der ungerechte Tadel. [401]

Am Tage halt' ich sie, Nachts sie mich — Federn. [402]

— meine schlechten Bilder von mir ⸗ gemaltes Inkognito. [403]

Ich fange immer von vornen an, dum zu sein. [404]

Hätt' ich nicht so viel noch zu schreiben: wahrlich mir wäre jedes Kriegsschicksal gleichgültig, und meine Kinder würd ich schon zu stellen wissen. [405]

»O! Ich könnte stolz werden, wenn ich mich meiner erinnerte.« [406]

Zur Biographie. »Ich frage jeden, ob ich an mir den *kindlichen* Antheil nehmen kann, den ich an meinen *Eltern* nehme.« [407]

Ich kann schwer ein ausbrennendes Licht anschauen. [408]

»Himmel! Kein Mensch kann so viele Fehler an mir finden als ich selber, so daß ich ordentlich glaube, ich finde zu viele an mir und daher keinem ganz beifallen kann, der viele an mir bemerken will, da ich einsehe, wie sehr schon ich es übertreibe, geschweige ein anderer.« [409]

Ich titularer Legazion Rath verstehe vom Gesandtschaftwesen so wenig als wenn ich ein wirklicher wäre. [410]

Ich spiele nicht mit dem Leben, aber das Leben spielt mir mit, als ob es mein Spielen kenne oder verachte. [411]

»Sagen Sie mir mein Lob; ich habe eine eigne Vorliebe für Lob.« [412]

»Ich bin nicht stolz, weil ich die Menschen für zu klein halte, um etwas anderes unter ihnen zu sein als eitel.« [413]

Jean Saul — Saulus bewachte die Kleider der Steiniger Stephani. [414]

»Wäre nur jemand da, der mich erheiterte!« — »Ich bin dazu geboren, daß mich niemand erheitert!« [415]

Ein im Leben humoristischer Mensch dichtet und schreibt eigentlich in Einem fort, jeder Spruch ist ein Stückchen Buch. [416]

Der Mensch ist seine eigne Reliquie; — hätt' ich die Spielsachen meiner Kinderjahre! [417]

Denke durch, was du thätest und suchtest, wenn du den Genuß des Schreibens nicht hättest. [418]

Gott sei Dank, daß ich mich nicht vorher gelesen, ich würde mich mehr lieben als irgend einen, mich nicht ausgenommen. [419]

»Ein Verfasser des Titans soll 5 Akte hindurch sein Wasser im Schauspielhause halten und keine Blase haben.« [420]

»Sie haben mich für etwas besseres gehalten als ich bin und mich aufgespart wie ein Dessert, — anstatt mich zur Suppe zu machen.« [421]

Hätt ich keine Bücher zu schreiben: ich wäre der beste Ehemann. [422]

Ich zerstöre mich mehr als andre durch Reden, weil ich nicht historisch oder gelehrt spreche, sondern (aus dem Herzen) immer schaffend, immer den Gedanken eben findend und ausbildend; kurz ich sitze vor dem Dintenfaß. [423]

Vita: niemand errieth mein Innenleben, ob ich gleich alles aussprach — Ich habe nicht blos einen andern Standpunkt auch ein anderes Standland — [424]

Wie Nachtigallen sich todt singen, so könnt' ich mich an meinem Klavier todt spielen. Wozu hat ein Instrument seine Züge, wenn nicht das Fantasieren sie gebrauchen und herausheben soll. [425]

Das ganz andere und freiere Anschauen der Welt, ob ich zu Hause, oder bei Rollwenzel bin — und doch bin ich stets in engen Zimmern. [426]

Meine Büste ⸗ ich wollte, es gäbe für sie einen Pygmalion. [427]

Die Kraft zu kombinieren und Aehnlichkeit zu finden wächst bei mir so, daß ich zuletzt gar keine Unähnlichkeit mehr kenne, sondern wie ein Gott alles ähnlich sehe. [428]

Wär ich jung, so brächt' ich einige Schreibmonate auf dem Thurmgelände zu; ich rückte mit meinem Stuhl um den ganzen Thurm herum, um Schatten zu haben. Ich oder mein Stuhl wäre eine Sonnenuhr, die aber den Schatten selber zeigte. [429]

Für ihn höchster Genuß, sich im Blute daliegend oder schlagflüßig auszumalen, um sich den Jammer der Seinigen auszuarbeiten, wenn sie ihn so da fänden. [430]

Vita. Jedes Wort ist wahr; und nur Gott kennt mich auf der bessern Seite, und ich mich auf der schlimmern. [431]

Ich kann so wenig etwas ohne Wendung sagen, daß ich wenn ich mit mir selber rede oder auch träume, immer zu Wendungen mich zuspitze. [432]

Zum Genuß des Briefs gehört sein Umschlag und Aufbrechen und Unterschrift-Nachsehen; ihn so wie einen Krebs möcht ich nicht schon aufgebrochen genießen. [433]

Ich rieche an Dinge, woran man sonst die Nase nicht bringt, an Sallat pp. und fühle mich auf Düften in meine Kindheit geweht. So thut es der Geschmack von Aniskörnern, die ich auf der Kirmeß gekauft. [434]

Ich habe mir das Salzbergwerk des Wissens durch Lesen so ausgehölt, daß nur noch einige Säulen stehen. [435]

Bei meinem Streben nach dem Höchsten und Wahrheit werd' ich so gar leicht [von allem] gewonnen, das mir nur irgend eine Bahn vorzeichnet, bis zu Kanne, Weibern, Wellentreter*.

* Treumund Wellentreter ist das Pseudonym, unter dem der Leipziger Medizinprofessor und Psychiater Johann Christian August Heinroth (1773 bis 1843) seine schöngeistigen Schriften veröffentlichte. Jean Paul las und exzerpierte sein *Lehrbuch der Seelengesundheitskunde,* 2 Tle. (1823/24), in dem H. eine »ethisch-religiöse Theorie der psychischen Krankheiten« (ADB) vortrug. H. beteiligte sich übrigens an der Kontroverse um die Zurechnungsfähigkeit des Johann Christian Woyzeck. Zu Kanne vgl. [201].

Mein Bedürfnis ist ihr Beweisführer. Weiber thun mir dasselbe an. [436]

Das Schlimme für mich, daß ich mich nach der Richtschnur betragen soll, die die Leute aus meinen Werken flechten; daß ich mehr nach denen handeln soll, die nach mir handeln wollen. [437]

Ich.
Von der einen Seite wird mir mein Ich, das ich durch die Ewigkeit schleppen soll, fast gleichgültig und ist mir als ob es einerlei sei, daß das Ding den Ruhm bekomme. Aber auf der andern ist diesem Ich doch auf Ewigkeit hinaus auch das Sittengesetz, das Ebenbild Gottes anvertrauet, dessen es sich würdiger zu machen hat. Auch erkenne ich an dem Schätzen eines fremden Ich den Werth des eignen an. [438]

Ich bin am poetischsten, wenn ich allein, frei, sogar ohne Bücher bin, mit denen ich immer das eigne Dasein störe. [439]

Ich habe eben so eine dumme Natur, daß mir alles, zumal Bewunderung p. in die Augen und in die Nase fährt, und ich weine; aber ich bin deßhalb um keinen Grad schwächer als irgend eine trockne Bestie in der Sandwüste, wiewol vielleicht stärker. [440]

Essen, Trinken, Geld, ja Gesundheit sind mir nichts in der Wage der ästhetischen Arbeit; für diese hingegen esse, trinke ich p. Nur die Genüsse der Natur, der Liebe, der Religion behaupten ihre eigne Herrschaft. [441]

Hätt' ich noch so wild in der Jugend gelebt: es hätte mir vielleicht weniger geschadet als die fürchterlichen Geistanstrengungen in *Weimar,* da ich den *Clavis* pp. schrieb, oder in *Berlin;* und doch mich abends zum 2ten [mal] verschwendete bei *Herder,* der *Kalb* pp. [442]

Am Morgen hab ich Reiselust, Nachmittags Bleiblust. [443]

Dinten Liebhaberei. [444]

Ich denke bei Waitzen an Waitzenklöse, bei Gerste an nichts. [445]

Ich habe eine eigne Heftigkeit; nicht die des Auffahrens — nicht die, welche vor fremder sich anzündet — sondern die der Einsamkeit, wo eine böse oder gute Idee mich immer wilder anfeuert bis ich zum Gegenstande mit dem von Flammen umlekten Kopfe laufe und dann eines sage oder das andere. [446]

Was Menschenliebe anlangt, so bin ich nicht nur gut, sondern zu gut; oder meine Frau ists. [447]

Haß vor einem weißen Bleistift. [448]

»Ich beschwöre, was mein Selbstbiograph von mir sagt, daß es meine Meinung ist.« [449]

Schönes Wetter (nichts weiter) gibt mir Zwiespalt, ich will schreiben ⟨sitzen⟩ und will gehen — dann wieder, wenn ich gehe: ich will draußen mich ins äußere Leben verlieren, und doch wieder mich in mein poetisches inneres konzentrieren. [450]

Wie oft hab ich gewünscht, daß ein anderer für mich äße und besonders tränke, damit ich nichts bekäme als den Wein⸗ und Koch⸗Geist, um nachher fortzufahren auf dem Papier! [451]

Johannes ⟨Jean⟩ wird mit einem Becher dargestellt, Paulus mit einem Schwert. [452]

Ich ziehe überall das Wunderbare vor; mich ärgert wenn z.B. Faujas-St. Fond die Knochenreste, die Cuvier untergegangnen Thieren unterlegt, zu denen der noch lebenden macht. [453]

Ich habe nur ¼ meines Namens übersetzt. [454]

Ich mache auf Gelehrte anfangs schlechten Eindruck und ich fodere die HH. Nicolai, Biester p. auf [zu sagen] ob ich sie anfangs sehr bezaubert. Ich behaupte das Gegentheil, bin aber ihres Widerspruchs gelassen gewärtig. [455]

In meinem 10, 14 Jahr hätte bei meinem Herzen — um das seeligste daraus zu machen — das Schicksal ja nichts anders nöthig gehabt, als mir z.B. in Ködiz* (im 10 Jahr) ein unbedeutendes Mädchen und die gemeinste Musik und etwas Mondschein entgegen kommen zu lassen. Was half mir nachher alles Wirkliche, als ich schon etwas Besseres in mir geschaffen hatte? — Was hilft mirs jetzt? Ach ich war immer zu spät glücklich, nie zur rechten Zeit. [456]

Ich spreche über alles in der Welt gern ernst, nur nicht über mich. [457]

Sobald ich bei dem Erfinden am Klavier p. ins Weinen komme, ists mit dem Erfinden vorbei und nur das Empfinden befiehlt. [458]

Juny [1808] Ich bin ein Lebens Libertin von innen. Denn von außen genoß ich kein Bier, Wein, (Weiber auch später nicht) keine Gastmäler, Punsch p. Aber meine innern Phantasien und Darstellungen haben mir das äußere Leben abgeflacht und verzehrt; und dieß nur, indem ich sie darstellte. [459]

Den 14 Aug 1808 hab ich mir, blos weil die Nachtmütze nicht gleich da war, alle Nachtmützen auf einmal abgewöhnt, Tags vor Napoleons Geburtstag. [460]

* Köditz bei Hof, vgl. *Selberlebensbeschreibung*.

Ich bin so an Freiheit gewöhnt, daß mich schon eine bloße Einladung quält, besonders lange voraus. [461]

Ich bin fertig mit dem Erdenleben — und habe nur noch das Beste (Schweiz, Italien p.) vor mir und das Schlechteste. [462]

Ich habe die Kraft mich von jedem, sogar von meinen Freunden verkennen zu lassen. Trauen sie mir z.B. Geiz zu: werd' ich den Glauben recht befödern. [463]

»Ich bin nicht der Mühe werth gegen das, was ich gemacht.« [464]

Statt J.P. ⁒ Pohl oder Schang oder Schang Pohl. [465]

Bei Herder mußte jeder sagen, wann man geistig das Alter spüre. Ich: wenn man verheirathet sei. [466]

Sterne hielt sich nicht für zu groß, den Namen eines Hofnarren anzunehmen; warum soll ich stolzer sein und den französischen Namen, der mich allerdings demüthigt, wegthun, welchen ich doch einmal angenommen. Haben sich früher Gelehrte ins Lateinische und Griechische übersetzt mit ganzem Namen: warum ich mich nicht mit halbem ins Französische? [467]

Ich bin der Autor der Einsamkeit; noch keiner hat von seinen Werken so wenig vorgelesen — so wol nach dem Druck — als ich, ja sogar, was noch wichtiger, vor demselben als wieder [ich]; denn ich nämlich habe ganz und gar nichts vorgelesen. Meine Plane erfand ich, vollführt ich ohne zu fragen und zu klagen; sogar in Berlin und Weimar. [468]

Oft weiß ich kaum, was ich eigentlich aus mir machen soll als Bücher. [469]

Wenn ich einen solchen Menschen gesehen hätte wie ich war in Hof, mit der Lust, Ertragung, Uneigennützigkeit, ich hätt ihn sehr geliebt. [470]

Zuweilen fährts wol als ein Grimm in mich, was ⟨wie⟩ ich hätte genießen können — was kein Gott und keine Göttin mir jetzo ersetzen oder geben kann — wenn ich früher in den Lenznächten nur ein Auge gefunden hätte, das mich liebend angeblickt; denn ich fand keines. [471]

In den letzten Zeiten nimmt gerade die Autorität, die man meinen Reden gibt, mir den Muth, sie zu äußern, weil ich ihnen das erwartete Gewicht vielleicht erst durch langes Vorbereiten [geben] könnte; und so könnte man gar nicht drei Worte sagen, ohne 3 Tage sich auf sie vorbereitet zu haben durch Nachlesen, Nachdenken p.p. Freilich gilt den Hörern der ganze Umfang des Redners für die Vorbereitung. [472]

Ich glaube, wenn ich einen andern Menschen so menschenfreundlich und unparteiisch und strebend blos nach Büchern sähe, wie ich bin, ich würd' ihn lieben und hoch über mich selber setzen; aber ich wäre doch der, der hoch setzte und schätzte. [473]

März [1822] So viel ist gewiß, die Tag- und Nachtgleiche, in der ich geboren bin, ist Bild, wenn nicht Grund einer geistigen in mir — Phantasie und Reflexion sind sich ziemlich zugewogen, so vielleicht moralisch Gut und Böse, und zuletzt wol gar Schicksale. [474]

»Jetzt bin ich froh nach, im, mittelst Schreiben;« - was will ich denn sonst? [475]

Ich machte nie viele Umstände mit einer fremden Sprache, sondern las ein Buch, das gerade darin geschrieben war; — dann gab sich der Rest. [476]

Ich suchte in Hof mit den Reitzen, die ich hatte, ein Herz zu erobern; es sei aber, daß ich deren zu wenige hatte, oder daß die Magerheit die besten in Schatten setzte, genug ich trug den Thorschlüssel zu mir vergeblich den ganzen Tag auf dem Teller herum, ohne daß man ihn annahm. [477]

Mein Trost bei Kriegs Unglück, Gefangenschaft: ich habe meine Sache gethan und geschrieben; und da das Beste von mir vollendet ist, so kann mirs gleichgültig sein, was ich noch auf der Erde zu thun haben soll. [478]

Durch Lustigsein könnte man mich zu allem bringen. [479]

Ich taugte zu keinem Prediger; denn [ehe] ich die andern nur in halbe Rührung gebracht hätte, wär ich so sehr in völliger, daß ich nicht mehr reden könnte. [480]

Mein Zweikampf, soll ich die Laube malen oder genießen. [481]

Das einzige Wunderbare was sich bei meiner Geburt zutrug war daß der Tag und die Nacht gleich waren, als Vorspiel meines Doppelstils. [482]

Um keine Gedanken bei dem Mittags-Einschlafen zu vergessen, knöpf ich die Hosen auf; und erwachend frag ich: warum? [483]

Ich könt ein seeliger Mensch sein, wenn ich blos läse — oder blos schriebe — oder blos spräche — oder spazieren [ginge]; da ich aber dieß alles unter einander thun muß: so leid ich oft viel. [484]

Ich genieße eigentlich mein Sein nie mehr als an einem Tage voll halber Schwäche nach Abendtrunk — Hier bin ich von mir zu keiner Arbeit gezwungen. [485]

Leibesvisitationen

— auch der Urin gibt einen Regenbogen. [486]

Oft überfiels ihn ⟨Albano⟩, daß er nun diesen Leib mit sich tragen müsse, der ihm ohne daß ers wehren könne, die höchsten Schmerzen mache. [487]

Das wallende Blut wirft an die Ufer des Gehirns die Trümmer von versunknen Schiffen. [488]

Der Körper ist ihre Frau; wer weis aber nicht, daß der Man die Unpäslichkeit seiner Gattin zu seltnen Vergnügungen benüzt? [489]

Die Franzosen lesen die Ästhetik des Leibs. [490]

Die unerbaren Glieder reisen wie Fürsten inkognito und doch kent sie ieder. [491]

Eine Misgeburt ist ein Drukfeler im Buche der Natur. [492]

Krankheiten nüzen nicht blos dem Doktor, sondern auch der Sele. [493]

Sein Gehirn unterrichtet die Welt nur, wenn man es anatomirt. [494]

Seine Zäne gehören nicht mehr zu seinen unbeweglichen Gütern. [495]

Wenn der Körper das Gefängnis der Sele ist; so kan man sagen, daß sie desto mer Licht erhalte, ie mer innen zerstört. Iedes Werk des Genies ist eine Wirkung einer Krankheit, wie die Perle eine Art Stein bei den Würmern ist. [496]

Der Bauch blähet sich über den Sieg über den Kopf auf. [497]

Die Natur hat sich auf seinem Gesicht verschrieben. [498]

Die schwarzen Zäne trauern um ihre abgeschiednen Milchbrüder. [499]

Im Buche der Natur sind einige Menschen *gros* und mit *Frakturschrift* gedrukt, aber wie in andern Büchern, so ist nicht mehr Verstand darin. [500]

Körper Findelhaus der Sele. [501]

Sein Gesicht ist eine Selbstrezension. [502]

Seine Mänlichkeit stirbt von unten auf und ist schon über die Waden. [503]

Seine Waden sind, um nicht als Bürgen für die Lenden angehalten zu werden, unsichtbar geworden. [504]

Sie ist auf ihre verstorbene Schönheit erbittert und hängt sie *in effigie* an ihr Gesicht. [505]

Seine Seele logiert in seinem Körper*hotel* hinten heraus ohne Licht und Bett. [506]

2te rechtmässige Auflage ihr Gesichts. [507]

Ihr Gesicht [ist] ein Archaismus. [508]

Herz auf die Fleischwage legen. [509]

Die Glaze wird seine zweite Stirn. [510]

Geht denn mein Herz oder Gehirn mein Ich näher an als mein Mastdarm oder der Herzbeutel mehr als die Urinblase? [511]

Könnte man an den Missethätern nicht einige Erfahrungen z.B. über das Verdauen, machen, indem man sie vor dem Tode um gewisse Stunden manche Speisen genießen ließe und sie sogleich öffnete? [512]

Keine Minute ist so lang als die, worin man an sich den Puls zählt. [513]

Um ihn (einen Dicken) schön zu machen, müste man ihn halbieren. [514]

Wenn man nieset, wil man ein Wort sagen. [515]

Ich niese gern; um aber dieß oft zu thun, muß man kein Schnupftuch nehmen. [516]

Kein Mensch hat es noch in Druk bemerkt, daß es ein Vergnügen ist, zu niesen. [517]

Fasgeschmak der Seele. [518]

Er ist sein eignes Gebeinhaus. [519]

Manche halten sogar das Niesen für zu kühn und laut. [520]

Wie viel Plagen am Körper braucht man denn zu einer Hölle für einen Menschen? [521]

Das Miserere des Sängers ist oft ein anderes im medizinischen Sinn. [522]

Im Magen brennt das Feuer für die kalte Küche. [523]

Sollte nicht auch ein Nasenloch besser riechen als das andere? [524]

»Kein Dicker darf seine Noth klagen, weil man ihm keine zutrauet; man sollte sichs ordentlich wegschwitzen.« [525]

Wenn auf einmal jeder nakt ginge, so verlöre zwar anfangs das Antlitz; aber bald darauf würd' es als das einzige Seelenvolle am stärksten entscheiden. [526]

Die Pflanzen nehmen Nahrung, ohne Exkremente zu geben. [527]

Um lange fortzuniesen — kein schwaches Vergnügen — so athme man nur sogleich nach dem Niesen durch die Nase aufwärts; überhaupt ist die Kunst und Nothwendigkeit des Niesens noch wenig bestimmt. [528]

Die Nase ist fast die sinnliche Moralität. [529]

Das Leben ist eine unheilbare Krankheit für den Arzt. [530]

Der Körper wird der Scharfrichter der Seele. [531]

Die Nase ist oft ihr eigner Tabak, sobald man das Schnupftuch wegläßt bei dem Niesen. [532]

Körperliche Phraseologie der Gesten. [533]

Der Körper ist der Sattel des geistigen Pegasus. [534]

Ich wollte, der Teufel holte den sogenannten Geschlechttrieb, er macht den besten Menschen an sich irre und er denkt nicht an das Gute in sich selber. [535]

In meinem Gesicht schwimmt leider jetzo das Oelfett oben. [536]

»Ich weiß nicht was Ihrem Gesichte schöner stände als dieser artige Franzenhut; gleichsam der goldne Rahmen eines schönen Gemäldes. Ich erschrecke ordentlich, wenn ich mir ihn wegdenke und Ihr Gesicht ganz entblößt ⟨entkleidet⟩ und ohne alle Rahmung.« [537]

Ein Mann ⟨König von Westfalen⟩ der seinen Körper wattiert zu einem schönen Leibe. [538]

Blos der Sinn des Gesichts spiegelt uns ein Bestehen und Bleiben der Gegenstände vor; aber Hören, Fühlen, Riechen p. umgeben uns mit verrinnenden Zuständen und Dingen. [539]

Alle Küsse sind einfach und einbeinig und halb, — zumal die auf die Hand, man müßte dann noch Rocksaum vorziehen, — auf Wange — die nicht auf den Mund; hier vier Lippen und irgend etwas von Erwiederung. [540]

Einen erhabnen Gedanken umgibt die Schlafmütze, der Schweiß p.p. [541]

Ich wollte, man brauchte sich wie den Fenstern den Schweiß nur 1 mal abzuwischen. [542]

Das Fett ist sein erster Sarg. [543]

Im Alter die 7 Leidens Stazionen am eignen Körper. [544]

Schön daß der Hundzahn nicht hol wird; aber leider wirds der Weisheitzahn. [545]

Ohne die erregte und erregende Geschlechtphantasie schweigt der Leib Jahre lang still; und der Mensch bemerkt nicht einmal das Schweigen. [546]

Unter dem Niesen, zumal öftern, spürt man, das Angenehme der Ausleerung ausgenommen, etwas Zürnendes über den mechanischen Eingriff der Lunge in die eigene Freiheit. [547]

Zum ersten male 8 Blutigel auf die Brust — Zur Hellseherin: sie ist die Pazienten-Königin, ihre Verordnungen bei Todes Strafe zu befolgen. Sie schickt mich in den Krieg gegen die Blutigel, ich erlegte sie, vergoß mein Blut für jene und kam mit 8 rühmlichen Wunden von vorn zurück. [548]

Hätt ich nicht geistig hervorzubringen, wie streng wollt ich meinen Körper halten! [549]

Vom Trinken

Was alles Böses gegen das Bier bei Philosophen gesagt wird, gilt nicht bei mir. [550]

Der Trunk ist ein Verbrechen das man nicht im Trunk begehen kan. [551]

Gewohnheit. Von einer saueren Bouteille schmekt das lezte Glas süs. [552]

Wie Millionen mal ist das Gehirn klopfend und in Anstrengungen gewesen, bei einem, der trinkt. [553]

Man wird immer jünger, je mehr man trinkt, anstat 30 Jahre alt, dan 20, dan 15. [554]

Nichts ist fataler als wenn gerade die letzte Flasche altes Bier schlecht ist. [555]

Die Nüchternheit des Morgens ist nur eine negative Trunkenheit. [556]

Der Trinker will sich durch mehr Trinken ordentliche Festigkeit und nüchternen Schein gewinnen. [557]

Im Wirtshaus lauter Pairs, d.h. Gleiche. [558]

Mich quäält ein Ort, wo die Bürger nichts haben, worin sie sich betrinken können. [559]

Vertheidigung der Trunkenheit. Wenn man den Menschen nicht die thierischen Zeichen des Schlafs und Traums übel nimmt, warum die ähnlichen der Trunkenheit? »Aber die Freiheit über Körper wird genommen?« Wo nicht, bei welcher geistigen Anstrengung nicht? Ists sündlich, freiwillig einzuschlafen. Das Schlimmste, was *mittlere* Trunkenheit hat, ist das Streben nach *größerer.* [560]

Daß ich mich nicht aus Eitelkeit genießen will — durch Trinken —, seh ich, weil ichs eben so gern *allein* thue. [561]

Entwirf bei Wein, exekutiere bei Kaffee. [562]

Nicht blos in der freien Luft wird man trunken, wenn man hinausgeht, sondern auch wenn man in ihr trinkt. [563]

Die beste Weise, sich das Übertrinken abzugewöhnen, ist nicht, nach solchen p. Flaschen aufhören, sondern täglich *später* anzufangen. [564]

Wenn ich stark getrunken habe, philosophiere ich viel heller und wahrer als ich dichte. [565]

Bei dem Betrunkenscheinen ist viel nachtheiliger wenn die Glieder wanken und versagen, als wenn die Ideen — weil über jene überall Richter da sind, über diese selten einer. [566]

Der Übergang vom alten Bier zum neuen mühsamer als vom A[lten] T[estament] zum N[euen]. [567]

Die größten Arzneistärkungen helfen (bei *Voelderndorf**) nicht so sehr als blosser Wein. — Man halte sich eine Agonie-Bouteille bereit. [568]

Auf keiner Erhöhung gibts so schlechte Aussicht als wenn man auf der angekommen ist, die in einer Weinflasche steht. [569]

Der Trinker trinkt mehr an heitern Tagen, um sie recht zu genießen, und mehr [an] trüben, um sie leichter zu verleben. [570]

* Karl Friedrich Wilhelm Freiherr von Voelderndorff (1758–1832), preußischer Regierungspräsident in Bayreuth.

Das Erfinden fodert weit mehr Wein als das Ausarbeiten, worin jede Idee die zweite begeistert und heitzt. [571]

Welcher Unterschied! Tausende trinken an Tafeln hohe Weine und gehen stumpfer nach Hause und erwachen noch stumpf — kein Einfall, nur Lachen, kein anderer Glanz als der des Gesichts, bezeichnet das Dasein des Weines. Hingegen der am Schreibtisch getrunkne Wein hebt den, der ihn trinkt, und die Welt, die ihn hört; und wird hundertjähriger Wein in anderm Sinn. [572]

Der alte Deutsche trank sich aus dem feindlichen Schädel den seinigen voll. [573]

Nicht bei der Dichtkunst hilft Trinken; sondern bei Philosophie und Mathematik trink ich am meisten. [574]

Gerade wenn man die *Bouteille* doppelt sieht, ist die eine und jede leer. [575]

Andere trinken sich beredt; ich rede mich betrunken. [576]

— lieber Flaschen als Briefe entsiegeln. [577]

Wein nach der Sündfluth erfunden. [578]

Champagner das gesteigerte Weißbier. [579]

Da der vorige Wein 45 kr. kostete: kann ich jeden Tag 4 gr. ersparen durch Trinken des Roussillon; und will ich einen gar halben Gulden ersparen, brauch ich bloß 2 Flaschen zu trinken. [580]

Den Aufwand, oder Aufreiz des Trinkens, den andre spurlos in Abenden verwenden, wend' ich am Morgen zum Schreiben an und lasse den abendlichen weg. [581]

Ein andres ist, die Weine im Magen mischen, ein andres in der Flasche, was nie anginge. [582]

Trunk weckt mehr Freude als Geisteskraft; man arbeitet desto länger je später man trinkt. [583]

Meine Füsse müssen einen Umschweif machen können ohne die Bouteille unter dem Tische zu berühren; mit Wuth stoß ich sie weg. [584]

Ich habe mich oft bei Gelagen des Trinkens enthalten, um nicht die Kraft durch Trinken ohne Schreibzweck abzustumpfen. [585]

Der böse Übergang von altem Bier zu neuem. [586]

Ich habe nie ein Getränk getrunken blos für meinen Geschmack als das Wasser; jedes andere nur für die Wirkung. [587]

Trink ich Kaffee vor Bier: so muß ich oft pissen. [588]

Durch das Weggeben der Gläser weiß ich nicht, wie viel ich Wein getrunken; und ich trinke daher noch mehr, im Bewußtsein der Entschuldigung. [589]

Leidensperiode wenn neues Bier zu trinken ist. [590]

Träumen und Träume

Durch die Nacht des Schlafes fliegen schimmernde Insekten von Gedanken und Träumen. [591]

Im Traum die am Himmel hin und hergeschleuderte Sonne sehen. Ich mache zwei Schatten. [592]

Traum daß ich am Pol bin, die Sonne *immer, nimmer* sehe. [593]

Traum: »das Leben sei ein Traum, alles komme mir nur so vor, und etwas könte mich plözlich aufwecken.« Und eben dan erwach ich. [594]

Das Sonderbare: eh man einschläft, weis man das Land von Träumen nicht voraus in das man auf geradem Stral fält. [595]

Ein wahrer Traum. Ein Engel lies einen Menschen an langen Grab-Seilen in einen Abgrund — dan flog der Engel hinauf und der Unglükliche sah die Seile im Himmel flattern. [596]

Die reisenden Eheleute denken unterwegs, wie jezt zu Hause Geister in ihrer Gestalt ihr Leben nachäffen. [597]

Traum: eine junge Gesellschaft walzet — unter dem Tanze werden sie voller und stärker — dann Haare unter dem Springen grau, Zähne Ausfallen — tanzen fort, Gesicht bleich, Augen zu, Leichenkleider — endlich Gerippe — zuletzt zu Asche und ein Wind weht alles davon. [598]

Die Narheit, welche gleich gewissen Tieren, am Tage schläft, lärmet zu Nachts im träumenden Gehirn. Die Phantasie fastet, wie gewisse Mönche am Tage, und prasset zu Nachts. Der Tag reisset die Luftschlösser nieder, die die Phantasie zu

Nachts erbauet wie umgekehrt zu Nachts das [am] Tage gebaute Jerusalem niedergerissen wurde. [599]

Der Traum öfnet uns den Eingang in den Spiegel der Welt, in welchen wir vorher nur blikten und wir ⟨der Zuschauer⟩ vermehren mit unsrer Gegenwart seine ⟨die Schauspiele⟩ bestandlosen Bilder. [600]

Die schlimmen Begierden sind Nachtwandler und wachen auf, wenn die Vernunft schläft im Traume. [601]

Im Traume komen wir oft auf ienen Berg, wo wir in das entfernte gelobte Land des Menschen hinübersehen. [602]

Träume bringen doch jede Nacht etwas Neues in das täglich mehr sich wiederkäuende Leben. [603]

Im Traume: »eine Anekdote ist doch darum besser für die Geselligkeit als ein Einfall, weil man ohne Vorwurf jene überall erzählen, diesen aber nur einmal sagen darf.« [604]

Traum: jedes Buch hat seine schwache Seite, wie jeder Mensch einen Hintern. [605]

Wenn ich froh träume, ists immer von Fürsten, sogar Napoleon erschien mir immer wolwollend und wolthuend. [606]

Nach einem bösen Traum sieht man, welchen Stoff zu einer Hölle ein bloßes Gehirn in sich aufbewahrt. [607]

Traum.
Als ich im Traum verlegen war, wie ich bei einem juristischen Termin eine Sache unvorbereitet ausführen sollte: so fiel mir zum Troste ein, vielleicht ists ein Traum, aus welchem dir ohnehin das Erwachen hilft. Jetzo prüfte ich meinen Zustand des Wachens, ob es der wahre sei. Ich fand ihn wahr, indem

ich mich umsah, mir meiner selbst mit Absicht recht bewußt wurde. »Ich wüßte ja sonst, sagt ich im Traum, wie sich sonst Wachen und Träumen unterscheiden, wenn ich jetzo Unrecht hätte.« — Aber eben nur im Traume kann man sich fragen, ob man wache; und ich begreife nicht, wie so viele Schreiber ihre Helden bei einem großen Glück sich fragen und prüfen lassen, ob sie wachen; denn nur der Träumende, der Fieberhafte, Trunkne kann eine Frage thun, deren Aufwerfen ihr Verneinen ist. [608]

Traumgestalten.
Ich habe eine Anzahl geistig geliebter Mädchen, die noch kein Auge gesehen; nämlich die mir im Traum erscheinen und mich mit einer Jugendliebe beseeligen, die ich in der Außenwelt nicht mehr empfinden kann. Die Gestalt und ihre Gesinnung und ihr ganzer Charakter bleibt mir so lebendig und individuell und die Gefühle dazu auf mehre Tage. [609]

Dem Traume sind wir mehr Geschöpfe als Schöpfer; das Leben wird uns gereicht, aber wir ordnen es nicht, sondern wir unterordnen uns ihm. [610]

In der Erinnerung der Träume kommt eine festere und lebendigere Wirklichkeit vor als in der Erinnerung bloßer wacher *Vorstellungen* und Phantasien.

Eine bloße vorgestellte Person kann dir daher jene Jugendgefühle nicht wieder erwecken, welche eine geträumte zurück zu geben vermag und die keine gegenwärtige erregen kann. — So kann auch keine noch [so] feurige Dichterdarstellung uns die Schmerzgefühle erregen, die der Traum sogar nach dem Erwachen fortsetzt. [611]

Träume von Musik.
Ich hörte den 19 Februar 1821 einen Chor, dessen Erhabenheit mir Empfindungen gab, die ich nie gehabt. Mein Vergnügen konnte doch nicht aus Mistönen oder aus einer

magern Zusammensetzung entstehen, sondern bei einer so starken Reizung mußte etwas Reizendes oder Wahres zu Grunde liegen. Aber dieses kann nur von mir geschaffen werden, also eine verwickelte schwere Musik von mir selber, die ich nur hörend fasse — Folglich bin ich im Falle der Hellseherin und in mir wohnen Gegenstände, deren Anschauung nur im Traum gelingt. [612]

Träume.
Schon 2 mal träumte ich: ich stellte mich, um mich an andern zu rächen, wahnsinnig; und ich fand auch im Traum wie im Wachen, meine Verstellung ächt-toll. [613]

In den schönen Träumen, von denen ich weiß daß sie solche sind und die ich verlängern möchte, war einer, wo ich mich aus der Nase schnarchen hörte; ich sagte zu mir, dieß wird dich erwecken und versuchte es mit den Fingern zu verhüten (letzteres war nur geträumt) ging nicht. Ich stellte dabei die alte Betrachtung an, daß doch nur eine körperliche Bedingung den großen Unterschied zwischen dem träumenden und wachenden Bewußtsein bild[et]. Endlich erwachte ich, und schnarchte wirklich aus der Nase noch. [614]

Ich wache oft mit einem Schuß Sprachlaut auf, der nicht ist, so vor Gestalten, die kurz nach dem Erwachen noch bleiben. [615]

Traum: wo ich schwebe, Weiber küsse und zu Otto* sage: sage wenn ich aufwachen soll: so erwach ich. Er that's, ich erwachte mit der Anstrengung womit ich mich aus dem Alpdrücken wecke — und lag mit ihm im Bette in einer Wirthsstube voll stummer Gäste, um mich nicht zu stören. Er sagte mir, er hab mich im Traum reden hören. Ich erzählt ihm seine Erscheinung in der Stube. — Endlich wahres Erwachen

* Christian Otto (1723–1828), Jean Pauls Freund und Nachlaßverwalter.

— Einmal sah ich den verstorbnen Herold*; »ich darf nur von dir gehen, so sinkst du in Staub« Ich ging, er kam wieder — mein Grausen — ich fragte über 2te Welt: »sie sei, aber anders.« Ich um zu prüfen ob es ein Traum oder eine Wirklichkeit bat ihn, englisch zu sprechen, weil ich dann (dacht' ich im Traum) es selber machen müßte, wenn ich blos träumte, er würde es dann nicht können. Er konnt' es auch nicht sehr. Aber die Erscheinung verlief sich. [616]

Den 13ten Apr. [1806] Traum: »Hört' ich Musik; wenn es ein Traum wäre, dacht' ich, so müßten ja die Übergänge und Auflösungen so kommen als du sie in dir jetzt hörest — sie kamen aber immer verschieden. So hört' ich wie von einem Doppelchor in mir 2 Musiken. — Ich ging vor einem Hause vorbei mit dem Nachdenken, wie ich ich weiß nicht wohin gelangen könnte, als oben eine Stimme herunterrief: das sei nicht möglich. Folglich, sagt ich im Traum, da ers sonst nicht wissen könnte meine Frage, und ich mir selber keine Antwort darauf geben konnte, hab' ich ihn nur selber diesen Mangel an Antwort im Kopfe repräsentieren lassen.« [617]

Traum nach meiner neuesten Einschläferungsmethode — indem ich ein Wort nach dem andern innen höre —: ich fliege und zwar aus Traum Willkür; ich sage darin, jetzt will ich im Traume sagen, daß ich mich selber aufwecken will, damit die um mich stehenden meine Freiheit glauben. (Unter dem Sagen verspürt' ich vergebliche Anstrengung der Kehle) Ich erwachte in den Traum und erst später ins Wachen zurück. [618]

Mein Traum [November 1807]: »ich hätte doppelte Glieder, fühlte doppelte Hände an; ich ginge im Schlafe aus dem Bett, vor das Fenster mit geschloßnen Augen, (und sah doch) um mein Schlafen zu probieren. Ich sah etwas schaudernd in den

* Johann Georg Herold (1741–1805), Kaufmann in Hof und Vater von Christian Ottos Frau Amöne.

Spiegel, um (sagt' ich) mit geschloßnen Augen zu sehen wie ich aussehe; anfangs wie vom Holspiegel verzogen, dann ordentlicher. Mich freuete im Traume am meisten, daß ich so viel Bewegungen machen könnte, ohne von einer aufzuwachen.« [619]

Ich träumte [Dezember 1807]: »jetzt kann ich im Traum überall hinfliegen ohne aus dem Bette heraus zu gehen und komme doch an; ich flog Nachts durch eine Stadt, finde einen Hut, draussen wars doch Tag; ich fliege zurück und sage in der Stube, jetzt will ich erwachen, geschieht; sagte, seht wenn ich mich jetzt heben will, ist alles wie Blei.« Endlich erwacht' ich. [620]

Ich träumte [Dezember 1807]: »am Himmel stände noch ein Mond, ferner ein Fürsten-Bruststück. Mir war banger vor Welt-Auflösung — besondere Grau Farbe des Himmels — jetzt ein Schall — Jetzt gibts keine Naturgesetze mehr, alles wird aufgelöset und ist ein Traum.« Erwachte. [621]

Im Traum weiß ich, daß es einer ist und ich bemühe mich die Sachen recht festzusehen, um ihrem Stehen oder Vergehen zuzuschauen. [622]

Traum: »Ich sprach über die Lebens Oede — ein Leben ist nicht ein unglückliches Leben sondern ein lebendes Unglück.« [623]

Ich wollte, ich könnte wenigstens Musik, Liebe, Landschaft, Schönheit, eigentlich jede Freude im Traume genießen, nicht im Wachen. [624]

Mir träumte, wie komisch alle physische und doch richtige Berechnung geistiger Verhältnisse wäre; z.B. wenn einer sagte, 1537 mal hab ich im Jahr geseufzet (wobei ich im Traum anbrachte, daß man so und so oft in 1 Minute athme)

— dann wenn man sagte, ich bringe dir meine im vorigen Jahre geweinten Thränen ein ½ Näpfchen voll. [625]

Mir träumte: »ich sagte zu Napoleon, ich wäre nie klüger als im Bette, wenn ich eben von ihm träumte; denn dann müßt' ich ihn und seine Gedanken selber erschaffen p.« [626]

Das Träumen vom 22ten Okt. [1811] — Gehirnkizel — gegen Morgen — fand ich zuviel Beschwerlichkeit, z. B. ich hatte (wegen des umgekehrten Deckbettes) eine Blut Wurst von dreifacher Größe eines Dudelsacks zu tragen und dabei einen Folianten. Wunderte mich, daß ein abgesondertes Glied wie die Wurst lebe. — Sogleich sagt ich: es ist ein Traum, lass alles liegen und du kannnst fliegen — Unter dem Arm⸗Bewegen kam mir ein kühles Lüftchen, ich dachte im Traum, die im Bette mache mirs — Dann wunderte ich mich, daß ich träumend alles so deutlich sähe als im Wachen und die Augen offen spürte als wären sie offen; dann machte ich sie zu und es war finster; aber ich sagte mir, mache die Augen nicht zu sehr auf, sonst gehen die andern Augen auch auf — Dann sagt ich mir, du bist träumend ein Nachtwandler und trifst äußerlich die Gegenstände, weil du sie dir sehr klar vorstellst; ich flog dann an einen Ort und sagte, ich will sehen, ob ich mir recht vorstelle, und tippe auf eine Wand⸗Sache, aber immer einen Zolle fehlend — Dann den Befehl im Wirthshaus, ein Fremder wünsche 2 Gräfinnen zu sprechen, blos weil ich ihre Gestalt sonst nicht sehen konnte, und doch sie mir vorstellte. [627]

D. 6 *Nov.* [1811] Träume: ich will Bahrt* als einen begrüßten Mann begrüßen, endlich fällt mir von mir ein, daß ich als Schlafender mit geschloßnen Augen erscheine. Er sagt mit einem schrecklichen Gesicht, ich sei ihm schrecklich; hier fällt mir noch ein, daß er todt sei. Ich sagte, die Todten

* Da es sich um einen Toten handelt, ist wohl Karl Friedrich Bahrdt (1741 bis 92), der Aufklärungstheologe, gemeint.

haben geschloßne Augen, und die Scheintodten, die Schlafenden, und entsprang mit einem lustig-gräßlichen *hoho* — Gleich darauf träumte mir, ich *erzählte* diese Träume meinem Freunde. — Statt des Fliegens wählt ich, mich in den See zu stürzen und von den Wellen weich überspielen zu lassen. — Dann versucht ich mehre Speisen durch Käuen, um zu sehen, ob sie im Traume wahren Geschmack hätten, und fand immer den spezifischen; wollte deßwegen einen ganzen Konditor Laden durchkäuen, kam nicht dazu — Ich probierte meine Bemerkung, daß im Traume kein Buchstab stehen bliebe, und fand unter dem scharfen Ansehen, wie jeder sich in einen andern verwandelte. [628]

Traum 17. März [1812]: ich sagte einer Frau, sie solle mir ein schönes Gesicht bringen, weil ich (dacht' ich) sie dann schön finden werde, wenn mir eine andre sie bringt und mich dazu zwingt. Es geschah. Beim Abschied sagt ich, sie solle meinen Namen laut [rufen], so werd ich erwachen von der Liebe und dem Traum. Sie thats nicht, ich erwachte auch nicht. — Find ich viel Schwierigkeit: so merk ich gleich den Traum und erweise mirs, daß ich fliegen kann. Dabei immer dieß, daß ich dem *Otto* das Reflektieren über meinen Traum erzählen kann. Ich versuchte, ob ein Geschmack an einem Traum-Essen wäre, fand einigen; schickte nach dem besten Wein, um es auch zu probieren; der Bote kam nicht. — In allen meinen Träumen ist gar nichts Bekanntes von Häusern, Gegenden und Menschen (nicht einmal bestimmt meine Kinder); wenigstens nur von letzteren in den dunkeln Träumen, nicht in den hellern. Dennoch kommen alte Städte und Gegenden *voriger* Träume wieder. Wirkliche Menschen verwandeln sich oft in einander. [629]

Den 28ten April [1816] träumt' ich in einem Wahltraum — worin ich mir durch die Nase zu athmen rieth, um so länger zu schlafen durch Luftgenuß und wo ich bei dreimaligem Erwachen immer in derselben Lage blieb, um wieder einzuschlafen (was auch geschah) — daß ich von einem Geiste gestört würde, der ein kurzes Gepolter unter meinem Bette mache. Jedes mal nach meiner Anrede an den Geist und nach einem kurzen Erwarten, ob dasselbe Gepolter wiederkomme, kam es wieder. Und so oft — daß ich aus dem sonst gesuchten Schlafe herauswollte und endlich es nur mühsam vermochte. Ich suchte dann das so wiederkehrende Traumgeräusch aus der äußerlichen Nachbarschaft zu erklären, brachte aber nichts heraus bis ich endlich errieth, daß das Röcheln des Ausathmens für mein leises Ohr das Geräusch gemacht, so daß also jeder Satz an den Geist und der wartende Gedanke, ob er wieder poltere nur den Zeitraum eines Athemzugs einnahm. Ich wunderte mich oft darin, daß der Geist meine fragenden Gedanken errieht und mit dem Geräusche sie beantworte. — Den Tag vorher ein anderer Traum: wo ich (indeß ich nie die Personen meiner fertigen Romane sehe) Personen eines erst zu machenden Romans so vor mir habe, daß ich halb ihre willkürliche Verkettung zu bedenken habe und halb sie doch lebendig neben mir handeln, ja daß ich eine Flinte auf einen Menschen loszuschießen habe, dessen Tod ins Buch gehört und die ich ohne Gewissenbiß (weil's nur ein Roman ist) lade, aber mit Angst, weil ich das Laden nicht verstehe und mir zu schaden fürchte. [630]

Den 18 Febr. [1818] erzählt ich im Traum, wie ich in meiner Kindheit zum ersten mal das Bewußtsein des Ich gehabt, das Hinsehen unter der Hausthüre — indeß mischt' ich doch quälende Nebensachen dazu, Und sagte: das Bewußtsein muß mit einem Schlage kommen. [631]

18 März [1819] Traum: (Vorher die Geschichte wie ich einmal Nachts nach ernstem Gespräch den Oertel ansehe und er mich und uns beide [vor] uns[erm] Ich schaudert) So sagt' ich zu Göthe, indem er fort ging: nach dem Tod lernt man doch das Ich wenigstens. Er blickte mich mit vorquellenden Augen an und ich schauderte wie damals. [632]

März [1820]. Am Tage bin ich in der Einsamkeit, Nachts geh' ich in Gesellschaft, nämlich zu Bette unter die vielen Traumwesen. [633]

Den 12 Ap. 1806 Traum: ich hörte mich schnarchen und suchte in meinem Traum willkürlichen Schwebens zu bleiben. Du mußt sagt ich auf weisse Flächen sehen, so wird der Traum wieder hell und stark. Dieß alles folgt meist am Morgen und nach meinen Einschläferungs Mitteln und bei der Schwäche. Ich roch an einem Blumenstrauß, um zu probieren, ob im Traum dieser Sinn sich palingenesiere; herrlich aus tiefer Kindheit hergeholter Geruch. Musik wollt ich vergeblich hervorbringen. War kränklich. [634]

Aus der Lebensprosa

Ich habe die höchste Freude, alles Gemeine und Pedantische mitzumachen unter dem ergötzenden Bewußtsein der Willkür. [635]

Man mag noch soviel Sprachlehre wissen, komt man nicht ausser Landes, einige Provinzialismen wird man doch nicht los. [636]

»Wenn ich mich so ausdrücken darf« elende Floskel. [637]

Nach der Reise findet man in seiner Stube den Sonnenschein an einem anderen Ort. [638]

Man muß sich gar nicht viel ums Körperliche bekümmern — sogar den Haushaltungs- und Bücherwust nicht achten, wenn nur der Geist daraus gesogen ist — denn einmal muß der Mensch doch das Körperliche in seiner Verwirrung lassen. [639]

Bei Wohnung-Wechseln.
Nie ergrimmen [wir] über den Troß und die Packwägen eines an sich doch nicht so viel aussagenden Lebens als bei dem Ausziehen. Himmel! Wie viel Wägen braucht ein Mensch, um nur gewöhnlich zu leben! Wie viel Gerümpel, das schon gedient hat, und hinab dient zum Abnützen bei noch Aermern, bis endlich der gute Ofen kommt. In *den* möchte man oft alles werfen, oder ein bischen Feuersbrunst wünschen, um nur weniger Ballast zu laden. Und das Bücher- und Schreibgepäck! Wie immer ein Buch ums andre alt wird und als Mumie uns ansieht! Wie wehe thut es, Bücher nicht mehr achten zu können, entweder weil man sie gelesen oder weil sie wenig taugen durch Alter p.! — Tausendmal glücklicher, sag ich unter dem Einpacken unaufhörlich, ist der Garçon und Soldat, der aufbricht in ¼ Stunde und auspackt in einer. Aber freilich setzt dieß Leute voraus, die alles dahaben, was er nicht mitbringt. — Manches schleppt man nur mit, weil es

weder zum Zerstören noch Verkaufen noch Gebrauchen taugt. [640]

So oft ich einen Ofen, ein geblümtes Kleid ppp. ansehe: denk' ich wie viel tausend Zierrathen gehen verloren, auf die nie ein Mensch ein Auge wirft. [641]

Ich stelle über ein von Ameisen präpariertes Taubengeripppe im Garten oder über die von einem Hühnergeier zerworfnen Federn desselben im Wald mitleidige Betrachtungen an und denke an Raubthiere und Sterblichkeit. Wenn ich aber abends ein ähnliches Taubenskelet auf dem Teller zause: so thu' ichs nicht. Ist nicht das Schlachtfeld ein solcher Teller. [642]

Jeden Morgen ist man 18 Jahre alt, abends 81. [643]

Brod gleich nach dem Niedersezen essen und zwischen den Gerichten ist nur eine andere Art, an der Uhrkette zu spielen. [644]

»Es ist hier nicht der Ort mehr davon zu sagen« sagen die, die nicht mehr zu sagen haben. [645]

Mittel einzuschlafen. Das Mittel, Langweile zu machen, ist Nachts von grösserem Nuzen als Leute am Tage denken. Vielleicht machen daher Furcht und Gram leichten und langen Schlaf, weil sie immer dieselbe Idee vorhalten. [...] Mäzen durch Wassermurmeln* — andere durch Lesen und Hören [...] — Um unter die Abwesenden zu gelangen — wie die Geseze die Schlafenden nennen —, mus man eine Idee haben, die uns auf keine zweite kommen lässet und die doch nicht anspant. Beides reicht das Zählen von Leibniz. Ein anderer macht sich an ein einfaches mathematisches Problem, aus 2 gegebnen Stücken eines Triangels die 4 andern zu fin-

* Vgl. Seneca, *De providentia* c. 3 (mittels künstlicher Wasserfälle).

den. Ich werfe Blumen in einen Abgrund der nie vol wird. Oder ich lege um einen Genius auf einer weichen Wolke so viele Rosen bis sie ihn überdecken, was nie geht, weil sie in den Duft einsinken.* Vorstellung blosser Gegenden, in die man sich aufgelöset verliert, auch gut. — Oder ich schreibe durch Punktieren die Zahlen — [646]

Bestände das Glük darin, daß man ein Haus in der Stadt hätte und ein niedliches auf dem Lande, ferner ein Reitpferd; — müste man ferner zu ächter Glükseligkeit entweder ein Ordenband oder doch *epaulets* auf dem Rok haben, und leztern aus England; — wäre die Glükseligkeit zusammengesezt aus Austern, indischen Vogelnestern, Weinkellern und aus fünf Worten, die der König mir ins Ohr zuwirft: so hole der Teufel den Spas. [647]

Theegesellschaft, Bälle. Abends werden die Neuigkeiten erlebt, ja gemacht, indem man selber eine ist. Aber der Morgen ist dazu da, sie zu erzählen; und hier beginnt der Genuß. So weiden die Kameele in der Nacht; aber am Tage wiederkäuen sie blos. [648]

In den hiesigen Konzerten kann ich immer wenigstens darauf rechnen, daß wenn auch alle Instrumente schlecht gehen, man doch die Pauken gut spielt. [649]

In der Freude geht man nicht gern bergauf. [650]

In meinem 40 Jahr den 10 Jul. merkte ich zum erstenmale daß Kapuziner Sallat die Kapuziner Farbe habe. [651]

* Daß Jean Paul zuweilen auch beide ›Methoden‹ miteinander verbindet, erzählt er Anfang 1800 Bernhard Rudolf Abeken bei einem Treffen in Weimar. Dort spricht er von einem »schönen Genius, auf einem leichten Gewölk sitzend; er hat eine Masse von Rosen in seinem Schoße, es müssen aber weiße sein. Von diesen läßt er eine nach der andern in die Tiefe fallen. Ich zähle sie, und nicht lange währt es, so schlafe ich ein.«

Die besten Urtheile der Gelehrten zumal über Gelehrte hört gewis die Hausfrau. [652]

Es braucht blos einen Krieg in einem Land um bessere Geographie darüber zu bekommen. [653]

Die Blumen schlafen, aber nicht das Gras. [654]

Gerade die Behörden von oben herein haben die Willkür, sich so viel *Zeit* als sie wollen zu dem Antworten zu nehmen, was gerade so wichtig ist als das Gewinnen des Prozesses. [655]

Noch konnte Kaiser und Reich den blauen Montag nicht abstellen. [656]

Nichts ist wohlfeiler als ein Bleistift, ausgenommen, wenn er jedes mal verloren wird. [657]

Ich habe schon viel ertragen auf dieser schönen Welt — sie ganz — da wo sie sich nicht eben ähnlich sieht — und den Teufel und seine Großmutter — Hunger und Noth —; aber fodert nur nicht darum, daß ich das wackelnde Zuschlagen des Fensters vom Winde ertrage; das geht über meine Kräfte. [658]

— schon durch das Spalten des Holzes wird man warm. [659]

Sonderbar daß bei uns der Bauer zugleich einen Käfig bedeutet und den darein gesperrten. [660]

Das schärfste Feldmesser schneidet gerade am leichtesten *darüber hinaus.* [661]

Kein Mensch weiß, wie er eine Büchersammlung ankauft — er hat sie und weiß keine Gründe, nur Wünsche. [662]

Gewiß kein Freund der Gärtnerei wäre zufrieden, wenn auf einmal alles reif gewachsen da stände und er nichts zu thun hätte als zu pflücken. [663]

Unter die Kinderfreuden gehört auch die Hoffnung, daß der Lehrer, der sich verspätet, heute seine Stunde nicht geben werde. [664]

Das Schönste am ersten Feiertag ist, daß der 2te darauf kommt. [665]

Ich kaufte meistens Haushaltungkalender, um bei dem öfteren Hineinblicken etwas Oekonomisches zu gewinnen nebenher. Ende des Jahrs hatt ich gewöhnlich keine Zeile darin gelesen. [666]

Sein ganzes Vergnügen am Garten ist doch nichts als ein antizipiertes Käuen; er ißt so lange, als er darin spazieren geht. [667]

Die Menschen übersetzen das Geld nicht in ein Kalb, das sie blos essen können, sondern das Kalb in Gulden, die alles Mögliche in sich halten und Kalbfleisch dazu. [668]

Der gemeine Mann sieht mit noch mehr Lust ganz müssig dem fremden Arbeiten des andern gemeinen Mannes zu als der vornehme, weil dieser sich immer etwas Angenehmes und Nützliches bei eignen Anstrengungen denkt. [669]

Die Menschen sind unter dem Volk am schwersten zu finden, welche in ihren Diensten das Mehr und Weniger zu beachten haben, z.B. eine Magd das Einheizen nach der Kälte und Wärme. [670]

Keine Arme wird Beeren pflücken und Obst verkaufen, ohne davon von Zeit zu Zeit zu essen. [671]

Ich wette, jeder hat in seinem Hause doch einigen Witz und zwar, weil er da die Freiheit hat, ohne die man keine Einfälle hat. [672]

Was hilft mein Verreisen ins Ausland, wenn ich zu Hause dieselben Leute wiederfinde? [673]

Mein Schmerz, nun den Mondschein prosaisch ansehen zu müssen. [674]

Kampf, ob ich durch einen Vesperkäse meine Feuer dämpfen soll. [675]

Weiß ich, daß ich einen neuen Schlafrock bekomme, so kann ich den alten nicht mehr ausstehen, den ich vorher ohne Bedenken trug und lange getragen hätte. [676]

Zu Langermann:* »Ihnen fehlt zum gesellschaftlichen Verkehr nicht der Kopf — der hat eher zu viel — sondern die Beine; bei Weibern muß man im Streite sitzen; — bei Männern gehen — Ich wollte Sie widerlegen, wenn ich mit Ihnen auf und ab ginge.« Solche hier geschriebne Einfälle über Wirklichkeiten gedenk ich mir und dann vergess' ich alles, wenn ichs nicht hieher schreibe. [677]

July [1813] Ich bin so an Freiheit gewöhnt, daß mir der Ruf zum Mittagessen unangenehm ist, weil ich gehorchen muß. [678]

* Gemeint ist wohl Johann Gottfried Langermann (1768–1832), Medizinalrat in Bayreuth.

Miseren und Mängel des Lebens

Am Ende können wir uns keinen Himmel der nicht eine Erde wäre, malen, so eingeschränkt sind wir daß sogar unsere Wünsche es sind. [679]

Warum fürchtest du dich in der räthselhaften Welt? Ist nicht dein Schmerz auch ein Theil der Räthsel? Du thust als sei deine jezige Einsicht in die Qualen richtig, und nur die in die Freuden falsch. [680]

Wenn man seine Nichtigkeit bedenkt, begreift man kaum daß man jezt lebt, und ⟨oder⟩ oft mit einem solchen Grad von Lebensfülle. [681]

Es giebt nur 2 unaufhaltsame Schmerzen, körperliche und Gewissensbisse — alle andern nur von Ideen. [682]

In der Welt und auf dem Teater macht nicht nur immer der beste Akteur den König. [683]

Den Mord kan man bestrafen, aber nicht den Krieg: weil man das Menschengeschlecht nicht an den Galgen hängen kan ⟨nicht Einen Kopf hat⟩. [684]

Emigranten. Es giebt eine Verzweiflung, die sich mit Wollust hilft; so mit Em[igranten]; mit Parisern unter Robespierre — sonst in der Pest — in der Erwartung des jüngsten Tages. [685]

Er würde seinen Regenbogen nur aus 1 Farbe machen, schwarzer. [686]

Nur von der Enthaltsamkeit kan er sich enthalten. [687]

Für manche ist das Leben ein Bette, worin sie immer nur gekrümt liegen können. [688]

Gartenarbeit. Von der einen Seite so schön, den Frühling erwarten und vorbereiten zu sehen — von der andern muß ich daran denken, daß der arbeitsame Mann doch eigentlich nichts im ganzen Garten beabsichtigt als etwas für den — Magen. [689]

— man erntet nur gebückt. [690]

Ein größeres, (obwol sittlicheres) Wunder als der Magnetismus wäre, wenn kein Pazient und kein Arzt damit Betrug triebe. [691]

»Kommt Zeit, kommt Unrath.« [692]

Wer wil, kan in 1 Jahre 10 Jahre älter werden. [693]

Am Buche des Lebens sind wie in medizinischen Büchern die Rezepte *hinten* dran. [694]

Der meiste Antheil der Menschen an der Menschheit ist der der Kaufleute am Krieg. [695]

Wenige haben einen Ort, wohin sie ihren Hut aufsezen. [696]

Das Alter ist unser Chiliasmus. [697]

Ohr für welches die letzte Posaune die erste Musik ist. [698]

Nichts klingt trüber ⟨enger⟩ als das Zanken 2er Armen über Eigennutz oder Geld. [699]

Das Sonderbare der Glückseligkeit, daß sie auch gar nichts zurücklässet. Man ist nichts geworden, wenn man glücklich gewesen; und um es zu nutzen, muß man sich wieder erinnern, d.h. wieder glücklich sein. [700]

»Wenn aller Freuden-Wechsel eines Menschen nur noch darin besteht, daß er auf dem Bette sich von der Rechten zur Linken kehrt.« [701]

Der Spiegel ist ein Brennspiegel, der die Bescheidenheit einäschert. [702]

Glücksspiele werden verboten — das längste ausgenommen, das Leben. [703]

Wer einen Stelzfuß oder gar 2 hat, fragt nichts nach Koth. [704]

»Da hat er was Rechts verloren, wenn er das Leben verloren hat.« [705]

Es gibt ja weniger Köpfe als Hälse. [706]

— er lebt wie ein Fisch im Wasser, das kocht. [707]

Viele Lehrstunden hinter einander heißt in Einem fort säen, so daß nichts wachsen kann; und mit der Saat die Ernte ersticken. Solange ihr die Uhr aufzieht, geht sie nicht. [708]

»Es ist verdammt langweilig, zu sein.« [709]

Den ersten Geburtstag feiert man mit Weinen. [710]

— mit seiner Freiheit so unglücklich als ein ins Freie entflogner Kanarienvogel. [711]

Er denkt, er denke. [712]

Zu einem, der ein schlechtes Land sehr lobte im Verhältnis gegen ein noch schlechteres, woraus er kam: Wer aus der Hölle kommt, wo er lauter Verdammte gesehen, muß im Fegfeuer sich über die trefflichen Leute wundern. [713]

Wie lächerlich die menschliche Gravität! Ihr habt sie blos von Priestermänteln und Staatsröcken! Was seid ihr denn wichtig, wenn ihr pißt? Müßt ihr nicht kleine Dinge thun und den halben Tag lang denken? — Treibt euch denn nicht die Natur selber zum Lachen, also zum Unwichtigen? Seid ihr nicht doppelter Natur? Also gebt jeder ihr Recht! [714]

Die meisten medizinischen Rezepte sind Punschrezepte, d.h. aus keinen Sätzen zusammengesetzt als aus dem des Widerspruchs. [715]

Er müßte Gott danken, wenn er gar nicht existiert; und läßt sich gar noch malen. [716]

Seltsame Erscheinung: jeder wähle ein Jetzo und schaue dieses an; nichts von den unendlichen Gedächtnis-Gestalten tritt vor ihn und doch stehen sie alle in ihm. Woher die Leere der Fülle? [717]

Die Qual eines gemeinen Menschen (Rollwenzel), der sich die tiefsten Fragen durch sein Gemüth aufgibt und doch keine äußere Hülfe zur Beantwortung hat, besonders da er keine gemeine, nur gelehrte, zum Prahlen vorzuweisende gebrauchen kann. Das arbeitende Leben entrückt ihm die Untersuchung; in der Krankheit desto stärker. [718]

Wir halten für Unersätlichkeit unsrer Begierden die Begierden, die hier nie befriedigt werden; Habsucht sehnt sich nach mehr, aber nicht das Gefühl der Leerheit ist dabei. Wir sind nicht unersätlich sondern ungesättigt. [719]

Muth. Die Ursache, warum 1 Mensch neben einem andern so viel mehr Muth hat als allein, liegt tiefer. Das *Allein*sein ist uns der fürchterlichste Gedanke der Schöpfung; und eine Furcht, die nie recht aus uns wil. [720]

Warum fürchtet man einen mit sich oder im Schlafe sprechenden Menschen?

Aus demselben Grund weil wir uns fürchten, wenn wirs gegen uns thun; (wir denken uns in sein Ich.) Aber warum das Leztere? Der Körper wird ein Leichnam, ein fremder Rumpf, dessen Kopf wir nicht sehen. Der Mensch komt zum Gefühl seiner Einsamkeit, aus der das vom und ins Ich gesperte Ich nicht herauskan. [721]

Menschlich-Mitmenschliches

Kein Mensch kan der Ersaz des andern sein. [722]

Mein Bekümmernis wenn ich von Fremden höre darüber — daß sie mir so gleichgültig sind. [723]

Zwei Blinde wollen einander Tabak geben. [724]

Zu Hause sein.
Wie sich der ganze Wirwar der Gefühle verlieret und ordnet, wenn man aus dem fremden heimkehrt in seine 4 Wände! Nur zu Hause ist der Mensch ganz. [725]

Ein sonderbares Gefühl, vor dem Schauspielhaus vorbeizugehen und zu denken, wie sie jezt darin toben, weinen, zittern. [726]

Wie einem ist, wenn man abends in die Gassenzimmer hineinsieht. [727]

Die sonderbaren Gefühle wenn ein andrer im Schlafe klagt und stöhnt: eine für uns zugedekte Welt der Noth. [728]

Das tanzende Springen der Köpfe in fernen Zimmern bei Licht fürchterlich erhaben. [729]

Seltsames Gefühl, in der nächtlichen Stille der Studierstube sich zu denken das Toben, Leuchten, Rauschen, Reden der Welt in demselben Augenblick. [730]

Die Bank am Wege erfreut als Zeichen des Kosmopolitismus. [731]

Seltsam-ruhige[s] Gefühl bei dem bloßen Spazierengehen auf einer Landstrasse, wenn man die Reisenden in hastigem Fortfahren darauf sieht. [732]

Gefühl der Vergänglichkeit.
Am stärksten brennt es zurück, wenn man nur seinem Ich gegenüber ist oder in dasselbe hinein oder heraussieht. Aber neben dem 2ten Menschen wird alles um uns fester; jedoch freilich auch durch die Täuschung des Handelns mit ihnen, das uns immer den Blick verdunkelt. Ein 2ter Geist scheint dem unsrigen ordentlich die Gegenwart zu befestigen; so wie schon bei der Geisterfurcht ein zweites lebendes Wesen unseres aufrecht erhält. Vor einer Versammlung von Menschen wäre bei jeder Erscheinung keine Furcht möglich; je mehr Ich, desto weniger Furcht. [733]

Bei grossen Hern ists wie in den Registern; man wird von einem aufs andre verwiesen. [734]

Nichtssagende lere Wörter sind die schönsten Idiotismen der Höflichkeitssprache. [735]

Am Theater der Welt haben die *Licht*puzer die kleinste Gage. [736]

»Ich hatte nie das Glük, Sie etwas vorstellen zu sehen, besonders auf dem Theater.« [737]

Seine Fehler beichten heisset oft die Rasierstube zur Besuchstube machen. [738]

Es ist sehr verschieden, in die Zukunft — und in die Vergangenheit zu lügen. [739]

Feine Zweideutigkeiten sind kastrierte Ausgaben grober. [740]

Das Hotel zum Herzen (er logiert so viel darin). [741]

Man mus an jedem Menschen so lange suchen bis man den individuellen Punkt ausfindet, wo er originel ist. [742]

Das Lächeln mancher Gesichter ist das Zucken des Korkholzes zum Beweise, daß ein Fisch angebissen. [743]

Der Zorn ist der gröste Plebejer. [744]

Man kan ihn so wenig loben als man an dem Lorbeerbaum einen Lorbeerkranz hängt. [745]

Er zieht den Pfropfzieher der Thränen. [746]

Meineidgenossenschaft. [747]

Wie viele alte Briefe hab ich nicht schon gelesen, worin stand: verbrennen Sie diesen! [748]

Einer mit meiner Büste, der mich nicht einlädt. Er ist zehnmal begnügsamer als Pygmalion; er denkt gar nicht daran, das Abbild zum Urbild zu beleben, ob ers gleich noch dazu nur halb hat. [749]

Das Alleinsein geistreicher Menschen. Wohin ich nur kam, sogar in *Weimar,* fand ich es; höchstens sind große Städte wie *Berlin* auszunehmen. Überall liegen die Gleichgesinnten durch Städte von einander geschieden, und nur Bibliotheken vereinen sogar die lebendigen Geister. [750]

Die meisten Vereinigungen der Menschen sind die unter Einem Regenschirm. [751]

Die Einsamkeit ist so nöthig, daß man neben einem andern gar nicht frei denken kann, weil man sein Denken sich mit denkt. [752]

Man bleibt am ersten ganz, wenn mehre sich um einen reißen. [753]

»wenn Sie uns einige Stunden schenken wollen« — Sobald Sie mir die Ihrigen dafür geben. [754]

»Die 10 Mägde zum Abholen ihrer Herrschaften 〈weiblichen Gäste〉 wären ihm lieber als die 10 Gäste selber.« [755]

— trägt an Pantoffeln Sporen. [756]

— er ist ein besonderer Freund von Feinden. [757]

»Bei Gott, alle Welt spricht und niemand kommt zu Wort.« [758]

Liest man die Grausamkeit der Tyrannen: so will man sie so dafür bestrafen, daß es selber eine wird. [759]

Das einzige, was die Menschen am seltensten sind, lassen sie sich im Anreden nicht nehmen, auch in ganzen Massen muß es mit einigen Strichelchen angedeutet sein — Herr nämlich. [760]

Man bringt bei der Heimkehr eine andere Meinung von sich und andern mit; aber diese kommen uns mit der alten entgegen. [761]

Ich lege mich Ihnen zu Füßen, weil diese doch immer ein reinlicherer Ort sind als Ihr Herz. [762]

In nuce und daraus noch das Nusöhl. [763]

Man mus andern Dinge vergeben, die man sich nicht vergiebt. [764]

Er reiset immer, er pakt im Leben nie aus. [765]

Durch *die* Menschen sich *den* Menschen ersezen. [766]

Nicht $^1/_{12}$ Wahrheit hört man — man lieset weit mehrere — ich glaube keiner Erzählung als die ich selbst mache, und dieser nicht lange. [767]

Er denkt gut — aber von sich. [768]

Da die Menschen nur hinabwärts verstehen und hinaufwärts nicht wollen und können: so bleibt jeder in seiner Klasse der oberste. [769]

Bei, unter Menschen gibts keine andere Freiheit als daß man nichts, gar nichts von ihnen haben will. [770]

Jeder Mensch muß eine Schildwache sein, die sich nicht einmal den General darf auf den Leib kommen lassen. [771]

Wenn man etwas gern essen will: so bringe man es in des Freundes Haus; es schmeckt da besser als eignes und fremdes zugleich, da es eben keines von beiden ist. [772]

Wer nichts mit einem Kinde wagt, dessen Kind wird nichts wagen. Sogar Erschrecken mus es lernen d.h. verlernen. [773]

Warum bedeuten kurze Antworten unhöfliche? [774]

Man kan seine Gedanken prophezeien wie eine Sonnenfinsternis. [775]

Der eine glaubt Wunder den andern durch ein Lob zu überraschen — und wird selbst wieder überraschet, daß es jener nicht wurde sondern längst glaubte. [776]

Er stelt sich so einfältig als er ist. [777]

Die rechte Überwindung und Resignazion hat eben im Leben das Unglük, nicht bemerkt zu werden. Die Menschen wollen vor dem inneren Siege die äußere Schlacht sehen. [778]

»Es giebt viele Wahrheiten, die wahre Beleidigungen für Sie wären.« [779]

Er würde in der Hölle mit Kohlen handeln. [780]

Viele wizige Köpfe beisammen heisset mehre Sorten guten Weins in 1 Glas giessen. [781]

Oft hat weder die Majorität noch Minorität Recht, sondern eine dritte Partei, gegen welche die Minorität eine Majorität ist. [782]

Eine fremde Sprache versöhnt leichter mit einer Geschmacklosigkeit als die einheimische. [783]

Der Zucker des Schmeichlers muß nicht blos süß, auch durchsichtig (kandiert) sein. [784]

So viele wollten gern mit Vergnügen erhaben schweigen (auf Vorwürfe, Rezensionen), wenn sie nur gewiß wüßten, daß jeder wüßte, sie schwiegen. [785]

Er versteht noch bessere Sachen als ich sagen kann. [786]

— Ein Zwerg läßt sich so gern von einem Riesen tragen als dieser ihn trägt — beide zeigen sich dadurch. [787]

Eine Fürstin theilt in einem fort Allmosen durch geborgtes Geld ihres Begleiters aus, das sie zu bezahlen vergißt. [788]

Bei Menschen, die mir mündlich nicht ganz gefallen, kehr' ich es um und frage mich: wie würdest denn du erscheinen, hättest du nicht geschrieben? Jeder Mensch aber ist ein Stück schriftlicher Autor, sei auch seine höchste Innen-Sache weder aufgeschrieben noch abgedruckt. [789]

Wie die Menschen einander doch lesen, bei allen unleserlichen Handschriften und Ausweichungen, wo der Buchstabe des einen den entgegengesetzten des andern bedeuten würde — so sollte man Meinungen Handschriften gleich achten. [790]

Man setzt freilich einen Preis auf manchen Kopf aber nur, um ihn zu nehmen. [791]

»Witzig sein sollend« sagt der Gegner von jedem Einfall auf ihn selber. [792]

Postmeister und Postpapier suchen in Rücksicht der Feinheit ihre Extreme. [793]

Seltsam der Soldatenstolz auf ihr Kraftansehen, da sie alle ein einzelnes Männchen regiert. [794]

Schrecklich gleichgültig ist man gegen fremde Zustände. Denn wir wollen nicht blos, daß sie uns gleichgültig sind, sondern sie sollen — verlangen wir — auch selber den Inhabern eben so gleichgültig sein. Diese sollen auch aus ihrem Ich (und dessen Zuständen), aus welchen allen sie nie in alle Ewigkeit heraus können und das sie, aber nicht uns begleitet, so wenig machen als wir daraus. Wie gleichgültig ists uns, wenn einer sagt, er bringe in jeder Nacht 1 schlaflose Stunde zu, oder er habe zuweilen Verstopfung; (aber wie wichtig ist dieß ihm selber;) oder er habe ein schwaches Gedächtnis. Er kann zwar von mir *sein* Interesse nicht verlangen, aber ich ihm eben so wenig *seines* verübeln oder *meines* zumuthen. [795]

Meine Menschenliebe kam daher — auch früher — nicht etwa aus Weichlichkeit, oder aus bloßer Sympathie, sondern aus Verstand, aus dem Hineinsetzen in den andern, wodurch sie die Kräfte des Rechts gewinnt. — Jeder soll daher für sich sorgen und recht tapfer und immer (denn wer thät' es denn sonst weiter in der Welt), aber durch sein Sorgen soll er nicht fremdem Selbersorgen wehren und schaden — Das Recht steht über jedem Ich und steht auch jedem bei. [796]

Es ist ordentlich unter den geistreichen Menschen als ob sie einander nicht eher — z.B. nicht mündlich ⟨bei Gesprächen⟩ — benützen könnten als gedruckt. Der gedruckte Mann wird oft befragt und gehört; derselbe sprechende nicht. [797]

Unter Denken eines bösen Gedankens auf der Gasse ehrerbietig gegrüßt werden. [798]

Der Egoist findet nur dann keinen Egoismus, wenn man seinem eignen immerfort dient. [799]

Eigentlich, wer recht zu lieben sich bewußt ist, hat vor jedem, wovor er steht, also vor der ganzen oder halben Welt, die Überzeugung, daß er werde geliebt werden. [800]

Man brauchte als berühmter Mann blos einigen Verstand mit allgemeiner Liebe zu verbinden, um allgemein geliebt zu werden. Probiere das Geliebtwerden. [801]

Er strich auf fremden Visitenkarten den Namen aus und setzte seinen darauf und gab sie. [802]

Ein weinender Pfarrer und eine lachende Wirthin nimmt den Leuten das Geld aus dem Beutel. [803]

Ein Fürst mit seinen äußern Kennzeichen kommt dadurch nicht aus seinem Stand heraus. Ein berühmter Künstler aber muß sich bei denen, die ihn nicht kennen, an seine Menschlichkeit erinnern lassen. **[804]**

Zu Brentano: Sie haben sich heute herrlich unterhalten; das nächste mal unterhalten Sie uns. [805]

Man sollte bei den Seinigen nachzählen, welche Fehler sie nicht haben, um die andern leichter zu vergeben. [806]

Wenn ihr das Leben für klein haltet: warum seid ihr denn nicht wenigstens im Kleinen kühn? [807]

Niemals ists leichter, eine gute Schmeichelei zu sagen als da, wo schon das bloße Lob wahr ist. [808]

Die Triumphbogen der Menschen gleichen [dem] Regenbogen, durch den noch niemand in die Welt ging. [809]

Die Tabakpfeife der Zeigefinger der Raucher. [810]

Unsere Erziehbücher sind Treibhäuser; aber es gibt Gewächse, deren Stamm zu hoch ist für ihr Dach. [811]

Bei dem Taufnamen kann man die Mädchen festhalten; der Vatername reißt ab. [812]

Es wäre ja fürchterlich, wenn jeder an dem fremden Leid so Antheil nähme als wär' es eigenes. [813]

Weitläuftiges Schreiben der Advokaten zugleich Dummheit und Diebsinn, lange Finger und Ohren. [814]

Wenn er das Maul aufmacht zum Reden, machen es auch die andern auf zum Gähnen. [815]

»Wenn du mir dieß sagst, ists so viel als wenn du einem fremden Hunde pfeifest.« [816]

Wir unterscheiden uns von einander in der Höhe des Rangs wie Wolken über und untereinander. [817]

Ich kenne keinen gewaltigen Mann, der denkt: endlich wirds schon gesagt werden und ich brauche nicht zu reden vorher.

Wer soll denn jetzt reden? Verschiebt eine Zukunft sich auf die andere? Und will jeder nur die Vergangenheit so lange ausgenießen bis er selber eine wird? [818]

Liebe.
Ich kann ja niemand darum lieben, weil er mich liebt, da ich ja mich selber nicht darum liebe, weil ich mich liebe — es muß anders sein. [819]

Du — ich — jedes Wort des *Ichs* wird in der Seele des Du's etwas ganz verschiednes. »Du hast Unrecht« sagt das Ich mit Lust, hört das Du mit einer Unlust, die jenes nicht ahnt. [820]

Hätte man gleich starke *Liebe* gegen alle Menschen, brauchte man keine *Gerechtigkeit,* die jene ergänzt. [821]

Welch ein Unterschied der Empfindungen ist bei dem, der einen ironischen Einfall gegen einen andern ausbildet, das süße Gefühl der Anstrengung, der Erhebung über den andern, der Überraschung, und wieder bei dem andern, den der Einfall trifft mit der Wunde der Eitelkeit und mit dem Gefühl der Unterordnung! Und doch ist oft der Ironische in einer halben Täuschung, als ob der Getroffne etwas von seinem Vergnügen mit ihm theile. [822]

Örtliches

In Berlin eine solche Menge schöner Mädchen in Einer Gesellschaft, daß man, wenn sie alle entflohen wären bis auf Eine zufällige, diese genommen hätte. [823]

Die Nürnberger behielten nichts von den Meistersängern als Shakespearsche Schimpfwörter übrig. [824]

In der grossen Stadt berührt die fremde Hand mich einmal, dan nie mehr. [825]

Wenn er nicht zufällig in Baireut wäre, wüßt er gar nicht, daß es eines gebe; und wo es liegt, weiß er noch immer nicht. [826]

Welche Geschichten kann nicht ein Mann in Berlin erfinden, der in jedem Thee neue hört, die er blos etwas zu verältern braucht! — Ich aber in Baireut! [827]

Ich lernte Beireut, nachdem ich 11 Jahre darin gewohnt, schon etwas genauer kennen, als ich Reichens Buch darüber in die Hände bekam. [828]

In demselben Lande, mitten im Umkreise des Lichtes und der Bildung bedarf es zum größten Unterschiede zwischen Gemeinheit und Ausbildung nur 4 Meilen, oder einen Marktflecken wie *Schwarzenbach* und eine Stadt wie *Baireut.* So ist immer Ton und Bildung von der nächsten Menschenumgebung und dem nächsten Hülfmittel abhängig. Das zufällige Durchstreifen und Durcheinandermischen der verschiedenen Bewohner wirkt keine Umänderung; die Stunde verbessert den Monat nicht. [829]

Ich sollte eigentlich jeden Besuchfremden in Beireut für eine neue fremde Stadt ansehen, wohin ich gereiset. [830]

Meine Lieblings-Landschaften. Sonst fragt man überall bei Gedichten und Gemälden und andern Schönheiten nach der

Verschiedenheit des Geschmacks, nur aber nicht bei den Schönheiten der Natur. Eine schöne Gegend soll dem Zuhörer ⟨Leser⟩ so gefallen als dem Lobredner. Der Geistliche — der Krieger — der Liebende — der Jüngling — jeder verlangt eine andere Gegend als der andere. — So sind mir die langen und fernen Fichtelgebirge lieber als die nahen Tyrolerberge bei *München;* nur jene lassen meine Phantasie über die Berge und hinter die Berge ziehen und in der Nebelwelt auf ihrem Nebelrücken eine neue Morgenwelt erbauen. [831]

Es giebt kleine Städte, wo man auf dem Land ist, grosse, neben welchen man niemals auf dem Land ist. [832]

Wenn Christus und seine Mutter an einem Hofe essen wolten: so liesse man jenen zu, ob er gleich nicht von Christus heisset, aber diese nicht. [833]

Vergangne Oerter sind am schönsten im Herbst zu besehen. [834]

In einer großen Stadt zum Fenster hinaussehen heist episch werden — im Dorfe, lyrisch. [835]

Bayreuth [hat] den Fehler, daß zu viele Bayreuther darin wohnen. [836]

Welche Geselligkeit und Erhabenheit spiegeln die Fensterreihen eines Pallastes vor! [837]

Nikolai sagte mir bei meinem ersten (obwol letzten) Besuche allerdings das Neueste — wenn auch nicht für ihn oder mich — was seit 20 Jahren über den bösen Einfluß des Mangels einer deutschen Hauptstadt (wie etwan Paris ist) mit gutem Grunde vorgebracht worden; und ich war seiner Meinung ohne es oder meine recht zeigen zu können, weil er fortsprach. [838]

»Sie haben mir *Bayreuth* beinahe geköpft, indem Sie fortgingen: wo find' ich den Kopf wieder?« [839]

Die Peitsche wird immer länger, die mich aus Bayreuth forttreibt. [840]

Die Baireuther müssen erst 50 Meilen weiter erfahren, daß ich in *Baireuth* wohne. [841]

Wie lächerlich ich mir jetzo vorkomme, wenn ich in meinen älteren Werken Seitenhiebe auf *Hof* vorfinde, welche ich in der Hoffnung that, der Stadt etwas zu versetzen! Denn bis diese Minute hat sie es vielleicht nicht gelesen. [842]

»In Kurland sind Sie durch mich bekannt geworden? — Ich muß Ihnen sagen, sogar in Baireuth bin ich durch mich bekannt geworden; und sollt' ich nach *Hof* wieder ziehen, würde sich die Stadt erinnern, daß ich einmal dagewesen.« [843]

In B[aireuth ist es] nicht mit den Menschen wie mit den Dreikreuzern, daß wo kein Kopf darauf ist, sie nicht gelten. [844]

Findet man die Residenzstadt ⟨*Baireuth*⟩ mittelmäßig: so steigt sie wieder, wenn man die Mittelstadt ⟨*Hof*⟩ noch schlechter findet; und diese hebt sich sogar auch, wenn man die Landstadt ⟨*Münchberg*⟩ noch erbärmlicher antrifft. [845]

Von der Gleichgültigkeit, die Mittelstädte, Handel- und Advokaten- und Geschäftstädte gegen Fortschritte der Wissenschaft haben, hat keine Akademie nur eine Ahnung. [846]

»In Baireuth lassen wir uns alles gefallen, auch ich. So viel Freiheit wird [man] doch haben, daß man sagen darf und schwören, man lasse sich alles gefallen; dieß zu sagen, ist die letzte Freiheit.« [847]

Der Engländer verträgt sogar knechtische Formen des Hofs, weil er die Freiheit um sich hat und jene nicht sein Leben und Denken einkerkern. Bei uns ist Hofform Denkform. [848]

Ein Rathhaus gehört zum Hausrath einer Stadt. [849]

Baireut engt sich immer mehr zusammen, um mich heraus zu pressen. [850]

Die Fürsten halten, wenn nicht bürgerliche oder andre Gesetze doch Hofgesetze, die sie ja auch geben; und welcher Gesetzlosigkeit man auch einen Fürsten anschuldige, doch wird er nie versäumen, um dieselbe Tafelzeit, mit gesetzmäßigem Rock, mit gesetzmäßiger Begleitung und mit allen 10 Geboten des Oberhofmarschalls zu erscheinen. Er kennt das große Wort: und gehorcht selber zuerst den Gesetzen, um dem Hof als Beispiel vorzugehen. Eben so unterzog sich Nero allen Gesetzen der Bühnen-Musiker, welche verboten, sich zu schneuzen, auszuspeien, sich zu setzen. [851]

Je kleiner die Höfe, je furchtsamer die Residenzstadt; je enger das Gemüth. Denn hier kommt zur knechtischen Enge der Ansicht noch die Enge des Gegenstandes dazu. [852]

Regeln für Mädgen. Verseze dich auf einmal nach Paris, wo du die Stadtgeschichte nicht erzählen kanst — und sieh wie dum du da bist. [853]

Weiträumiges, auch in der Zeit

Ich liebe die Leute nicht, die nicht politisch kannegiesern; das Sprechen erstattet und bereitet doch einigermassen das Handeln. [854]

Eine Armee von 50000 Krüpeln auf 1 Beine aus dem jetzigen Kriege. [855]

Nur Gott hält den ganzen Anblick alles Leidens aus. Je weiter in die Vergangenheit der Völker hinein z.B. des russischen, desto mehr Elend. Alle uns unbekannte Geschichte der Völker geht mit Höllen vor der bekannten voraus. Ich möchte die Geschichte der frühern Russen p. gar nicht wissen. [856]

Die Grösse der Deutschen liegt noch in der Wiege und die Lobgedichte darauf sind Wiegenlieder. [857]

In einer Republik beschüzt nur der Streit des Interesses der Vornemen die Freiheit; aus der Vereinigung ihrer Absichten keimt der Despotismus hervor. Wenn in der Razenrepublik alte graue Razen sich mit ihren Schwänzen verbinden und untereinander schlingen, so nent man den vielfachen Kopf und einfachen Schwanz einen *Rattenkönig*. [858]

Wir haben zwar weniger Originale, wie sonst; aber doch ist auch das Fremde, was wir geborgt und nazionalisirt, besser als iene. So haben wir keine unermeslichen Eichenwälder, aber dafür Obstbäume aus fremden Weltteilen. [859]

Das Einschlafen der Glieder des Statskörpers. [860]

Der kent die Pflichten, die sein Regent fodern kan, nicht sonderlich, wer ihn aufhört zu loben, eh' er aufhört zu leben. [861]

Diser Potentat sendet von dem Lande, das er geschlachtet, der Maitresse eine Schlachtschüssel. [862]

Man darf mit Erlaubnis der Obern zwar dum, aber nicht ohne sie klug sein. [863]

Das Licht der Aufklärung wird am leichtesten auf der Thürschwelle ausgeweht. [864]

Dieser Fürst kent kein Volk als das von Rebhünern. [865]

Fürsten sollen sich nicht blos mit dem Hirsch, sondern auch mit den Unterthanen, die sie tödten, malen lassen. [866]

Das erste nach dem Erwachen ist Ausleerung des Unraths, nicht Essen: so nach der Barbarei, Niederreissung nicht Aufbauung. [867]

Die Unterthanen iagen nach keiner andern Freiheit als der Steuerfreiheit. [868]

Wenn die Frühlingssonne der Aufklärung scheint: so ists gerade an den Orten, die in derselben liegen, kothig bis die aufgethaueten Stellen zu troknen werden durch die Zeit. [869]

Wir können die jezige Zeit nach keinem Maasstab schäzen, sie hat keinen, ist einer und an ihm wird noch geschnizt. [870]

Nazionalkarakter ist Manier. [871]

Der Deutsche verhält sich zu andern Nazionen wie der Mensch zu den Thieren, die alle ihren Instinkt haben. [872]

*Preß*freiheit: daß die drückende Partei zugleich die druckende ist; und die gedrückte nicht die gedruckte. [873]

Die Hölle (Napoleon) ist jetzo im Fegfeuer. [874]

Ins kostbare Gemach kommt das Volk nur, wenn es es bauet. [875]

Die Geschichte ist ein Pestwagen. [876]

Die Geschichte ist die Passions Geschichte der Menschheit und ein Martyrologium. [877]

Was hat der Krieg mit der Meinung von dem Feinde zu thun? Setzt ein Kampf den Glauben an einen Ohmächtigen voraus? Man ehrt, indem man kämpft. [878]

Wenn einmal der Krieg der Arme etwas werth ist: so ist ja der der Zungen oder Meinungen noch edler; und es ist besser im Parlament als auf dem Schlachtfelde zu fechten; denn die Gefahr ist am Ende wohl einerlei; die Schwierigkeit ist nur, auf Sprech- und Schlachtfelder zu kommen. [879]

Es ist schon genug, daß einmal ein Paar Jahre lang unter der Revoluzion ein idealer Zustand unter den Zeitungslesern war. [880]

Nach dem Reichstag kommt nun der Reichsabend. [881]

Die deutschen Stadtwohner feiern für Napoleon Feste (und sezen es in die Nazional-Zeitung), und tanzen und essen, um weniger Kontribuzion zu zahlen, wenn sie ihn essend loben. [882]

Nur eine gleiche oder größere Macht — es sei durch Lage oder gewisse Zukunft — [kann] neutral bleiben; die kleinere wird stets vom Sieger verschlungen. [883]

Ein siegender Fürst lasse doch, vor seinem Einzuge durch Siegsbogen, sich und dem Heere noch ein Heer vorziehen, das der im Kriege gemachten und vielseitig gestalteten Krüpel. [884]

Über den Untergang der Staaten. Ich bedauere keinen. Der Teufel kann nichts holen als was sich ihm ergeben hat. [885]

Während man von neuem Bonaparte beweiset, daß er gewisse Schlachten nur durch fremde Fehler gewonnen, gewinnt er wieder neue Schlachten durch neue Fehler. [886]

Pflicht, alle europäischen Sprachen zu verstehen; da der Handel, der Krieg, die Freundschaft, der Zufall jetzt uns alle in einander verwickelt. [887]

Kein Mensch hat das Recht, d.h. das Geschick, das Glück der Menschen oder Völker gegen einander abzuwägen; in sich selber hat er nur Recht und Unrecht zu beschauen. [888]

An der achtenden Erinnerung ans verlorne Preußen wird sich Preußen wieder aufrichten. [889]

Ein Theil der Leichtigkeit, womit deutsche, spanische p. Völker neue aufgedrungne Regenten aufnehmen und dann lobpreisen, kommt nicht [von] dem kalten Leichtsinn der Zeit, sondern von Resten der Revoluzion, welche überhaupt gegen alle Fürsten gleichgültiger machte. [890]

Wenn auch die Zeitungen noch so beschränkt in den Nachrichten von 2 kriegenden Mächten werden: Friedensnachrichten werden erlaubt. [891]

Es gab nie einen reinen Religionskrieg; immer war der Thron dabei. [892]

Die Europäischen Nazionen haben eine gemeinschaftliche Sprache in den — Zahlen. [893]

Mehrere deutsche Prediger deutscher Freiheit, würden sich bedanken, wenn man ihre Predigten erfüllte. Sie wollen nur predigen und alles soll nach Hause gehen. [894]

— die Völker mit dem Oelzweig des Friedens prügeln. [895]

Ich will in meinen *Dämmerungen* ja nicht für Eine Partei oder die andere sprechen; — ich will beide blos auf ein Gleichgewicht der Humanität setzen — jede schaue mit dem Herzen, nicht mit Zorn oder Gier, umher, und gebe sich selber die Regel erst dann. Die *Dämmerungen* sollen Regeln poetischer Anschauungen prosaischer Wildheiten sein — Ein Heiliges schwebe darüber und ordne leicht, sowol im Autor als im Leser! — [896]

Napoleon erobert schneller ein Land als Bayern eines organisiert. [897]

»Ich wünsche dem (noch jungen) Tyrannen ein hohes Alter«, nämlich jetzt. [898]

Ich wollte, wir alten Deutschen hätten im Kriege den Fehler alter Uhren, welche immer *avancieren.* [899]

Eine ganze Nazion kann ich nie hassen oder verachten — gerade ihre nazionellen Übertriebe und Früchte geben der Menschheit etwas Neues — aber wol das Übertreiben dieser Übertriebe ins Unsittliche. [900]

Ihre Vaterlandsliebe ist so groß, daß sie aus jedem fremden, worin sie fechten, davon laufen in jenes hinein. [901]

Der gnädige Zepter ein Zahnstocher unnützer Überbleibsel. [902]

Wiegt einer der neueren Kriege den Völker Jammer auf, da ja nicht über Freiheit und Sklaverei oder Religion gestritten wird, sondern über Monarchengebiete, wo es wenn nicht heute, doch morgen gleichgültig sein kann wegen des Nachfolgers, wo ich bin? [903]

»Sie denken nicht daran, daß sie einen entfernten Zuschauer und Leser in seiner herbstlichen Häuslichkeit stören, wenn sie einander die Kanonen in den Magen schießen.« [904]

Freiheit und Sklaverei werden wechselnd zwischen Völkern hin- und herüber wandern; und eigentlich ist am Namen des Volkes nichts gelegen. Aber wichtig ist die Arbeit des Einzelwesens für den Weltgeist . . . [905]

»Was hilfts, Freiheit auszusäen? Keine dauert auf der mürben Erde.« — Aber jede wuchert mit ihren Wurzeln unter ihr fort und schießt an fremden Plätzen auf. [906]

Ein Staat muß ein schiefstehendes Parterre sein. [907]

Napoleon macht die Strassen glatter und die Geschichte eckiger oder stoßend. [908]

Ein Diplomatiker kann so wenig gerade sein oder arbeiten als ein Korkzieher. [909]

Der Deutsche unter den Völkern der Pudel. [910]

Denkt euch einmal ein Volkleben aus lauter Werkeltagen ohne einen einzigen Sonntag und schauet dann ihre Seele an oder ihren Leib. [911]

Die Britten urtheilen jetzo so über uns ⟨über Göthe⟩ als früher Voltaire p. über Shakespeare; indeß achten sie und wir das Vaterländische fort. Sie leiden an größerer, und an gröberer Einseitigkeit, da sie das Aehnliche verkennen ⟨an uns lassen⟩, aber jene nur das Unähnliche nicht lieben. Ja sie hassen wie überall Verwandte thun, eben darum uns mehr, weil wir sie nachgeahmt und übertroffen; Sachsen ⟨Göthe⟩ hätten die Insel zum 2ten mal erobert. Vermengung der Politik mit Kunst; der inländische Exzentrische haßt den ausländischen am meisten; der Mann am Hof nimmt es leichter. Wer dem Britten widerspricht, den hört er nicht; wir hören jeden an. In seinem glücklichen Mittelpunkt, bei seiner Verachtung der französischen Literatur, die er immer mit der Regierform vermengen darf, fühlt er sich in gar keine Literatur hinein; die indische ist ihm philologisch. [912]

Je älter die Erde wird, so wird alles so helle vor dem Verstand stehen, daß man keine Könige nur Obrigkeiten mehr ertragen kann. Diese Klarheit läßt sich wol aufhalten, aber nicht wegnehmen. Das Christenthum, das jetzo selber Klarheit erhält, kann nur aufgehellt keine Throne mehr stützen. Das Recht vertritt das Christenthum. [913]

Ihr könnt das künftige Drucken verbieten, aber nicht das vergangne. [914]

In den Staaten wie auf Uhren, immer mehr Weiser, sonst war ein Stundenweiser genug — dann Minuten- Sekunden- Monattag- Monatweiser — [915]

»Legitim«. Napoleon war es durch Eroberung und Anerkennung wie jeder Fürst; die Zeit macht nichts; einmal war man nicht legitim, oder hörte auf es zu sein. Die Geburt gleicht dem Eroberer; sie bethront. Vor jeder Legitimität ging doch eine andre Zeit voraus; und warum soll diese Zeit nicht wiederkommen. Die Legitimität liegt zwischen Fürst und Volk zugleich; und ist nie einseitig für Fürsten. [916]

Welchen Verlaß hat denn ein Fürst auf Soldaten, wenn sie in Rußland unter York und in Sachsen *mitten* in einer Schlacht abfallen? Welche Abfälle sind, da letzter mitten in der Entscheidung gewagt wurde, überhaupt nicht möglich? [917]

Landkarten, zumal von Welttheilen, sah ich nie an ohne einen lang anhaltenden Schmerz über das Schicksal der

Menschen, über die Riesenländer des Despotismus, der Finsternis, der Dumpfheit, durch welche einige schmale Zwergstriche von glücklichen Ländern wie Lichtstreife ziehen. [918]

Das europäische Gleichgewicht soll Krieg hindern, damit kein Staat sich mehr vergrößert als er sichs schon hat; und daher, um dieses Gleichgewicht zu behalten, werden jährlich die Kriege geführt, nach welchen wieder die zufälligen Verkleinerungen und Vergrößerungen entstehen, die das Gleichgewicht wieder anders auswägen, und so verlangt die bewegliche ⟨schwankende⟩ Wage des Gleichgewichts immer neue Kanonenkugeln. [919]

Steuern sind ordentliche Schröpfköpfe; aber Steuereinnehmer sind gute Blutigel, deren Vorzug vor jenen in der Chirurgie darin besteht, daß man sie an Orte hinsetzen kann, wohin jene nicht können. [920]

Niemand hat weniger Ehrgefühl als eine Regierung. [921]

Die Engländer wissen alles von uns, bis auf unsre Knochen auf Schlachtfeldern, zum Düngen ihrer Insel zu vernützen. [922]

Diese Staatbedienten haken und greifen wie Schindeln in einander, um einander zu halten und zu decken. [923]

Die Juristen: prüfet alles und das Schlimmste behaltet. [924]

Das Leuchten des Meers Vorbote der Sturms. So brachte die Aufklärung die Revolution. [925]

Sklaverei nähmen viele schon mit und sie gäben gerne Freiheit her; nur kein Geld solls ihnen kosten. Unbesehends schlügen sie ungesehne Freiheit käuflich los, wenn man nur wollte. [926]

Ich wünschte doch, daß ihr bei allem euerm Patriotismus bedächtet, daß die Franzosen auch Menschen sind, die ein Stück Glück verdienen und zwar besonders dadurch, daß sie ja für einen Krieg so wenig können als wir selbst — und daß der Gemeine zwar nicht die Politur eines deutschen Offiziers hat, aber doch sie übertrifft. [927]

Um den eignen Charakter zu beurtheilen, sollte man sich in die Stelle eines Franzosen Spaniers Italieners setzen und sich ihr Urtheil über uns denken. [928]

Über den Mangel an Autorität in der gelehrten Republik — Nirgends war immer Alter und Jugend sich so entgegengesetzt als in Deutschland. [929]

Ohne Napoleon hätte die französische Revoluzion gerade so viel auf uns gewirkt als die englische und die amerikanische — nämlich nichts, nach einem matten Mitloben. [930]

Die Deutschen wie das Gras, erst gemäht riecht es gut. [931]

Die über uns sind, sind sich in allen Zeiten einander ähnlicher geblieben, als wir uns und das Volk sich, das Aufklärung, Sklavensinn, Freien-Sinn, Zeitsinn annahm oder abthat. So ist — was freilich ein Gleichnis, was [ich] gebrauchen muß gegen meine Natur, weil ich kein höhers habe — die *obere* Kinnlade *unbeweglich*, aber die *untere* steigt auf und ab und hilft sehr käuen. [932]

Was bei uns am festesten gebaut wurde, waren die Gefängnisse. So wurden zu Särgen Eichen genommen, damit man länger in diesem verkleinerten Privatkerker bleibe. [933]

Es soll denn alles langsam verfaulen? Und kaum wie, kann man sagen. Auf welche Moderkräfte will man denn passen? Ists nicht besser irgend ein Magnetberg zieht anziehend alle Nägel aus den Schiffen? — [934]

Wir Deutschen erscheinen immer als Beamte, Autoren p., selten als Menschen d.h. Gesellschafter. Man tadle mich nicht, wenn ich es ⟨etwas⟩ lobe, das so sehr in unserer Verfassung liegt; bei den Handwerkern z.B. bei den Büttnern ist es verpönt, wenn ein Geselle ohne Schlegel oder Triebel oder Bandmesser oder sonstiges Werkzeug nur 3 Häuser weit ausgeht. Und so befolgt jeder Präsident p. dieses Gesetz seinem Kreise gemäß und erscheint nie in Gesellschaft ohne einen juristischen, kameralistischen, philosophischen Triebel oder Schlägel oder dergleichen mitzubringen, damit er sogleich anzeige, von welchem Handwerk er sei. So geht durch Mangel an Geselligkeit die jugendliche Freiheit der Allseitigkeit endlich in die Einseitigkeit eines langen Geschäftes über. Unter Juristen ist der Jurist der beste Gesellschafter; unter Aerzten der Arzt; aber wer denn unter Weibern und Männern? Der Franzose und der Dichter. Wir haben eben zu wenig Dichterisches, daher die Kahlheit. [935]

Die Revoluzion hat eigentlich ihren guten Samen über die Gränzen geworfen zu uns; in ihr welkte alles ab. [936]

Deutschland ist unter allen Menschen das, was sich am wenigsten in der Geschichte durch Verschwörung, Bartholomäus Nächte, sizilianische Vesper p. auszeichnet. An Verschwiegenheit fehlt es uns nicht, aber wol an langsamer Bosheit. Wir sind zu rechtlich dazu. [937]

Alles heftige Ausschließen des Französischen als Mode kann eben darum die entgegengesetzte Mode vorrufen, wenigstens im deutschen Volke. Macht uns unser Vaterland lieb, gebt uns eines: so werden wir wie die Britten, französische Tracht und Sprache annehmen, ohne unser Wesen zu beflecken oder aufzugeben. [938]

»Rußland wird künftig, wenn es zu seiner physischen Kraft noch recht viel geistige der Ausbildung hinzugethan, die halbe Welt erobern?« Recht gut! Was ist daran gelegen, welches Volk herrscht, sobald es nur ein ausgebildetes ist. Das Wort Ich soll eben so wenig bei Völkern gelten als bei Individuen und nur das Moralische entscheidet. [939]

Die Geschichte wird uns von Jahrhundert zu Jahrhundert weniger durch Anwendung belehren, weil die Welt sich in immer feinere Theile ausbildet. [940]

Niederlande Amerika Schweiz ertrugen ⟨opferten⟩ alles für eigne Freiheit die Deutschen z.B. jetzt Tyrol eben soviel für angestammte Fürsten. Ein anderes: im 30jährigen Krieg hat kein Volk halb so viel Blut und Geld für eigne Freiheit aufgewandt als das Deutsche für das Hoheitrecht der Fürsten. [941]

Sind denn davon die obern Klassen gebessert worden, weil die mittlern und untern begeistert wurden? [942]

Wir halten uns für Briefe, an denen das Couvert stets von schlechterem Papier sein darf als der Brief selbst. [943]

Herrliche Wirkung der Revoluzion und des Napoleon-Kriegs.
Sonst in Hof im Gymnasium hört ich kein Wort von Staatsbürger, vom Vaterlande p. Das Marggrafenthum und alle öffentliche Einrichtung ging uns junge Menschen nichts an, die mit Begeisterung den Livius lasen. Wie anders jetzo im Gymnasium! [944]

Krieg.
Der Krieg kann den Feind nicht als einzeln sondern als Masse-Theil vernichten wollen; aber dieß gilt eben so von der entgegen gesetzten Seite; keiner kann Haß rechtfertigen und aussprechen, weil es mit eben so viel Recht auch der andre könnte. Beide müssen sich als Massen zerstücken wollen, oder als Maschinen; und Haß, Enthusiasmus ist nicht möglich. [945]

Die Engländer erfinden endlich eine Maschine, die Maschinen erfindet; dann sind sie fertig und unnütz. [946]

Im Volke geht die Lauwine vom Thal aufwärts gegen die Thronen. [947]

Wenn das *ganze* Deutschland eine Verfassung haben könnte wie England: die Welt wäre ihm unterthan. [948]

Wir alle sollten — ob ich gleich selber das Gegentheil gethan — über nichts schreiben und klagen als was wir selber thun können. Was hilft Schreien für oder gegen Ausland oder Vergangenheit? — Nur *der* Buchstabe wird That, der das *uns* Mögliche bezeichnet. [949]

Die Bücher sind die (im Repos[itorium]) stehende Armee der Freiheit. [950]

Wie in Deutschland jede politische Einheit fehlt, so gibts auch keine poetische, wissenschaftliche schriftstellerische p. — dieser Mangel muß uns am Ende zum Höchsten führen oder zum Plattesten — Etwas haben wir dadurch von Englands Freiheit, daß wir mitten in Beklemmungen unsere Parteiungen fortsetzen; eigentlich edel; denn nur die Schwäche will All-Ja oder Nein. [951]

Die Menschen verwechseln immer Regierungsform mit Regierenden *und umgekehrt*. [952]

Man sollte doch untersuchen: warum so ganz verschiedne Regierungsformen ihre eigne als schlecht anklagen: Swift über England, Rom, Athen, Deutschland, Frankreich p. — Je länger die Zeit, desto mehr Klage (wenigsten[s] entschuldigt sich die Klage damit). Alles was für den Tadel gilt, daß der Greis seine Zeit für schlechter halte, kommt in Völkern wieder. Es scheint, daß kein Mensch mit irgend einer Regierungs- und Zeit-Form zufrieden; nur mit einzelnen Regier-Menschen. [953]

Ich weiß nicht, ob die Deutschen bei soviel Siegen als die Franzosen gewonnen, nachher so höflich gewesen wären als die Franzosen — denn die Franzosen waren am höflichsten nach Siegen. [954]

Jetzige Zeit.
Wenn die Vulkane (des Kriegs) aufhören und still sind, bereitet sich das Erdbeben. [955]

Die Polizeibeamten sitzen als Katzen vor dem gebährenden Berge und passen auf eine — Maus; und nicht einmal diese kommt. [956]

Der Deutsche
mag noch so sehr im Allgemeinen über deutschen Mangel an Geist und Phantasie klagen: so bleibt er doch ein geborner Universitätgelehrter, dem eigentlich das Gelernte über alles geht und das er durchaus für keine Schadloshaltung durch Geist und Phantasie entbehren mag. Beide letzte erträgt er nur, wenn sie im Dienste der Gelehrsamkeit sind; diese aber achtet er hoch schon ohne das Gefolge von jenen. Man sehe nur die Rezensionen über Herder p. nach, zumal bei Historikern. Hier ist der französische Gelehrte von Profession sehr verschieden von einem deutschen. [957]

Die Fürsten schickten ihre Soldaten gegen die Freiheitkämpfer; aber sie bedachten nicht, daß in der Pest der Arzt selber von den Kranken kann angesteckt werden. Manche gingen zuletzt herum wie Hühner, welchen Enteneier untergelegt worden, und die nun am Ufer über eine Brut jammernd laufen, die in einem ganz andern Elemente lebt als sie. [958]

Regierung.
Wenn sich die unkultivierte Vorwelt eine Verfassung geben durfte: warum nicht die kultivierte? Wurde aber das Volk mit Gewalt unter den Thron gelegt: warum darf es nicht mit eben soviel Gewalt wieder den Sizer oben herabschütteln. Ein siegendes Volk kan einem fremden König die Krone nehmen; warum nicht noch mehr einem eignen? — Was können die Regenten anführen sich zu decken — ihre gute Regierung? es giebt mehrere schlimme — die Schonung des Menschenbluts? in ihren Kriegen wird keines geschont — ihre Verjährung? so durften sie auch dem Pabst und den Mönchen nichts nehmen; die Verjährung des Uebels ist blos ein Grund mehr es abzuschaffen. Und w[ann] sol es denn geschehen? [959]

Revoluzion schon darum spät zu wünschen, weil dan den Fürsten viele Rechte schon abgewonnen und weil der Schrit von der eingeschränkten Monarchie zur Freiheit nicht so gefährlich ist als vom Despotismus zur Freiheit. [960]

Kultur *Einfachheit*. Gerade unser jeziger poetischer Sin für häusliche Szenen beweiset daß wir keine mehr haben: der Hausvater würde nach dem wenig fragen was er ist. [961]

Mein Studium der englischen Wochenschriften. Wir Deutschen sind nicht ernst wie die Engländer, sondern phlegmatisch. [962]

Moralisches, hin und her gewendet

Das *Ich* gilt, aber nicht *mein* Ich. [963]

Es ist eine entsezliche Krankheit, daß der Wortausdruk uns die Kraft zu Thaten-Ausdruk nimt; daß unsere Gefühle durch die Feder und das Dintenfas gebildet werden, die sich überspringen und nachher zu keiner Handlung mehr zu brauchen sind — so daß uns zur Tugend nichts bleibt als die kalte Philosophie. [964]

Gewimmel im Menschen.
Im nämlichen Kopf und Herzen sind Galanterien — Gebete — Naturgefühle — körperliche Freuden — Wiz — Bücher — feine Bonmots — [965]

Unsere Widersprüche.
Der gröste Widerspruch, daß wir nach den Widersprüchen unserer Gefühle nichts fragen, indes wir die Widersprüche unserer Ideen fliehen und lösen. So betrauern wir den Todten, dem wir ein besseres Leben geben als das er verlassen hat. (Wir beklagen auch sein, nicht unser Schiksal) — So ist uns die Welt nicht in verschiedenen, sondern in 1 Stunde Hölle und Himmel. Uns entzükt und berührt jedes Gemälde der Tugend; und doch ist sie nicht in unserem. — Wir streben nach Gütern, deren Nichtigkeit wir weiterpredigen. — Wir vertragen die Widerstreite und doch ist Einheit und Gleichheit der ewige Wunsch dieser zertheilten Seele. [966]

Fremdes Leid.
Alles was ich thue, wenn ich von der Kriegsnoth p. lese, der ich nicht abhelfen kan, ist nicht zu fluchen oder zu jammern darüber, oder unthätig zu sein sondern recht thätig zu sein, nämlich da alles dieses Elend nur aus der Immoralität mehrerer Individuen entsprungen — zu verwünschen und zu ver-

meiden die kleinste Immoralität in mir, da jede sich in fremder Wunde endigt. [967]

Wie kalt, enge, abgemessen thut jeder seine Pflicht sobald er es der Gerechtigkeit wegen thut! Aber gebt ihm Liebe, wie giebt und übertreibt er! — Für Bezahlung schikt euch die Wirthin das Essen. Aber sie sei von euerm Wohlwollen gegen sie überzeugt und hab' auch eines; seht dan wie sie handelt. [968]

Meine Seele erwärmt sich nie froher als wenn ich irgend einen metaphysischen Beweis oder eine Bemerkung lese, woraus folgt, daß die Menschen recht gut sind. [969]

Hauptthun.
Jeder Mensch hat eines — und wenn er darin nicht sich durch eignes Entkräften oder durch fremden Krieg gehindert fühlt — so ist er mit dem Leben zufrieden; aber ohne dieses ist er bei jedem Glük und Lob zerstört und murrend und nichts vor sich selbst. [970]

Ein Siegel p. lange betrachten, um die Eindrücke des täglichen schnellen Anbliks durch den langen auszutilgen — beschaue, um zu beschauen und nicht zu brauchen, so ändert sich alles. [971]

So nichtig uns das Leben durch die Menge der Untergehenden vorkommen mag, durch die Kleinheit des Menschen p.: so wird er sich doch auf einmal wichtig — nicht durch seine Freiheit — sondern durch sein Selbstbewußtsein wodurch er sich von der ganzen Natur unterscheidet, welche blind dahin geht. [972]

»Gefühl« kein gutes Wort, als wenn wir nur alles zubekämen und uns dan anfühlten, da doch das Gefühl erst eine Welt erschaffen mus, um eine zum zweitenmal zu sehen. [973]

Das Glück besteht nie in dem einzelnen auch stärksten Genusse, sondern im Frohsein, vor, in, nach einem Genuß. Dieses Frohsein setzt mehr die Hoffnung voraus, seltner die Erinnerung. Jenes kann lange dauern, ermüdet weniger. — Würde das Volk plötzlich in die höhern Stände gesetzt: so hätt' es die Freude, nach der jene jagen und wäre seelig — auf kurze Zeit. [974]

Der Mensch mit so kleinen physischen Kräften, mit so grossen vorstellenden fässet das Weltal in sich, vor dem er verschwindet. [975]

Krieg — Nur die nahe Wunde geht uns an; sonst müßte uns ja das Mitleid ordentlich aufzehren da auf der Erde der Krieg fortdauert bald in Asien p. [976]

Warum soll 1 Böser mich mit der Menschheit entzweien, da doch 1 Guter und mehrere mich nicht mit ihr versöhnen. [977]

Ein süßer milder Anblick, jemand schlafen zu sehen, sogar einen Hund — in dieser Hingeflossenheit aller Glieder, in diesem reinen schuldlosen Genuß des Genusses, so glücklich ohne Eitelkeit, Sorge und Hoffnung — nur existierend im Existieren. [978]

Was ein Mann von 50 schreibenden und lesenden und lebenden Jahren aus seinem Innern emporschöpft: dieß ist Quellwasser. [979]

Das am fremden Ort gehörte Posthorn schmerzt, weil es nun die Sehnsucht des Reisens nicht geben kan. [980]

Liebende.
Man muß bei 2 Liebenden nicht die individuelle Natur anschauen, sondern den Ausdruck des Allgemeinen. Wie ihr in Gedichten in dargestellten Schein-Individuen das Hohe er-

kennt, warum nicht in wahren? Überhaupt sollte man mehr den großen Geist des Allgemeinen achten und erforschen und sich sogar im Leben nicht um die Ecken der Individualität bekümmern. [981]

Die Reichen solten stat des täglich Brods in der Bitte um täglich Hunger bitten. [982]

Die Vernunft schlägt Wurzeln in der Mistlache der Leidenschaften. [983]

Die Sonne Vernunft umschliesset ein Thierkreis von Leidenschaften. [984]

Von ieder Handlung sind wie von Jesu 2 unähnliche Geschlechtsregister vorhanden. [985]

Wer nicht mehr als ein Mensch sein wil, wird weniger als ein Mensch. [986]

Man kan sich rasieren, ohne den andern rasieren zu können; moralisch ists umgekehrt. [987]

Wir sind unbegränzt frei, nicht in dem was wir machen, sondern was wir entbehren wollen. [988]

Nur das Gewissen ist ernsthaft, alle andern Kräfte spielen. [989]

Die meisten tragen das Gedächtnis wie Uhrtaschen bei sich, ohne etwas hineinzuthun. [990]

Die Erziehung ist ein Radiermesser, das den Kleks durchschimmern lässet. [991]

Fürsten freuen sich, zuweilen für ihre Vorreiter und Bedienten gehalten zu werden — und genießen dann die Entwicklung des Inkognito. Eigentlich sollten sie mehr sich beschämt und auf ihren wahren physiognomischen Werth herunter gesetzt fühlen. [992]

Wer sich aussprechen kann, hat nicht viel auszusprechen. [993]

Briefe verbrennen. Nie thät ichs. Alles untergehende Leben kommt wieder; diese Geschöpfe dieses Herzens und Kopfes nie. Durchstreicht die Namen, verwechselt die Handschrift; aber lasset die Seele leben, die gerade in Briefen am innigsten lebt. [994]

Dämmerstunden. Im Winter lieg ich in ihnen oft vor dem Monde auf dem Kanapee (sonst ging ich auf und ab) und hier tritt das Leben, die Wahrheit, mein Thun in voller Gestalt vor mein Auge. Jeder Gelehrte, jeder Geschäftmann sollte sich täglich oder wöchentlich eine solche stille Stunde bestimmen, wo er ohne das Geräusche der Bücher und Geschäfte, blos mit sich allein wäre. [995]

Wer die Lebendigen nicht erfreuet, darf die Verstorbnen nicht betrauern. [996]

Nicht so wol von andern als von sich muß man unabhängig zu sein suchen. [997]

Sei scharf im Bestimmen des Sittlichen und sei sanft im Anwenden auf Einzelne. [998]

Sogenannte platonische Liebe. Wer diese gegen eine weibliche Seele hat: der würde sie jeder andern vorziehen, so lange sie dauerte. Und doch kann sie lange dauern, wie Petrarchs Beispiel zeigt. — Die Natur, oder die menschliche Unvermögenheit, lange auf dem höchsten poetischen Gipfel zu bleiben, führt endlich zum Herunterfall. Aber was ist aller sinnlicher Genuß, der sich durch seine Dauer abstumpft, gegen jenen geistigen, der sich durch die seinige nur mehr entflammt? — Der Geistig⸗Liebende ist an keine körperliche Banden gebunden, an keine Gesundheit, Zeiten, Zufälle p. [999]

Der Freund muß für den Freund so sein wie das Ich gegen sich selber, das sich doch nicht für egoistisch erklärt, wenn es mit sich selber immer über seinen Nutzen spricht. [1000]

Man kommt leichter zu jedem andern als zu sich. [1001]

Wenn ihr die Wirklichkeit so verachtet: seid ihr denn nicht auch wirklich? [1002]

Um zu wissen, ob man in einer Sonderbarkeit recht handle, lege man es in Gedanken einem verächtlichen Subjekt ⟨*Kotzebue*⟩ unter — und sehe dan den Werth an. [1003]

Das Gedächtnis der Soufleur des Geistes. [1004]

Nicht das Hinaufsteigen sondern Herunterstossen von der Galgenleiter ist das Böse. [1005]

Brust 'raus Bauch hinein — moralisch umgekehrt. [1006]

Nichts ist in der moralischen Welt gewöhnlicher als das Pulver auf die Kugel zu laden. [1007]

Zur Veränderlichkeit braucht man Zeit. [1008]

Das Gewissen kan zwar für uns schlafen, aber schwer für andere. [1009]

Er hat mehr Zungen als Gehirnkammern. [1010]

Manche sind den ganzen Tag Reime auf sich. [1011]

Jede Aufwallung ist pöbelhaft, sobald blos meinem Nutzen Unrecht geschieht, nicht meiner Ehre, und auch hier kaum. [1012]

Dümmer kann jeder werden, er mag noch so dumm sein. [1013]

Derber Genuß der Gegenwart gegen alle Furcht. Was will man denn anders als Gegenwart? Nun so nimm die nächste Zeit, also Gegenwart. Freilich können wir sie nicht recht genießen, ohne eine Hoffnung im Hinterhalte mit zu genießen; allein diese selber ist ja doch auch nur als gereift zur Gegenwart ein Genuß. Bekämpfe was da ist, nicht was fern ist und vielleicht nicht einmal anrückt gegen dich — Fasse jede Minute fest und schöpfe sie aus; sie gibt dir stets mehr Freude als Leid; — hingegen die annahende umgekehrt, und du vergißt darüber die gegenwärtige. Warum aber will der Mensch nur in und von Hoffnung leben? Sie ist der Hintergrund und die Ergänzung jeder Freude; daher das Kind und Thier bei gleichem Schmerz so glücklicher ist, weil es keine Ergänzung, die sich ja immer hinausschiebt, braucht. — Geh' deinen Weg von Sonnenblick zu Sonnenblick; was geht dich in der Wärme der herfliegende Wolken- oder der Nacht-Schatten an? Thue im Kriege z.B. als geb' es keine böse Veränderung; desto leichter und von der Freude gewaffneter erträgst du was wider dich kommt. (Aber eben die Menschen, die am wenigsten in der Gegenwart genißen, ja leiden, fürchten die Zukunft als ob die nicht auch im schlimmsten Falle nur Gegenwart würde.) Nichts ist dümmer, als unbesonnen gefürchtet zu haben —; »gehofft« gilt eher, da schon die Sache selber Freude ist. — Gibts denn eine Gegenwart voll Hoffnung auf immer? Wartet nicht hinter aller Lust das matte Alter? — [1014]

Die ganze Moral taugt nur etwas in der Mitte, nichts aber an den Gränzen, wo sie selber nicht weiß, wie sie ihr Wort vom andern fremden Wort unterscheiden soll; dieß fremde Wort ist aber auf der einen Seite Muth ⟨Opfer⟩ des Ungewöhnlichen, auf der andern Ängstlichkeit für die Gränzkleinigkeiten. [1015]

Wer immer den Versucher fürchtet, ist sein eigner ja er braucht gar keinen. [1016]

Die Strafe des Diebstahls sollte gerade im umgekehrten Verhältnis mit dem Reichthum des Bestohlnen stehen. [1017]

Die Hoffnung mag eintreffen oder nicht, so hat sie doch das Gute, daß sie die Furcht verdrängt. [1018]

Manchen braucht man nur vor den Kopf zuschlagen, so bekommt er einen. [1019]

»Mein Verstand steht still« sagen oft Leute, bei denen er noch gar nicht zu gehen angefangen. [1020]

Man muß, gleich dem katholischen Beichtvater, nicht blos Sünden *verzeihen,* auch *verschweigen.* [1021]

Schreiende Sünden in stumme verwandeln. [1022]

In die Stelle eines andern sich setzen in der Moral heißt nicht blos, sich etwa ästhetisch in ihn hinein denken, sondern sein Ich, seinen Egoismus wegwerfen, und alle Leidenschaft und Foderungen an den andern — und wieder umgekehrt sich wieder selber mit jenen fremden Augen und Foderungen anzuschauen. Wir setzen uns immer nur an eine kleine halbe Stelle des andern, nie an die ganze. [1023]

Neid *die* Sünde, wo Sünde und Strafe in denselben Augenblick fallen und Sünde die Strafe ist und Strafe die Sünde. [1024]

Und was ist denn daran gelegen, wenn man zu viel glaubt? [1025]

Warum euere Predigten gegen die romantische Liebe, die ihr blos aus dem Grunde haltet, weil sie bald verfliege und aus ihrer hohen Morgenröthe auf den platten Boden der Ehe niederfalle? — Was vergeht denn nicht? Die Ehe nicht auch? — Eben die kurze Dauer eines so glänzenden Thautropfens ⟨Glücks⟩ ermahne. [1026]

Der Mensch will bei allen Gefühlen und allem Anerkennen seiner Kräfte, aus einem angebornen Zweifel doch die physiognomische Untersieglung haben. [1027]

Eine vergangne Lustbarkeit hat in der Erinnerung einen wenn auch romantischen, doch bestimmten Reiz — in der Gegenwart ist alles blos bestimmt — Hingegen eine zukünftige hat den Reiz einer lebendigern Romantik und den der Unbestimmtheit der Wirklichkeit zugleich. Die Hoffnung, ja Ungewißheit erweitert ihn. — Das Lebendigste ist sein Vorschein, nicht sein Nachschein; denn jener kräftigt und erhellt den dunkeln Tag — Nicht die Unbestimmtheit der Phantasie, sondern der Wirklichkeit, die man sich jetzt verändern kann wie man will, anstatt sie später blos verschönern. [1028]

»Ein großer Mann« — ich möchte nur wissen, ob es einen gäbe oder gegeben. [1029]

Moralische Fragen. Die meisten sind nicht aufzulösen, weil sie fragen, was man mitten im Laster für Tugenden zu beobachten habe — z.B. im Kriege, in unsern Staatsverhältnissen. Das Gewissen sezt eine physische Welt, aber keine unmoralische voraus. [1030]

Warum darf ich mich nicht mit der Wärme lieben, die der andre für mich hegt? [1031]

Wie weit oder ists erlaubt, jemand in irgend einer Sache zu einem Mittel ohne sein Wissen zu brauchen? [1032]

Gedächtniß.
Woher weiß ich denn, daß das Wort, dessen ich mich lange erinnern wollen, endlich wenn es gefunden ist, das gesuchte ist? [1033]

Gedächtnis.
Sonderbar, daß man sich erinnert, man habe sich eine Sache erinnern wollen, aber diese doch nicht mehr sich erinnert. [1034]

Geisterfurcht.
Nichts in uns schützt uns gegen Furcht einer geheimen gräulichen Welt, deren Kräfte und Bosheiten gar nicht zu berechnen, selbst keine Standhaftigkeit, sondern nur Bewußtsein des moralischen Werths: damit können wir Teufeln trotzen, ja Gott, wenn es kein Widerspruch wäre. [1035]

Unbewußter Reichthum des Geistes.
Ich wundere mich oft, daß ich wenn ich über etwas gefragt werde, hundert Dinge sage und weiß, an die ich vorher nicht gedacht und die mir eben bei den Antworten einfallen. Man verwechselt aber — daher eben das Wundern — das Gelernte, über dessen Erinnern und Auskramen man sich freuet, mit dem Erfundnen, das uns als etwas Neues vorkommt, da es noch dazu von sich selber ohne Lernen entgegen springt. Aber dein Inneres bereichert und befruchtet sich unaufhörlich ohne dein Bewußtsein, so wie ja jeder neue Gedanke früher ohne Bewußtsein in dir ruhte (denn mit Bewußtsein that ers nicht, sonst hätt er dir nicht neu erscheinen können) — und so wirkt dein Leben und Denken (nicht etwa dein Lesen, dessen du dich freilich in einzelnen Partien erinnerst) gebend und Schätze niederlegend in dir; und es bedarf nur des Anlasses des Gegenstandes oder Reizes: so erfährst du von dir,

was du weißt, was verschieden ist, von »sich erinnern«; welches letzte verschieden ist von »sich bewußt sein«. — Der Mensch wird ⟨ist⟩ daher täglich klüger als er weiß. [1036]

Ich-Haß und Ich-Liebe: unter welchen Verhältnissen?
Das Ich als Ich ist mir gleichgültig, ja verhaßt von mir an bis zu jedem. Jeder in der Gesellschaft muß sein Ich hinter den Werth der Eigenschaft, Sache verbergen, die er zu haben sagt. Wir achten ihn einer Tugend wegen und also nur diese. Das bloße nakte vortretende Ich misfällt uns. Und doch misfällt es uns nicht, wenn ein Ich als Ich gegen Leiden protestiert, ja Freuden sucht; — wie noch mehr bei den Thier-Ichs der Fall —. Das Ich des *Napoleon* — zu dem Sohne des Königs von Holland. — Selber Gott könnte nicht sagen: thut alles *meinetwegen,* mein Ich ist die Hauptsache. —Wenn man sich in die Stelle des andern Ichs setzt: verliert dieses schon das Abstoßende; warum? — Man verübelt keinem Ich, sich alle mögliche Freuden aufzusuchen und nur für sich zu denken, sobald es nur gegen kein — fremdes sich setzt oder es vergleicht, herabsetzt gegen sich, beraubt p. Also ein einsames Ich kann sein eigner Zweck sein; doch dürft' es nicht einmal einem Hund Abbruch thun. [1037]

Man mag sich noch so sehr im Bewustwerden üben — immer findet man etwas, das man Jahre lang in und vor sich hatte, ohne dessen Bewustwerden. [1038]

Allmacht der Moralität.
(Hätten wir nur ein rechtes umfassendes Wort; Recht, Tugend, Gewissen, jedes ist unzulänglich, ausgenommen etwa — Heiligkeit; denn diese ist allerdings obwol nicht dem Leben doch der einzelnen Handlung des bloßen Menschen angemessen weil [man] sonst nicht sagen könnte, eine unheilige Handlung). Trotz allen unsern Geisterschauern vor unendlicher ⟨unergründlicher⟩ Macht, so bleibt doch eine Kraft in uns, die sich vor keiner Allmacht beugt, und mit der der

Rechtschaffne vor der ganzen Geisterwelt doch aufrecht bleibt, das Gefühl des Rechts. Dieß Gefühl ist noch mannhafter als die Überzeugung von einer Wahrheit. Wäre sogar der Teufel statt Gottes der Urheber des All: der Rechtschaffne würde in sich etwas Unendliches über ihn fühlen und einen Gott anbeten, der nicht wäre. [1039]

Einsamkeit.

Diese ist der Tempel zur innern Bildung. Aber es ist keine Einsamkeit, wenn ich darin alle Bücher, d.h. lauter fremde Stimmen um mich sammle und höre — oder gar wenn ich selber darin Plane entwerfe, also die geräuschvolle Zukunft an mich heranziehe — oder überhaupt, wenn ich darin blos das Äußere bedenke. Sondern die rechte ist, wo ich bei niemandem bin als bei mir und zu niemandem spreche als zu mir und niemanden höre als mich. [1040]

Tierstücke, buchstäblich und bildlich

»Er ritt hin und sein Pferd ging zu Fuß hin.«
[1041]

Bei den Thieren ist einem als wären sie unbehülflich da sie keine Hände, und als müste man sie ihnen schenken. [1042]

Das Tier, das die Menschheit verfürte, giebt die Linie der Schönheit* her. [1043]

Der Kukuk wird uns unbedeutend durch die Kukuksuhr. [1044]

Es gehört schon Muth dazu, seinen Hund auf der Gasse zu prügeln. [1045]

Sogar das Thier ist in der Begattung thierischer. [1046]

In Herkulanum eingetroknete Eier. Könte man die ausbrüten, den griechischen Hahn vor die Antiquare treiben? Wenn der Winterschlaf ½ Jahr, warum nicht der Eierschlaf 1 Jahrhundert oder 10000 p., so daß Sachen sind, die noch gar nicht leben, was ich gewis glaube. [1047]

Ein Hahn macht am Morgen alle krähen. [1048]

Ein Hund, der das Echo anbellet; meist so der Mensch. [1049]

»Sollte man denn keine Moral für die Thiere schreiben?« [1050]

— nicht alle Schwärze so köstlich als die an der Schnauze eines Hunds. [1051]

Einen Hund beißen nie mehr die Flöhe als wenn er heiter sein will. [1052]

* Bezieht sich auf William Hogarths *Analysis of Beauty* (1753), wo die Serpentine als »line of beauty« vorgestellt wird.

Wenn ich meinen Hund lang' anschau mit seiner Nähe an die Menschenform: so denk' ich mir ein Menschengesicht behaart und die Menschenhand; und diese Einsperrung und Einhüllung eines Geists thut mir weh. [1053]

Wie will *Goethe* etwas gegen die Hunde haben, da 1) der große ruhig dem kleinen vergibt, und 2) der kleine kühn den größten anfällt. Ich wollte, wir wären Hunde. [1054]

Monographien der Thiere. Ich möchte eine Akademie der Naturforscher errichten, wo ich jedem Mitgliede nur ein Thier zu ewiger Untersuchung gäbe, jenem die Laus, dem das Eichhörnchen — Ohne diese Bestimmtheit der kleinen Arten wird nichts geliefert für das Ganze, wofür ein Büffon zu erwarten, nicht zu ernennen ist. Zum Beobachten kann man jeden bezahlen. [1055]

Gemälde des Elephanten in Smiedfield: »dieß ist der größte Elephant in der Welt, ihn selber ausgenommen.« [1056]

Hunde sind die einzigen Mönche des Staats — aus Mangel an Nonnen. Man sollte Hundebordelle anlegen, zumal da der männliche Hund wie der Mensch immer Trieb fühlt. [1057]

Ich würde ein ganzes lebendes Affenkabinet anlegen — ob es gleich mir so abscheulich ist wie ein Wachsfiguren-Kabinet —, um blos psychologisch die Wiederscheine oder Vor-Scheine des Ichs zu beobachten. [1058]

Brief an einen, der einen Hofmeister haben will. »Ich meines Orts würde dem jungen Menschen etwa eine Maus oder ein Eichhörnchen zu bilden geben vor der Hand.« [1059]

Ich wollte, man könnte die Menschen so zahm machen wie die Tyger. [1060]

Die Hunde sind die Nachtigallen der Dörfer. [1061]

Vertheidigung der Hunde gegen Göthe. [1062]

Je klüger der Herr, desto klüger wird der Hund; aber ihr glaubt es eben nicht. [1063]

Eine Blattlaus hat mehr Ahnen als ein Elephant. [1064]

Was hat denn eine arme Kuh davon, daß ihr Herr bei einer Viehausstellung 5 rtl. gewinnt? Was hilft ihr sein Lob und Geld? Nur früher geschlachtet wird sie. [1065]

Heute den 20 *Apr.* 1814 abends. Indem das Kanarienmännchen sang, fiel das Weibchen es an; es sang fort und biß; und sang noch fort und biß. Am Tage hatten sie sich begattet. [1066]

Katzen krümmen den Rücken nur, um sich zu vertheidigen. [1067]

»er ist nicht das Lamm, das aller Welt Sünden trägt, sondern der Bock, der sie alle begehen möchte.« [1068]

Die, die die verschiedenen Mausfallen erfanden, sind noch unbekannt und kein Mensch rühmt das mechanische Genie derselben. Noch 30 Arten von Mausfallen wären zu erfinden zum Nachtheil der Katzen, die wie jene, eine Klagschrift gegen Maschinen, einreichen könnten. Denn Mäuse, die die eine Falle erfahren scheuen, gehen in die andere unerfahrne. [1069]

— er gähnt so oft wie ein Schooshund. [1070]

Bei den Thieren seh' ich Gott unmittelbar, bei den Menschen nur mittelbar. [1071]

Der Pudel ist nicht blos treu — dies ist jeder Hund — sondern liebend; beißt auch nicht und er könnte ein Kosmopolit werden, wenn im Hause immer mehre Menschen kämen. [1072]

Ein Theologe dichtet: vor dem Sündenfall fraßen die Thiere einander nur aus Liebe. [1073]

Ohne Adams Sünde hätten die Thiere ewig gelebt; satirische Darstellung einer ewigen Laus. [1074]

Wenn der Hund mir folgt, ist er so wenig ein Sklave als wenn ich dem Winter folge. [1075]

Eine Maus kann Gedanken fressen, die nie wieder kommen; sie kann die Ewigkeit bestehlen. [1076]

Ahnen haben nicht die großen Thiere wie Elephanten am meisten, sondern die Insekten, besonders die Blattläuse. [1077]

Komische Darstellungen von erscheinenden Thieren nach dem Tode. [1078]

Die Hunde können nicht an der aufrechten Bürste den Fuß reinigen wie Menschen den Schuh. [1079]

Der Umgang mit Thieren gewöhnt die Bauern an Schimpfen, sogar die Kinder. [1080]

Warum soll das bloße Gebot an den Hund: »lege dich«, dem er gehorcht, nicht für solche Unterordnung gelten wie bei uns die unter das Moralgesetz; dem Hund kann sich das Gesetz nur in einem wirklichen Menschen offenbaren. [1081]

Wer meinen Hund am Schwanz angreift, fäßt mich an der Nase an. [1082]

Stolz der Thiere.
Der des Pfauen, Truthahns, Pferdes kann doch bestehen, so sehr auch eigentlich Stolz nur in bewußter Seele sein kann; denn alles Gedachte ist früher durch Instinkt in Körperzeichen dargestellt wie hier durch das Pfauenrad p. Erst später entwickeln wir an uns selber das mit Verstand und Bewußtsein, was wir früher ohne beides gethan. [1083]

Meine Freude, zwei gegen einander feindliche Hunde zugleich auf dem Schosse zu haben. [1084]

Ich lege meinem gebadeten Hund ein Kopfkissen unter und wend' ihn um, damit er auf beiden Seiten erwarme. [1085]

Daß das Thier keine Hand, sondern eine haarige Pfote hat, war so oft in der Begeisterung über das Götterall mein Schmerz. [1086]

Die Frauen, die Männer, Mann und Frau (ehelich und außerehelich)

Er liebt die Weiber bis sogar unter den Heeringen und Krebsen. [1087]

Weiber.
Wenn ich an euere Tugenden denke: so lieb' ich euch zu sehr. Wenn ich an euere Fehler denke — ach die kan ich eben von ienen nicht unterscheiden und ich lieb' euch wieder zu sehr. [1088]

Bei einem Fräulein macht einem nichts so Plage als der Artikel; sol man *die* oder *das* Fräulein sagen; und *cujus generis* ist sie oder es? Ich wolt', ich wäre nicht überal fein. [1089]

Das verhinderte Liebesgeständnis.
Ich empfinde den Vortheil wie andre, daß die Phantasie der Weiber so ausserordentlich aufflammend ist — es gäbe sonst keinen Augenblik worin sie aufrichtig wären; aber iezt giebt es einen oder gar zwei. Sie bereuen daher keine Tugend öfter als die Aufrichtigkeit. [1090]

Die Geliebte sagte zum Geliebten: ich wolte, du wärest auch meine Freundin, damit ich von dir reden könte zu dir. [1091]

Der weibliche Sprung von Empfindungen zur Wäsche p — den sie alle thun — ist schön, er verräth ihre epische Natur, ihre Kraft die nicht sogleich ausgefült ist p. [1092]

Welches besser schwerer, wenn 2 Liebende nur reden könten, oder sich nur stum berühren? [1093]

Welche weite unerschöpfliche Welt umfaßt die platonische Liebe! Welche enge die thierische! [1094]

Mädgen mit Strohhut, dessen grüne Bänder niederhangen — Wachsperlen — eine Pomeranze vor der Brust — Kattunleibgen — geblümte Baumwolle — Abwenden der Augen und [?] Augenglas — roth vom Zusehen des Tanzes. [1095]

In höhern Ständen ist immer die Frau schöner als der Man gekleidet wie die Weibgen bei den Raubtieren mit schönerm Gefieder als die Mängen geschmükt sind. [1096]

Die Damen werden täglich verbessert und iedes Jahr komt eine vermehrte Auflage von ihnen hervor. [1097]

Die Ehe ist wie der Zerberus, schmeichelt den Hineingehenden und bellet die Herausgehenden an. [1098]

Die Ehe ist wie der Strich in der Drukkerei zugleich Tren⸗ und Bindezeichen. [1099]

Die Keuschheit stirbt in ihr von oben herab. [1100]

Die Schöne puzt sich nicht aus Eitelkeit sondern um von ihrem Bild im Spiegel nachgeahmet zu werden. [1101]

Ein Empfindsamer begehrte Wasser aus den Augen seiner Frau und sagte: ich solte dich freilich nur wie Moses den Fels anreden, um Thränen aus dir springen zu sehen; aber ich wil den Unglauben Mosis nachahmen und an disen Felsen mit disem Stabe hier anschlagen. [1102]

Gleich der Erde, ist sie wärmer (verliebter) ie tiefer man steigt; ihr Herz ist nicht das verliebteste an ihr. [1103]

Sie schminkt sich mit der Farbe der Unschuld den Busen. [1104]

Diese Frau ist ein Kamin der 2 Zimmer (Männer) heizet. [1105]

Wenn eine Frau stolz sein wil: so schaue sie umher, die Männer haben ja alles gemacht, Häuser, Statuen, Kleider p. [1106]

Aemter und Weiber mus man spät nehmen, um muthig und unbürgerlich zu bleiben. [1107]

Habichte ziehen ihren Venus Wagen. [1108]

Wenn die Weiber von Weibern reden, so bemerken sie an der Nachtigal das Gefieder und am Pfau die Stimme, den Verstand der Schönen, und die Schönheit der Verständigen. [1109]

Beim Küssen ist Einheit des Interesses, nicht des Orts. [1110]

Freundschaft *à coté,* Liebe *vis à vis.* [1111]

Eine Fürstin taugte am besten zum Generalissimus, weil der Man es gewohnt ist, die Frau [zu] vertheidigen. [1112]

Einmal mus jeder Eheman in den Topf gucken, um zu wissen, ob ers nachher unterlassen darf. [1113]

Unter 1 Hut sind die Menschen leichter zu bringen als unter Eine Haube. [1114]

Der Busen ist für Mädgen eine Sache, die sie zu weit führt — es ist ihr erster Irlehrer — sie weis nicht, wie sie mit ihm umgehen sol. [1115]

Sie ist ein feines Buch auf Schreibpapier, aber die Blätter sind noch nicht aufgeschnitten. [1116]

Im Freien sehen die wenigsten Damen schön aus — sie müssen in Zimmern stehen — sogar in Abendlicht — am Ende ohne Licht. [1117]

Die Weiber sollte man das häusliche Geschlecht nennen und uns das außerhäusliche. [1118]

Heirathen in der Jugend heißt sich im Sommer einen Ofen miethen; erst im Winter weiß man, ob er heizt oder raucht. [1119]

Das Gute, was ich von den Weibern gesagt und gedacht nehm' ich jetzo nicht zurück; aber ich denke ⟨setze⟩ seitdem nur mehr Böses dazu. [1120]

Bis Metze, das in frühern Zeiten eine Jungfrau bedeutete, zu seiner niedrigen Bedeutung herab sank: wie viele Sünderinnen mußten nicht daran arbeiten? [1121]

Seitdem ich das Wort mir ausgedacht und ausgesprochen, daß ich alte Damen nicht gern haben mag, weil alte mich an mein Alter erinnern, junge aber es vergessen machen — alte Männer thun das Gegentheil —: so kann ich noch weniger ihr Kommen leiden. [1122]

Mangel an Männern schwächt die Weiber wie jene Überflus an diesen. [1123]

Der Reichthum taugt ja nur, um mir die Wahl frei zu geben, daß ich eine Arme heirathen kan — ein Armer kan keine Arme heirathen. [1124]

Mit einer Frau nimt man zugleich einen Arzt an. [1125]

In der Ehe ist nur Gegenwart und Vergangenheit, keine Zukunft. [1126]

Weiber gleich Schnee scheinen dan am festesten wenn sie schmelzen. [1127]

Eine Frau hält den Liebhaber für besser als den Man 1. weil sie diesen hat — 2. weil jener idealisch, dieser wirklich vorschwebt 3. weil jener giebt, dieser fodert, jener nimt und dankt, dieser giebt und Dank fodert 4. weil sie jenen kürzer kent 5. weil jener verspricht, dieser nur hielt 6. weil sie den Man lieber haben würde, sobald sie der Liebhaber heirathete. [1128]

Wenn alle Männer in die Hölle, alle Weiber in den Himmel kämen: so wäre eben dadurch beiden beides genommen. [1129]

Das Paradies verlieren und den Paradiesvogel behalten (Ehe). [1130]

Weiber lieben Kazen, Vögel p., denen *sie* helfen, Männer Pferde, Hunde, die *ihnen* helfen. [1131]

Die Liebe wird lächerlich, je mehr man Paare neben einander häuft. [1132]

Wenn nur einmal die Weiber es darstelen wolten, wie sinlich die Männer sind. [1133]

Busen ist ein Berg neben einer (weiblichen) Festung, sie wird von da aus erobert. [1134]

Die jetzige Feuerprobe der Weiber ist nicht, daß man das Feuer aushalte sondern es fortsetze. [1135]

Erbärmlich, daß die Weiber überall einen Mann haben müssen (im Erziehen und sonst). [1136]

Man darf nicht wünschen, eine andere Frau geheirathet zu haben, wenn die Kinder der jetzigen gesund und trefflich sind. [1137]

Vor dem Kammerdiener ist der große Mann doch leichter ein Held als vor seiner Frau. [1138]

Wie die Männer als Autoren etwan glänzend erscheinen, so die Ehe-Weiber als Gesellschafterinnen: schauet aber nur die Nähe! [1139]

Die Weiber ⸗ Repetieruhren, nicht zu entbehren, und ewig zu reparieren. Man verwünscht und wünscht sie unaufhörlich. [1140]

Weiber gegen Untreuen, wie Hunde, welche nicht ihren untreuen Herrn, sondern den andern Hund anbellen, den er liebkoset. [1141]

Sie vertraut sich keinem ganz offen, aber desto mehreren halb. [1142]

Himmel, wie zärtlich und schonend und belebend würde ein Mann von Verstand und Geschmack mit einem Manne von Genie umgehen, wenn er vollends gar an diesen verheirathet wäre.* [1143]

Im Briefchen an meine Frau: dein gehorsamster — Herr. [1144]

Wenn sich die Weiber so lange *aus*- als *an*-zögen: so würde keine verführt. [1145]

Für *Siebenkäs* 2te Ehe: Nachricht vom Manne an Frau daß kein Krieg wird, daß er aber ein Eichhörnchen zur Probe miethe — Ersteres Angenehme konnte letzteres Unangenehme nicht überwältigen. [1146]

Außer dem Joseph gibts wenige Beispiele von männlichen Siegen über weibliche Angriffe — freilich lassen sie den

* Als Anrede an seine Frau zu lesen.

Mantel, der Potiphar; aber eben, um nichts anzuhaben und dazubleiben. [1147]

Siebenkäs: Die Noth, eine Frau zu zwingen, eine Zeitung sogleich zu lesen als sie ankommt — sie hat erst viel fertig zu stricken, zu nähen und sonst zu thun. [1148]

Die *vereinigten Nieder*lande ⁒ Zote. [1149]

»Die Ehe gehört für Engel; die Menschen sind dazu zu schwach.« [1150]

Käse ist die Milch des Mannes. [1151]

Die meisten Ehepaare sind jetzt falsche Reime. [1152]

Der steht unter keinen Pantoffeln noch, nur unter Schleiern. [1153]

Eine Frau nehmen und eine Repetieruhr kaufen — der Unterschied ist klein. [1154]

»Ich wäre glücklich, würde meine Frau nur ³⁄₄tels so viel klug aus mir als ich selber.« [1155]

»Für meine Frau und ihre Gaben und Güte p. muß jeder Achtung haben, der nicht ihr Ehemann ist.« [1156]

Nicht die Lichter, sondern die (schönen) Leuchter leuchten, glauben die Weiber. [1157]

Nicht ein gefallner Engel, aber doch ein fallender (weiblicher) kann doch schön sein. [1158]

Eine Frau vergißt nicht ihren Geburtstag, obwol ihr Geburtsjahr. [1159]

Ein armer Schulmann, der Konrektor werden will, erringt die Tochter seines Vorgesetzten, und er liebt sie, um zu leben — aber in seinen alten Poesien, die er den Schülern erklärt, findet er recht gut die Sehnsucht einer Liebe, die das Hienieden nicht gibt. [1160]

Wenn sie eine Gans isset, bleibt doch noch immer eine übrig. [1161]

Wie glücklich hätt' ich sein können, wär ich nur halb so treu gewesen als er untreu geworden (Oder: ich wollte, ich wäre so oft treu gewesen als Sie untreu.) [1162]

Seine Frau ist ein tragbares Bordell. [1163]

Gegen den Einwurf der Weiber als seien sie unterdrückt. Es gibt keine Sklaverei von 6000 Jahren. [1164]

»Sie vergißt immer; da gehörte ein großes Gedächtnis dazu zu merken, was sie vergißt.« [1165]

Im Alter will man keine neuen Freunde, aber neue Freundinnen. [1166]

Sie hälts für Egoismus, wenn ihr Mann zu essen verlangt. [1167]

Da ich die *Stael** lange rezensiert, war mir als hätt' ich sie geheirathet. [1168]

Sie setzte ihren Kopf auf, das schlechteste, was sie aufsetzen konnte. [1169]

* Jean Paul hat zwei Werke von Germaine de Staël-Holstein rezensiert: *Corinne ou l'Italie* (1808) und *De l'Allemagne* (1814). Hier ist wohl die zweite Rezension gemeint, da der Eintrag von 1814 stammt.

Die Weiber hören mit dem einen Auge. [1170]

Vor der Ehe sollte eine Jungfrau und ihre Mutter mit dem Liebhaber eine beschwerliche Reise machen zur Kenntnis. [1171]

»Brautnacht« warum nicht Bräutigamnacht. [1172]

Ich soll also niemand lieben, der dir ähnlich ist? Dann muß ich auch dich nicht mehr lieben. [1173]

Gegen die feinere Seeleneifersucht, wie eine Frau alle Seelen darstellen und ersetzen will. [1174]

Willst du alles für dumm erklären und nur allein gelten? Soll es kein zweites Wesen für den Mann geben, keine zweite Jugend, alles nur 1 mal, weil du nur 1 mal bist? —*

Die Eifersucht der Weiber ist größer als [die] der Männer; aber eben aus dem Geschlecht folgt die Verdammung der Eifersucht. [1175]

Du willst nicht von andern geliebt sein, als wäre dir an dir gelegen — denn du vergißt ja dich gänzlich über ihn und opferst dich ihm, und wie kannst du etwas geliebt haben wollen, das du opfern willst — sondern um den Affekt der Liebe zu genießen. Aber warum genießest du ihn nicht so, wenn er gegen einen andern Gegenstand sich wendet. »Warum wird die Frau nicht über die wärmste Liebe des Manns gegen einen Freund eifersüchtig?« [1176]

Der Dichter muß durchaus etwas zur Blumenliebe haben für sein Dichten; die eheliche Fruchtliebe ist zu schwer dazu. [1177]

* Als Anrede an seine Frau zu denken. Ebenso der folgende Eintrag. Dahinter steht Jean Pauls Heidelberger Reise und seine Bekanntschaft mit Sophie Paulus.

Ein Dichter sollte eigentlich in jeder Stadt eine Blumenliebhaberin haben; und zu Hause die ordentliche Frau — je mehre, desto besser für diese — [1178]

Die Eifersucht ist noch nicht zufrieden, daß du deine Frau am stärksten liebst, du sollst sie auch allein lieben und nichts von *derselben* Gattung nebenher, obwol in schwächerem Grade. [1179]

Die Jünglinge wollen *gerade* die *kräftigsten* Jungfrauen am ersten heirathen; denken aber nicht daran, wie diese noch kräftiger erwachsen, sie aber schwächer nacharten. [1180]

Die Egoistische wie Amöne opfert fremdes Interesse auch ihrem Manne auf, weil er ihr ein Stück von ihr scheint; die Uneigennützige wie *Caroline** gibt andern Menschen oft sogar auf Kosten ihres Mannes, weil er ihr auch ein Stück von ihr scheint und sie also nur sich wegzuopfern glaubt. [1181]

Wenn ich recht behandelt würde: so würd ich der beste Mensch — aber wie? Die Frau soll alles Meine anerkennen und wärmen, doch die Ausschüsse verzeihen. [1182]

Meine Frau bekommt nur Geld, und gibt es aus — aber sie genießt nicht das Sammeln und Austheilen des Geldes wie der Ehemann: großer Unterschied. [1183]

Anstrengungen, die der Mann sich erlassen, fodert er der Frau ab. [1184]

Die Launen einer Ehe Frau können keinem Fremden so unangenehm vorkommen, weil er sie nicht im Zusammenhang der Wiederholung kennt. [1185]

* Amöne Otto: die Frau von Jean Pauls Freund Christian Otto. Caroline: Jean Pauls eigene Frau.

Was Rechthaberei bei Weibern erscheint, ist nur Unfähigkeit, Gründe anzunehmen. [1186]

Die Eheweiber müssen ordentlich froh sein, daß sie den Mann auch mit Essen erfreuen — Ach ... ich habe alles vergessen ... seit 5 Minuten. [1187]

Das Fürchterliche in der Ehe und sonst, daß man bei allen Vorbereitungen auf vergangne Zweikämpfe nicht sich für den nächsten rüsten kann. [1188]

Man bewacht die Mädchen, sogar durch Frauen (so hier im Privattheater) als wenn nicht die Frauen mehr zu bewachen wären und die Jungfrauen mehr bewachen könnten. Gerade umgekehrt sollte es sein. Aber der Grund liegt im Rufe, der nur den einen am wichtigsten ist. [1189]

Über die Weiber hat jeder Mann mehr Kenntnisse als er entdeckt; und über die Männer jene noch zehn mal mehr: so bleibt die verdoppelte wechselseitige Unkenntnis. [1190]

Sie wünschte bei seinem Appetit, daß wenn er je etwas käuete, es Erde wäre, oder wenn er in etwas bisse, es ins Gras wäre. [1191]

Jede Jungfrau wird durch einen Luther aus einem Nonnenkloster gerissen. [1192]

Eine Frau hat keine Stunde und Muße, um einen neuen Grundsatz gegen ihre Angewohnheiten zu erwählen und festzusetzen; höchstens in der Minute des Fehlers setzt sie sich vor und dann ab. [1193]

Man schont einen liegenden Kranken, aber nicht die Weiber einen aufrechten. [1194]

Da die Entfernung die Liebe mehrt, so reiset er täglich eine ½ Stunde weg von seiner Frau, um sie mehr zu lieben.* [1195]

Zu C[aroline]: »es ist dein Glück, daß ich in der Herzgüte noch nicht deines Gleichen gefunden; denn dir würd ich dann untreu bei deines Gleichen.« [1196]

Ich ärgere mich jetzt, daß ich alle die poetischen Begeisterungen, die ich früher an die Höfer Mädchen verschwendet, nicht meiner Frau habe geben können. [1197]

Jede Frau schwach im Widerstande gegen ihre Neigungen und Menschen; aber allmächtig im Verfolgen ihrer Zwecke. Der Staat versperrt ihren Leidenschaften den Spielraum; aber die Liebe thut ihn weit auf, das Persönliche. [1198]

Die Kirche mit ihrer Gallerie von Mädchengestalten verdirbt an Jünglingen mehr als die Kanzel wegschaft. Nichts gefährlicher, als eine Reihe geputzter, hellschöner und vollends andächtiger Gesichter. [1199]

Preisfrage der erotischen Akademie*, wie weit darf die Freundschaft gegen das weibliche Geschlecht gehen? Und welcher Unterschied zwischen ihr und der Liebe? [1200]

Die Ehe überdeckt im Mädgen die schöne poetische Welt mit der schmuzigen wirklichen, wenn nicht der Man immer jene Kruste wegreisset. Die Arbeitshände sind zu grob, um nicht [sic] die dünnen Idealengewebe zu halten oder zu spinnen. Daher die Ehe mehr in niedern als höhern Ständen, mehr mit

* Daß Karoline Richter in einem Brief an Ernestine Voß vom 8. September 1818 berichtet, ihr Mann suche zum täglichen Arbeiten die genau »eine halbe Stunde weit« entfernte Wirtschaft der Rollwenzelin auf, mag man als einen unbeabsichtigten Kommentar zu diesem Eintrag lesen.

** Mitglieder dieser erotischen Akademie sind die Schwestern Karoline und Amöne Herold, Helene Köhler und Renate Wirth, denen Jean Paul in einer »Gesamt- oder Zugleichliebe« zugetan ist.

als ohne Kinder prosaisch macht. Das Weib hat nicht so viel Kraft, seine innern Gebäude gegen die äussere Wetterseite zu verwahren wie der Man. Schon als Mädgen kan eine [Frau] im Konzert oder vor demselben sich nichts anders träumen als was sie sieht. Lasse daher, kameralistischer Campe*, den guten Geschöpfen, die so viel schöne Träume in unser Leben sticken, den kurzen der empfindsamen Liebe. Sie werden zu bald aufgewekt und niemand schläfert sie wieder ein. [1201]

Meine frühere Unfähigkeit, Männer für unwahr, Weiber für unkeusch zu halten. [1202]

Unterschied der Liebe. Die Magd ärgere mich stark bei dem Essen: ich behalte Appetit; die Frau sage ein Wörtchen: jeder ist vorbei. [1203]

* Joachim Heinrich Campe (1746–1818), der auch zahlreiche pädagogische Schriften veröffentlichte. »Kameralistisch«: eigentlich die Verwaltung der Staatseinkünfte betreffend; hier etwa: praktisch-instrumentell denkend.

Von Gott und Zubehör

Manche glauben, Gott existiere nur, damit sie erschaffen wurden. [1204]

Du heilst die Wunde nicht, Religion — du heilst sie nicht, Verzweiflung p. und ich mus mit ihr sterben. [1205]

Die Million Wesen sind einzelne auseinander geworfene Ichs, die alles so leer lassen wie fliegende Sonnenstäubgen. Gott ist das Ich der Ichs; er fässet alle in Ein Wesen. [1206]

Gefühl des Ichs. Das Götliche im Menschen ist: wenn er sich in sein Innres hinlagert, alle Wolken der Triebe zurükgehen, alles licht und durchsichtig wird und er nichts mehr in sich anschauet als sich, wenn das Auge sich auf sich zurükdrehet. [1207]

Liebe gegen Mensch und Gott.
Wie komt es daß uns doch ein Mensch, der alle Menschen aus angeborner Neigung liebhat, lieber ist als einer, der sie wie die Bourignon* nur Gottes wegen liebt? [1208]

Man mus einen Gott haben, um nur zu denken. [1209]

Nur an die Unendlichkeit der götlichen Grösse, Kraft denken wir. Aber ein Wesen, das moralisch unendlich ist, die höchste Liebe, Gerechtigkeit, Wahrheit — Nicht geworden und nicht blos seiend, alles ordnend, und die unendliche Liebe und Wahrheit — Nie belohnt — ohne Richter — das Gesez und der Gesezgeber zugleich — nach der unendlichen Liebe in sich, die ihr Gesez ist, nicht erst empfängt, die Welt ordnend — dieses Sein in dem moralischen Meer — Wie können wir etwas wissen, da wir nur empfangen, nie geben — gleichsam die moralische Selbstachtung, die auf eine Ewigkeit

* Antoinette Bourignon (1616–1680), französische Mystikerin.

deutet, nur empfangen, nicht verbreiten und der Ewige ist alles, was es giebt. [1210]

Ohne einen Gott wäre jedes Ich einsam unter den andern Ichs, zu denen es nicht so unmittelbar kommen kann als zu ihm. [1211]

In jedem Kind wird Gott wieder ein Mensch; dieselbe Heiligkeit, Bedürfniß p. Alles ist schwach, nichts ist schlecht. Das Gemeinste erhält durch die unentwickelte Heiligkeit und Reinheit — denn nur Gott und ein Kind ist heilig — Bedeutung. Sogar jede Leidenschaft ist nur lyrische Sittlichkeit. [1212]

Das Abendmal haben wir behalten, aber die Liebesmale sind abgekommen. [1213]

Die Heiden kommen als blinde Passagiers in den Himmel, one daß die theologischen Postmeister was davon wissen. [1214]

Die Missionare fischen lieber Perlen als Menschen. [1215]

Die neuen Teologen haben mit dem Weg zum Himmel eine Wegreparatur vorgenommen. [1216]

Die Priester bringen uns Briefe vom Himmel; aber sie sind nicht frankirt. [1217]

Die Theologie gestattet der Vernunft nur Fastenspeisen. [1218]

Die Theologie heilt die Vernunft vom Szeptizismus, um sie umzubringen; man verschiebt die Tödtung des Missetäters auf seine Heilung. [1219]

Katholiken und Juden können nur vernichtet, nicht gebessert werden — Protestanten und Christen können wachsen. [1220]

Die Reformazion der Kirche sezt falsch eine Formazion derselben voraus. [1221]

Der Muhammedismus hat mehr Glück und weniger Unglück in der Welt gemacht als das Christenthum. [1222]

Wenn man *gewiß* weiß, daß das Gebet erhört wird: so ist ja kein Glaube mehr möglich und verdienstlich. [1223]

Kniepolster soll der Ehrerbietung gegen Gott die Schmerzen der Kniescheibe nehmen; die Verkürzung der Gestalt will der Andächtige ertragen. [1224]

Man glaubte sonst Gott einen Gefallen zu thun wenn man ihn gros drukte. [1225]

Der Kirchhof der triumphierenden Kirche ist grösser als sie. [1226]

Wo ist denn das Götliche, wogegen ihr den Menschen verachtet, als im Menschen? [1227]

Mehr Geistliche bleiben in der Predigt stecken, aber man merkts nicht, weil sie fortsalbadern. [1228]

Die Himmelsleiter braucht eine Erde und einen Himmel zugleich. [1229]

»Der Teufel hätte Sie längst geholt, wären Sie nicht Er und holten.« [1230]

Einer klagt, warum nur [ein] einziger wäre Gott geworden und warum ihn nicht dieses Glück getroffen. [1231]

»Ob von Gott eine neue Auflage da ist.«* [1232]

* Bezieht sich auf Herders *Gott. Einige Gespräche* (1787).

Die Dogmatik ⟨Theologie⟩ ist die Aesthetik der Religion — Der Mensch muß viel Religion haben, da der gewöhnliche theologische Unterricht sie nicht ausrottet. [1233]

Ein verdrüßlicher Unendlicher oder Gott ist der höchste Wiederspruch; ein allseeliger Gott das rechte Ja der Welt; aber was folgt für uns daraus? [1234]

Himmelsbrodstudien. [1235]

Vielleicht begeht oft ein katholischer Beichtvater größere Sünden im Beichtstuhle als er zu vergeben hat. [1236]

Unsere Landschaft gleicht den Landschaften *Claudes;* der Meister (Gott) machte die Landschaft, ein Schüler machte die Menschen hinein. [1237]

Gefühl der Katholiken vor der Beichte wie beim Suchen des Zahnstochers. [1238]

Was Gott thut — z.B. Erdebeben — ist recht, da er alles Physische in seiner Gewalt hat und jeder Schmerz, den er gibt, ist der, den der Wundarzt gibt. Er könnte in keiner Zeit, nur in einer Ewigkeit Unrecht thun, wenn er die Schmerzen nicht auflösete in Glück; die Zeit aber können wir ihm nicht vorschreiben. [1239]

Niemand hat mehr gegen das Christentum — aber nicht gegen das leichte, kurze der Bibel, sondern das spätere — als ich; das spätere zerfließt in die Irrgänge aller falschen Religionen. Nur Eine wahre Religion gibts, der angeborne Religionstrieb. [1240]

Der Mensch ist so voll Abhängigkeit daß er sich gar kein unabhängiges Wesen denken kann, sondern immer auch zu

Gott einen Vater sucht. Wir haben nirgends — außer durch Selbschein — ein Bewußtsein unsres Ursprünglichen, immer nur das des Erhaltenen und Beseßnen. [1241]

Thun unsere Hände nicht, sondern die göttliche Hand durch unsere: so sind wir nur Gottes Handschuhe. [1242]

Es kann gar kein strafendes Wesen geben, denn es ist kein Verhältnis zwischen Schmerz und Schuld; so wie wieder der Schmerz ohne Schuld ist, ja mit Tugend. [1243]

Im ganzen A.T. gibts keinen reinmoralischen Charakter. [1244]

Die Gottheit (es ist besser als zu sagen Gott) offenbart sich entweder immer und überall oder nie; Völker, Zeiten gehen die Unendlichkeit nichts an und wir machen ihn erst zum Vater damit er mit uns kindisch sei. [1245]

Das Vergehen muß doch in Gott bestehen ewig angeschauet — alle Zustände müssen vor ihm, wechselnd, doch bleiben — kein Menschengefühl der jetzigen Minute kann in ihm untergehen sowie aufgehen — damit hätte also der arme Mensch einigen Sieg über die zernagende Zeit — Vor Gott kann das Entstandene nicht bestehen ohne das Vergangne. [1246]

Um es ohne moralischen Schaden und Abkälten auszuhalten, daß man ein Prediger ist, der täglich das Höchste, was man nur verstummend und anbetend denkt, vor der Masse auf- und ausstellen soll, da muß man — — den Unendlichen recht lieben und von ihm nur einfach sprechen, wie das Kind vom Vater. [1247]

Mit dem Glauben bin ich kein Christ, aber mit dem Herzen war ich von jeher einer. [1248]

Es ist weniger daran gelegen, dem untergrabnen Christenthum, das der scharf und schärfer fortdringende Scharfsinn der Philosophie (die sich von scholastischem durch die weitern Kreise der Gegenstände und Kenntnisse unterscheidet) und die freiere Exegese bald auflösen wird, noch einen Stoß zu geben, als schon in Voraus für eine solche Zukunft alles Heilige neu zu befestigen und weniger untergrabend als bauend zu handeln. [1249]

»Ein Herrgottchen«. So wird der höchste Gedanke zu einer Enge zusammen gezogen, welche von der Fetisch-Enge der Neger nicht sehr übertroffen wird. [1250]

Die Menschen sind so dumm, daß sie Gott selber kaum kann begreifen. [1251]

Wahrscheinlich sind höhere Züge von Christus in seinem Leben dagewesen, welche aber die Evangelisten nicht begriffen oder nicht aufgriffen, da sie zu weit über ihr Auge reichten. [1252]

Mancher Unglaube ist ja nur ein anders angewandter Glaube. [1253]

Da der Mensch ein Bedürfnis des Unendlichen und Wunderbaren hat: so will ihm ein aufgeklärtes Christenthum aus Mangel daran kahl und leer erscheinen. Aber zeigt ihnen nur das Unergründliche im Welt- und Lebensbau: so habt ihr mehr als ergänzt. [1254]

Anstatt daß die Katholiken uns katholisch zu machen suchen sollten, müßten sie erst selber wieder katholisch werden. [1255]

Die Weisheit Gottes find ich nur da, wo ich meine und seine nicht mehr finde; im organischen Bau. [1256]

Der Unsinn der Allegorie in der Orthodoxie wird mit der neuen Kenntnis jedes Jahrhunderts steigen, und alles Neue wird wieder an das Alte gehangen. [1257]

Eine Frau sagte: unser Herr Gott hat das Wetter so schön gemacht. Wenn mans selber machen thäte, man könnt's nicht besser machen. [1258]

Judas hat ihn ja nur verrathen; aber andre schrien »kreuzige ihn« und diese waren die schlimmern. [1259]

O die Jahrhunderte werden auch noch kühne Leute bringen, die über Geschlecht und Religion ganz anders sprechen und wo es höhere Helden gibt als Peter und Stilling pp. Wie hoch steht ein Jacobi und Fenelon über Petrus! Die Frommen ⟨Menschen⟩ wollen aber alles so recht abgeschlossen haben, und die Apostel sollen alles sein und entscheiden. [1260]

Eigentlich ist Gott der einzige vertrauteste Freund, vor dem wir uns mit unsern Angelegenheiten nicht zu schämen brauchen, da er allein unter allen Wesen keinen Egoismus hat und mit dem man also über sich noch vertraulicher sprechen kann als mit einem Menschen. — Unterschied: der jüdische Jehova und der Christus-Vater. Blos mit Gott allein braucht man keine Umstände zu machen, weder im Orte, noch Wort. [1261]

Wir lieben alle an einander ein Göttliches und wissen nicht wo es in uns ist, wenn wir uns selber lieben wollen — Aber wie kann denn die Gottheit etwas an uns lieben, oder gar ihr Göttliches in uns? — Die theologische Untersuchung bestehe nicht wie im Kampanerthal in *Gesprächen,* sondern in *Briefen.* [1262]

Wir sollen Sünden andern vergeben und Gott vergibt sie nach den Orthodoxen nicht. [1263]

Bei allen großen Umwandlungen z.B. der Religion kommt man in kleinern Parteien wieder auf das Alte zurück, z.B. auf die Orthodoxie, bis endlich nach immer kleinern und kürzern Oszillazionen des vorigen Glaubens der neue fest da steht. So wird jetzo bald gegen den Supernaturalismus sich der Razionalismus kräftiger erheben und ihn auf eine Zeit vernichten, jener wird kleiner wiederkommen und endlich gar ausbleiben. [1264]

Dankgebete.
Die meisten sind so, als ob wir einem bösen Geiste dankten, daß er uns mit dem Unglück verschonet habe. Mehr Freude und Anschauung der göttlichen Güte als Dank dafür. [1265]

Schöpfung.
Wie kann man denn sagen: aus Nichts hat Gott die Welt gemacht. Gott hat nicht aus dem Nichts, sondern aus dem Absoluten die Welt erschaffen. Er selber ist ja ein Etwas, woraus ers gemacht. Aus Nichts wird Nichts — gälte, wenn ihr eben Gott und alles wegnähmet; aus ewig Nichts (von dem aber nicht einmal *ewig* zu prädizieren wäre) kann nichts werden, nicht einmal ein Nichts, denn das wäre ja schon da, und keine Verdopplung des Nichts ist möglich. [1266]

Vorsehung.
Unbewußt glaubt der Mensch daran; und an einen Gott; sonst müßt' er ja in jeder Minute zittern und auf keine nächste rechnen, weil in der Herrschaft des Zufalls und in den allgemeinen Gesetzen nicht die kleinste Bürgschaft für Glücks Fortdauer ist. [1267]

Ich kenne nur Ein Ich, dieß ist Gott — das übrige sind Hunde. Wir sollten uns ordentlich des Ichs, das er uns geschenkt, schämen wenn wir es nicht zu dem besten Zwecke opfern. Das Thier hat keines. [1268]

Mein Dank an Gott: Du hast mir jene Klarheit gegeben und Stille über allen Wogen des Herzens und der Zeit! — Ich sehe und fühle zugleich und beides gleich stark. Ich war kein Kalter, wenn ich philosophierte und die Gesetze der Darstellung erwog; ich war kein Heißer, wenn ich mit Thränen im Auge nie erlebte Szenen der Wonne und Liebe darstellte; ich wußte immer alles, und sogar im Sterben werd ich merken daß ich sterbe, und also nicht mehr bemerke. Doch letzteres ist mir einerlei; ob ich vergehe, wenn ich nur gehe; oben bleibt mir doch der treu, der nicht vergeht, weil er nie entsteht. [1269]

Philosophisches

Die Philosophie ist der Baumschaber am Baum des Erkentnisses. [1270]

Wahrheit.
O du Wahrheit! du bist die beste Wegweiserin des Menschen! Aber wer führt ihn zur Wegweiserin? wie viele Lügner, hölzerne Arme und Irlichter! [1271]

Der Systemmacher durchreist die Länder und Warheiten wie der Kaufman fremde; beide sorgen nur für ihre Waren und sind blind gegen iede Merkwürdigkeit. [1272]

In das System, das er sich gebauet, hat er sich nicht einquartirt ⟨logirt⟩, sondern eingemauert. [1273]

Beredsamkeit und Wahrheit sind Nachbarn aber keine Freunde. [1274]

Wenn das Herz das Wahre hat und sucht, ists gleichgültig, wo der Kopf irrt. [1275]

Was eigentlich zu studieren ist für das innere Leben? Verstand findest du eigentlich in der erbärmlichen *Geschichte* wenig, höchstens einen, der deinen etwas übertrifft, das gemeine Gewirre der Leidenschaften und ihre Mittel. Aus der *Philosophie* hole nur die Kraftübung, nicht den Glaube. Aber dieß studiere und schaue näher an, was das ungeheuere Räthsel des Daseins recht vor dir ausbreitet: die Naturgeschichte, die Sternkunde, die Naturkräfte, die Geschichte des leblosen Erdballs und dein Inneres. Hier erscheint ein unendlicher Verstand, der sich dir nur so weit entdeckt, daß du ihn voraussetzen mußt, aber nicht in deinen einnehmen kannst. — *Poesie* kann nur den sammelnden überschauenden Sinn üben; *Religion* kann über das Körperliche heben. [1276]

Jeder kann einsamer leben, z.B. Schelling in München, als ich, weil ich durch meine vielen Berührpunkte mit mehr Menschen zusammen hange, er aber nur mit Philosophen. [1277]

Jakob Böhme. Die Vereinigung des Metaphysischen mit Phantasie gibt ihm jenen Tiefsinn und jene Fülle blos für den — Leser. Die Metaphysik, die er zu keiner Schärfe trieb, gibt allen Gegenständen ihrer Untersuchung einen unendlichen Horizont; lauter Fragen der Unendlichkeit. Diese dunkle Unendlichkeit nun noch mit Phantasie geschwängert, deren Bilder in dem Finstern zu Gestalten werden, gebiert ein vielgestaltiges, grell beleuchtetes Reich, wo jeder finden kann, was er erschafft. [1278]

Glück und Unglück im Leben sind das, was sich nicht wiederholt — jedes oft kommende setzt Werth oder Schuld voraus. [1279]

Der Schlusstein des Systems stekt noch im Felsen. [1280]

Fichte glaubt, es verstehe ihn niemand als er allein — sogar dieses mag wieder eine Ausnahme oft leiden. [1281]

Fichte zwingt, wie Zweideutigkeiten, zum Verstehen. [1282]

Fichte gewinnt sehr, daß die andern ⟨jetzigen⟩ Leute so wenig lesen als er; denn dann halten sie viele seiner 50 mal gedruckten Sätze für so neu als er. [1283]

Was den Philosophen und den Dichter noch ins wirkliche Treiben hinein ziehen kann, ist Vaterlandsliebe, Freiheit p.; bei Sklaverei denkt er gar nicht mehr daran, daß er auf einer Erde lebt, sondern bewohnt sich. [1284]

Wenn die Wahrheit schädlich ist auf immer: so hat der Teufel die Welt gemacht; denn Gott braucht doch keine Maske vorzunehmen. [1285]

Eine neue Geist Mode herrscht so sehr dadurch, daß [man] Wörtern ihre gute oder böse Bedeutung nimmt: z.B. phantastisch, Aufklärung, Salbung. [1286]

Ich will keine Gelehrsamkeit abholen — dazu muß man schon viele mitbringen — aber Weisheit will ich, und zu dieser braucht man nur eine Frage mitzubringen. [1287]

Die Deutschen — gerade den Ausländern zuwider — sprechen das an sich Seltsame der Philosophie noch mit Übertreibung aus, indeß jene mildern — Oken*. [1288]

Das ungeheure Räthsel des Daseins umspürt mich immer dichter, je länger ich darin stecke; und das Philosophen-Theologen- Spitzbubengeschlecht besteht nur aus Finsternissen; nicht aus Lichtern. [1289]

Mein Skeptizismus bezieht sich nicht vernichtend auf die Menschenkraft, zu erkennen — wie bei Hume —, denn ich nehme Sinnen- und moralische Welt an: sondern auf die Unergründlichkeit und Unermeßlichkeit des Lebens, das wir uns mit ein Paar geoffenbarten Religionen und Philosophien aufzuhellen meinen. [1290]

Ein gemeines, kraftloses Gesicht wie *Schelling*, bei einer absprechenden Kraft. [1291]

Wenn ich aus den Wolken jede beliebige Gestalt zu bilden und einige Zeit zu behaupten weiß: so thun ja wir alle nichts anders mit den Gewölken unseres Lebens und bilden daraus

* Der Naturphilosoph Lorenz Oken (1779–1851)

beliebige Gestalten so lang und länger als die Wolke fest bleibt. [1292]

Man könnte ein Skeptiker werden, wenn man sich die Menge von Systemen und Irrthümern ausmalte, die in der Zukunft erscheinen müssen. [1293]

So wenig man auch ein Urtheil über gewisse Gegenstände fällen kann: so kann man sich doch nicht enthalten, eines zu haben; obgleich das Nachbeten eines fremden. [1294]

Ein gewisser Skeptizismus ist blos Schwäche des Karakters, eine Art Furcht. [1295]

Unser Irthum daß wir uns unser *ganz* bewust zu sein glauben, da doch das, wodurch das Bewustsein entsteht, nicht in diesem sein kan. [1296]

Sprache.
Es wäre eine reine neue möglich — da alle jetzigen von Einer Sprache und einer Anschauung herkommen — welche das Alles ganz anders aufnähme. Bis jetzt sind alle unsere Anschauungen der Welt an die des ersten gebunden, der die erste Sprache erfand. [1297]

Wahrheiten.
Die sind die gewissesten ⟨stärksten⟩, die man nicht sucht sondern die uns suchen und verfolgen, z.B. meine von dem Tod. [1298]

Einwirkungen der Wörter.
Man nehme an, die Planeten hätten statt Merkur, Venus, Mars, Saturn p. bessere Namen als diese mythologischen Namen erhalten, welche durchaus kein Verhältnis weder zu ihrer Sonnennähe noch Größe haben: die ganze Astrologie und die parazelsische Chemie wäre nie zum Vorschein ge-

kommen. — Eine lange Untersuchung die auch in die Religion eingriffe. »Warum z.B. der Abendstern Venus und Luzifer der Morgenstern?« — Wären früher alle die neu entdeckten Planeten erschienen, wofür die mythologischen Namen und andere Stellungen nicht mehr anzuwenden gewesen wären: so hätte die Vorwelt einen ganz andern astrologischen Aberglauben erhalten, und zwar einen desto größern, da die Kombinazion mit der Menge der Gegenstände wächst und sich rüstet nach Außen. Die Zahlen können überall gebraucht werden für Christenthum und Wissenschaft. — Aber das Zahlen Unglück der Astrologen mahne jeden Naturphilosophen von allen Rücksichten auf Zahlen ab. (Z.B. für die Kometen gibts noch keine Zahlen). [1299]

Philosophieren.
In Physik, Mathematik, Geschichte vermehren die Jahre die Fortschritte; aber in der Philosophie nur wenig. Ein Philosoph im 60ten Jahr weiß nicht viel mehr und urtheilt nicht scharfsinniger als derselbe im 30ten Jahre. Denn es ist wie bei dem Poeten, ein Schaffen, das nicht durch Schaffen sich höher steigert. [1300]

Mathematik und Philosophie.
Diese übt den Geist für alle andern Verhältnisse wo Scharfsin nöthig ist — Daher kan der Philosoph noch etwas anders verstehen und treiben, aber Mathematiker nicht. [1301]

Wer einmal in einer Sache etwas neu-Empfundnes oder Gesehnes gesagt, kans fast über jede. Alles ist hier ein Ganzes; der Standpunkt für etwas, ists für alles. [1302]

Über den Glauben der Menschen.
Da so wenige sich einen Glauben erfinden können: wollen sie ihn blos geschenkt haben (von Sekten-Stiftern) und bilden sich dan selbst ein, es sei ihr Glaube, er gehöre ihnen durch die Prüfung als wenn sie, fals dieses System gefehlet 〈geman-

gelt⟩ hätte, nicht unter weniger Systemen auch gewählt (nach der Prüfung) hätten. Daher wollen sie so gern Autorität, nämlich die Meinung des Autors selbst (nicht seine Zweifel) um, wenn sie ihn sonst achten, sogleich eine zu haben. Sie wollen nicht die Wahrheit selbst, sondern das was sie verkündiget. Übrigens scheint es als ob man die logische Wahrheit und deren Liebe zu moralisch machen wolle. Wahrheit ist nichts als das Wissen daß etwas ist; warum sol ichs denn wissen? Man thut als woll' einer, der dagegen gleichgültig ist, dadurch das Gegentheil, den Irthum. [1303]

Geheime Voraussezung bei den andern, daß alle Wahrheiten nützlich zu sagen sind.

Nämlich die einer gütigen Gotheit; denn sonst könt' es ja ewig trostlose geben. [1304]

Warum fodern und achten wir so sehr das Unbewustsein des Selbstwerthes?

Ists, weil wir ihn dan sogleich mit der Eitelkeit und Selbstsucht verunreinigt glauben vor oder nach dem Handeln? Oder, weil wir den angebornen mehr lieben als den erworbnen, weil er kleinere Versuchungen und grössere künftige Klimax voraussezt? Oder wegen des schönen Kontrastes dieser Unwissenheit mit dem Werthe? — Oder weil alles Geschafne, Erste so himlisch ist, besonders das Himlische selbst? [1305]

Ob der Mensch *alle* Wahrheiten zu lieben und zu suchen habe, wie doch Lessing behauptet.

Wie viele Haare ein Mensch oder ein Wolf habe, wovon nur jene Gott zähle, kann jedem gleichgültig sein, der sie nicht zählt wie doch Gott, der alles zählt und dem folglich das Haar Eines Kopfes nur die kleinste Nummer einer unendlichen Rechnung ist. —

Zu wissen, wie viel Haare mein Hund hat, ist mir gleichgültig, weil diese Summe nirgends in meinen Berechnungen des All anzubringen ist. Es ist aber meine Gleichgültigkeit gegen diese Haarsumme keine andere als die gegen ein ganz fremdes Wort aus einer fremden Sprache, die ich nicht verstehe. Dem Verständigen derselben ist jedes Wort gewichtig, aber eben weil er das Ganze kennt; mir aber ist nicht die Einzelheit bedeutend, die ich nicht in das Ganze meiner Philosophie so zu bringen weiß, wie ein neues Wort in einer Sprache, die ich eben lerne. — Was hälfe mir ein einzelnes mexikanisches Wort ohne die mexikanische Sprache — für welche allein es brauchbar ist? [1306]

Moral-Sicherheit.
Man sollte denken, da eigentlich nur alle rechnenden Wissenschaften täglich an Wahrheit für *jeden* gewinnen, Physik, Chemie, Astronomie, hingegen Theologie Philosophie alle Ideenwissenschaft täglich wechselt und verliert, daß es der Moral auch so gehen müsse; aber *diese allein* steht unverändert da, gleich anfangs vollendet, keinen Einwürfen angreifbar. [1307]

Mein Schmerz: ich habe nun alle Wissenschaften angefangen; und meine Philosophie drängt mich bei jeder zum Einheitspunkt — und ich kann nicht, ohne allseitige Kentnis dazu kommen — sondern muß nur anspielend spielen. [1308]

Natur-Phänomeno-Logisches

Da ich in meinem Leben nichts Großes hatte als die Natur — keine große Gesellschaft pp. und Menschen Glanz — so erfüllt sich mein Ich immer vor und von bedeutenden Tagen im Kalender, 1te Mai; — an Quatembertagen; daher das Wetterprophezeien. [1309]

In jedem Winter siz' ich mit der Hofnung am Klavier, im nächsten Frühling es ein wenig anders zu machen und fasse nicht, warum ichs noch nicht gethan — mich nämlich neben die Bienen und das ganze kriechende übergoldete Thierreich ins Gras zu sezen unter Blüten und so zu träumen und die schäumenden Becher des Frühlings auszuleeren. Warum that ichs noch nicht? [1310]

Niemals schwerer von jemand zu scheiden als im Spätherbst, wo man beisammen bleiben will. [1311]

Im Geiste ist kein näherer Nachbar des Frühlings als der Herbst. [1312]

Im Frühling verspricht die *lichtere* Sonne täglich *schattigere* Bäume. [1313]

Das Heilige eines Donnerwetters, das sich den ganzen Tag als Verheerung ankündigt, aber abends bei sanften stillen Blitzen in Regen niederfällt, dessen sanftes Geräusch man ordentlich anbeten möchte. [1314]

Frühling.
In jeder Seele ist der Frühling schon um einige Wochen oder Blüten früher da als sie ihn außer sich antrifft.

Es gibt keinen Frühling, nur Frühlingstage, ja Abende — Ein Abend hat dem Herzen alles gesagt. [1315]

Nach langer Dürre ein stiller Gewitterregen. Das saugende Auffassen der Bäume — der ruhige Fallton des Träufelns — unbewegliche Gipfelgärten — der halbhelle Abendhimmel — der Himmel senkt sich zur demütigen Erde — kein Sturm, kein Wind, kein Blitz — die Natur lauter Ohr und offen — keine Schwüle und keine Kühle — Man möchte ein großer volllaubiger Baum sein — und wie alles doch wieder der Abendröthe entgegen arbeitet. [1316]

Nachthimmel.
Der Nachthimmel hat allein zuweilen ein Gewölke unter dem Mond, das durch Licht wie durchfurcht ist — dunkle Hügel, und Lichtsteige dazwischen. — In der Nacht, wo auf der Erde keine Schatten und Lichter sind, zeigt der Himmel beide stärker; und wenn unten alles ein grau ist, so wechseln oben, wenn auch nur am Wolkengewölbe scharfe Lichteinschnitte und Wolkenhügel. — Die Sterne setzt der Mensch ordentlich voraus. [1317]

Der Frühling rolt das Gemälde das er ausgestellet wieder auf. [1318]

Ich würde mehr vom Weltgeist lernen, wenn ich auf allen Bäumen dabei stehen und es sehen könnte, wie die verschiedenen Vögel ihre Nester bauen, als von allen Lesereien darüber. [1319]

Der deutsche Mai ist ein Hin- und Herwurf zwischen Nordpol und dem innern Afrika. [1320]

Zwei grosse Aerzte, Sommer und Winter — 2 grosse Giftmischer, Herbst und Frühling. [1321]

Der häßliche deutsche Zwischenraum zwischen Winter und Frühling, wo man keins von beiden hat und nicht einmal mehr hofft. [1322]

Der Herbst ist eine böse Jahrzeit für den Wetterpropheten; was er in den drei andern an Lob eingesammelt, setzt er in dieser wieder zu. [1323]

Nur im Lenz, nicht Herbst Unkraut aus Beeten. [1324]

Wie oft muß der Donner des Himmels sich mit dem Getöse eines gemeinen Erdekarrens p. verwechseln lassen, dem oft nichts fehlt als der — Blitz. [1325]

Schönes Wetter nennen die Menschen das, wo man das Heu trocken einbringt; ich aber fodere ein anderes. [1326]

Seeligkeit der Jungfrauen p., die nichts vom Wetter wissen und weissagen, und die schönen Tage nehmen, wenn sie kommen. [1327]

Ich verlöre auf einer Insel allen romantischen Genuß der Natur; denn ich wüßte, daß hinter allen Bergketten und Höhen der Sehnsucht nichts weiter wäre als Wasser. Die Insel wäre mir nur ein größeres Zimmer, ohne Stubendecke und Mauern. [1328]

Natur heißt weiter nichts als die alltägliche Wiederkehr desselben Wunders; erst die unterbrochne nennen die Leute Wunder. [1329]

Ihr wollt die *Zeit ver*treiben? Sie, die euch ja eben alles gibt? [1330]

Die Baumblätter zittern wie Augenlieder vor Lust der Umarmung, bis sich endlich die Zweige vor dem Winde ausstrecken. [1331]

Nur wolkige Kälte erträgt man ungern, nicht helle. [1332]

Ich sage im Freien: *meine* liebe Natur; auch der Regen gefällt mir und gern trag ich alles weiter wie die Ameise die Puppe — Im Gewitter ist mir ordentlich als wär eine Freundschaft zwischen mir und den Wolken und ich freue mich auf jedes morgenlang, ob ich gleich in der Mitte seine Kraft besorge ⟨befürchte⟩. [1333]

Wenn ich meine Frühlingspunkte nicht habe: so hass ich das ganze Jahr als feindlich gegen mich. [1334]

Lebenszeit und Lebenszeiten

In meiner Kindheit machten mich die Kornblumen wehmüthig. [1335]

Wenn ich einem Gymnasium-Examen beiwohne: so ist mir als werd' ich aus der engen Welt, die preßt, herausgehoben, aus der politischen, aus der zeremoniellen —; nicht blos die Jugend, auch Völker-Jugend tritt wieder an mich heran, noch abgerechnet die eben belehrte Jugend der Zukunft. So schmerzhaft auch der Gedanken dadurch fährt: was hätt' ich nicht unter andern Lehrern werden können. — Da sitzen die armen Vor-Jünglinge und denken wunder was wir Erwachsenen sind; wir wissen wie wenig, aber wir erfreuen uns doch der wieder nachgespiegelten Hoffnung alter schönerer Zeit. [1336]

Man behält eine zufällige Sprach-Rüge aus der Kindheit und Büchern Jahre lang; indeß man bessere Sachen vergißt. [1337]

Ich werde allemal äusserst traurig, wenn ich wie heute das Flöz- und Ganggebirge meiner alten Papiere ⟨die Hülsen der ausgekernten Stunden⟩ durchgrabe und mich zurücklebe und dem ⟨hin zum⟩ abgeschiednen Geist der Vergangenheit näher trete. Was für Wünsche, was für ein Treiben ist in der engen Menschenbrust, die so leicht zerrissen und zerquetscht wird? O was tragen wir Welten im Busen, den ⟨über⟩ eine einzige Erdscholle von dieser bedekt. Wenn einem Menschen, eh er seine zwei Arme an den Fus- oder Armblok des Schreibtisches schmieden lässet, das leere Papier vorgelegt würde, das [er] in seinem Lebenselend volzumachen hat bis er das übrige besser fült: er würde ohne Schreibfinger auf die Erde wollen. Es ist eine närrische Eitelkeit, daß der Mensch auf Jahre die er vor 10 Jahren gelebt, mit einem besonderen Stolz niedersieht; »iezt bin ich ohne Vergleich besser«. Es ist nicht wahr: das Spar[r]werk des Knochengebäudes steht eisern und nur verschiedne Ansäze verkleben es so oder anders. Deine

Lage und deine Schriftstellerei konten nur die Gefühle belehren, die schon da waren p. Wehe dem Menschen, der in seinem alten Tagebuche, unter dessen Geburt er noch an keinen Druk gedacht, nicht eine Empfindung, eine gute Regung mit einem wallenden Herzen wieder lieset. [1338]

So oft ich alte Kleidung ablege, fallen mir die quälenden und freuenden Stunden ein, die mich darin besuchten. »In diesem Ueberrok giengs dir elend so in ienen Stiefeln.« [1339]

Orangengeruch.
Will ich die tiefste Kindheit mit all ihrer Fülle und Weite — will ich sie wiederhaben zu einer recht wehmüthigen Seeligkeit: so tauch' ich mich in das Süßdunkel ⟨Duftdunkel⟩ einer Orangenblüte. [1340]

Wenn man nach 4 Jahren auf die Universität komt: so ist sie ein Gottesacker für einen Epimenides*, alles Vorige ist fort. [1341]

Unser Herz widerspricht uns doch, wenn wir sagen, nur die Gegenwart sei Zwek; und was die Minute nicht giebt, habe die Ewigkeit nicht. Es gilt nur für die Erde; aber unser Herz dringt auf etwas, das über die Erde hinausliegt. [1342]

Man sieht das Unbedeutende des Lebens, wenigstens seines Gebrauchs, nie stärker als in Tagebüchern: in der Wirklichkeit entwischt es uns weil wir von der Wichtigkeit der Nähe geblendet werden und weil wir unsere grosse Zwecke für grosse Thaten halten. [1343]

Wenn du durch die Stadt nach langen Jahren gehst, wo deine Freunde lebten — und du vor ihren leeren Häusern vorbeigehst, in denen jezt rohe Menschen wohnen — und wenn die

* D. h. für einen nach langem Schlaf Erwachten: nach dem legendären, 57 Jahre dauernden Schlaf des Epimenides in einer Grotte.

vorigen Gespielinnen fortgezogen sind oder mit verfalner Schönheit sich unter die Lasten des Lebens bücken — und wenn ganze fremde oder erwachsene Gestalten deine alten Spielpläze der Freude besezen — und wenn nichts mehr so da ist und dir das Herz bange wird p.: o wem gehört denn der Seufzer, den du ausstössest? [1344]

Vergangne alte Zeiten.
Man leiht den Menschen, die darin gelebt, immer die sanfte melancholische Art, womit man sie jezt ansieht. [1345]

Man mus einmal eine Zeit ohne Plane erleben, wo man von der Zukunft nichts verlangt als die Fortsezung der Gegenwart. [1346]

So viel sich auch um und in mir ändre: Dieselbe Sonne, die mich als Kind bestrahlte, sieht unverändert mich jezt an. [1347]

Sonderbares Gefühl wenn man sich abends weismacht, es sei morgen und umgekehrt. [1348]

Es komt eine Zeit, wo die Zukunft nichts mehr hat und wir unsre Gegenwart nur durch Erinnerungen schmücken. [1349]

Das Trübe, sich eine Geselschaft alter Männer zu denken; oder nur ernster, die nun die Spiele des Lebens verloren. [1350]

Wie sich immer das Land der Glükseligkeit hinter mir (d.h. die oder mit der Vergangenheit) ausbreitet — jeder Ort, den ich räumte, ist ein Eden, jede vorige Stunde glänzt. [1351]

Das ist das Schmerzliche im Leben, daß man (wie ich) gewis weiß, man wäre — ohne ideales ⟨unmögliches⟩ Glück zu begehren — unendlich seelig (in Hof, bei Jugend, Phantasie p.) gewesen, wären nur ein Paar zufällige Umstände (wie Geld und ein Mädchen) dazu gekommen, die später wenn sie langsam nach kamen, nur Halbtugenden des vorigen ganzen Himmels geben konnten. [1352]

Widriger Anblik der Laternen und Leuchter am Tage. [1353]

Ach wie hätte das in der Jugend seelig machen können was in dem Manns Alter kaum froh macht, von der Liebe an bis zum Ruhme. Wie viel Glück geht dem Empfänglichen vorbei und besucht den Abgenutzten! — [1354]

Morgengeläute erinnert an Zukunft, Abendgeläute an Vergangenheit. [1355]

O Kindheit, Jugend! Wie viel *hat* man, eh' man etwas *ist*! — Und wie kehrt sich nachher alles um! [1356]

Wenn ich bedenke, welche inneren Glücksquellen in meinem Herzen im 25, 30 Jahre waren und wie wenig ich von außen dazu bedurfte — eigentlich nur, daß sie nur nicht zugehalten wurden — und wenn ich dagegen berechne, wie viele Quellen von außen ich jetzt brauche, um die inneren zu ersetzen — — Ach warum benützt man nicht die einzige Zeit, wo ein Mensch recht glücklich zu machen ist; sie kommt nie wieder. [1357]

Immer mit einem Schauder seh' ich den kleinen gekrümmten Anfang des Menschen im Embryonenglas — die gefalteten Hände p.p. Was ist die Krümmung des Alters gegen die des Embryons. [1358]

Alter.
Daß ein kraftvoller Mensch seiner täglichen Abschwächung entgegen geht und voraus weiß, daß er jedes Jahr ein Stück verliert, wäre sehr hart, wenn sich nicht diese körperliche Abschwächung verbärge in das geistige Zunehmen an Kenntnissen, Ehren, und bürgerlichen Einflüßen. [1359]

Alter.
Im Alter wird das ganze Gehirn ein Gottesacker vergangner Bekannte[r], bis man endlich selber dahin schwindet und nur noch in den Träumen der übrig gebliebnen Freunde noch fortspielt und erscheint. [1360]

Mein Schmerz ist daß ich die 2 Venus-Gänge durch die Sonne 1874 und 1882 nicht sehen werde. [1361]

Ein einziger Kus wird nie vergessen, aber leicht 1000. [1362]

Nichts solte uns wohlthätiger machen als der Gedanke, daß wir diese Welt nie nie mehr betreten und daß wir einige schöne Spuren zurüklassen sollen. Wie wenn du auf einen Tag in den Abendstern versezet würdest und nie wieder: würdest du dort zerreissen und niedertreten? Würdest du dort nicht, wenn du köntest, eine gepflanzte Blume, eine geöfnete Quelle lassen? — Und wenn die Einwohner litten, würdest du ihnen grössere Schmerzen zurüklassen oder kleinere? Hast du den Geist der Humanität vergebens erhalten? — [1363]

Komst du einmal wieder, nach langer Dürre, seelige Rührung? O kan sich dieses erstarte Herz noch bewegen wie im Mai? — O sonst weint' ich, weil ich süsse Thränen im Busen trug — und jezt, weil er keine hat, weil er die Erde keiner Hofnung mehr würdig findet! — Aber komme — alle alte Jahre stehen fest bei mir, alle Freunde der Vergangenheit, die süssen verhülten Augenblicke leuchten durch den Schleier! — [1364]

Selbstbiographie.
Ich könnte wol auf meine Brust zeigen und sagen: »da ist ein Gottesacker.« Aber nicht von Menschen, sondern Gedanken und Systemen. [1365]

Schein unserer Dauer.
Diesen haben am meisten die Gelehrten. Man denke sich die Bücher weg, so verrinnt die ganze Vergangenheit hinter uns

in eine unförmliche, unkenntliche, unbenannte stumme Masse und nur Gegenwart steht lebend vor uns und die Gebiete des Todes liegen ausgedehnter obwol in Nacht hinein gehend vor uns als der grüne schmale Streifen und Ufer des Lebens und sterben sehen hieß[e] da, verstummen hören auf immer. Aber nun stehen die Bibliotheken da, die Wohnhäuser der Vergangnen, worin sogar Lebendige mitwohnen — die Todten reden noch alle darin fort, mit sich und mit uns, ihre ganze Zeit lebt mit ihnen — in dieser großen Kette fragt man gar nicht darnach, da nur Geister zu Geister dringen, ob der, der meinen bezwingt, noch heute lebt oder vor Jahrtausenden starb. [1366]

Die aus ihren Aschenwolken in unser Jahr herüberrufen und die jüngsten Herzen aussprechen. Die Jahrhunderte gehen ja als Echos hinter einander und der 1000jährige Schmerz redet durch den neuesten. [1367]

Wie muß dasselbe Baireut dem frischen Knaben vorkommen — noch schöner dem liebesuchenden Jüngling — anders dem hinaufstrebenden Mann — und dem beruhigten — und endlich wieder mir oder gar einem Greise! [1368]

Man solte nicht Zeitvertreib sondern Zeitgenus sagen. [1369]

Nicht die Illusion der Liebe, sondern der Mensch, der sie hat, verraucht, verändert sich. [1370]

Jugend-Leichtsin. Es giebt eine Zeit, wo wir froh sagen: »die heutige jezige Welt« — wo alle Pracht, jede Mode uns ein Zeichen der neuern Freiheit und Aufklärung scheint — alles eine Erhebung über das Alter — [1371]

Das Heute hört nie auf. [1372]

Kurzes Leben. Man braucht eigentlich 4 Leben. Eines für die Freude oder das ruhige Bewustsein. 2. für das tugendhafte Handeln. 3. für Lesen. 4. für Schreiben. [1373]

Der Mensch komt mit einem Gesicht vol ächten schweren Ernst auf die Welt und heulet, um es erwachsenen Spasvögeln darzuthun, welches Humors er sei, eines bedächtigen. Ich weis, er lacht, aber später. Und so treibt ers fort so lang als er fort getrieben wird. Bei der Hochzeit, Taufe, überal wendet er sein perükenmässiges Gesicht ⟨ein wachsender Perükenbaum⟩ heraus und sagt zum Schelm ⟨Schalk⟩: der Donner sol dich erschlagen. Er befeilt sich, er lokket Haare — er trägt Zipfelperücken — er trägt Degen ⟨Jabots⟩ — er hustet — er schleicht — er geht schwarz — er hat Samt und Plüsch — er stekt in flammenden Falten — er stirbt — er schreibt dieses — kurz er wil ernsthaft sein; und der Welt, hoft er, soll' es endlich bei Gott doch einleuchten. [1374]

Da die Gegenwart uns nie verläßt: bemerken wir gar nicht das schnelle raubende Vorbeigehen der Vergangenheit. [1375]

Man reift spät den Büchern nach, die man in der Jugend gelesen; und hier schadet die Verspätung nichts; aber leider reift man auch spät und zu spät den Freunden nach *(Herdern)*, die man früher nur halb genossen und verstanden. [1376]

Man kan nicht wissen wie alt man ist als bei seinem Tod; 2 an 1 Tag geboren, wovon der eine 60 der andre 80 Jahre alt wird haben nie Ein Alter. [1377]

Das ganze Leben ist ein Selbstmord. [1378]

Wer fühlt, daß etwas untergehe, erhälts ja eben dadurch. [1379]

Wie schnell eilt der Mensch von einem Rasiertag zum andern! [1380]

Warum sollen wir denn so sehr die Vergangenheit bewundern, als ob wir mit der Zeit nicht auch eine recht alte Vergangenheit würden? Und was hat denn die Stellung in der Zeit für Vorzüge? [1381]

Jedes Jahr begeht man das neue weniger festlich — und so alles; man kennt das Leben. [1382]

Der Mensch sollte nach der ersten Liebe und der ersten Freundschaft sterben: so wäre doch das Leben ihm ein Leben. [1383]

Auch eine stehende Uhr zeigt täglich einmal richtig. [1384]

Wir haben doch wenigstens das Glück daß uns erlassen wird, die ganze künftige Geschichte zu lernen und in ihr examiniert zu werden. Künftig wird kein Gelehrter Zeit haben, ein Schach zu spielen. [1385]

Blosse Zeit ist Wasser in dem Wein. [1386]

Je älter man wird, desto lieber will man sprechen, und desto weniger schreiben, besonders Briefe. [1387]

Was geht nicht unter in der Seele? Die glühendsten Entzükkungen, Entrüstungen und alle ermattet zu dunkeln Kohlen? So geht auch außer dir das Geliebte unter. [1388]

Je älter man wird, desto mehr hat man die Ahnenbilder der Vorzeit, so ich Herder. [1389]

»Die Jugend ist vergänglich« aber das Alter ja auch und noch mehr. [1390]

Ich will glauben und handeln als lebt' ich noch 18 Jahre fort — eine schöne Zeit —; denn wenn ich widerlegt werde, merk' ichs ja nicht. [1391]

Nach einem Trauerfall wird jeder alte Freudenort, wenn man ihn wieder besucht, ein Freudenkirchhof. [1392]

In der Jugend will man sonderbarer erscheinen als man ist, im Alter weniger sonderbar als man ist. [1393]

Wenn man dem Stundenzeiger eine Meilenlänge gäbe, müßt er an der Spitze zu fliegen scheinen. [1394]

Ach wie viel reiner und wahrer wollt' ich jetzo (1820) dem *Herder* erscheinen! [1395]

Im Alter fallen den schönen Gegenden und dem Frühling so viele Reize ab, weil keine Aussichten der Liebe und Abenteuer mehr da sind. [1396]

Die Misanthropie im Alter ist weniger Haß gegen als Übersättigung mit Menschen. [1397]

Wie viel wird einem jetzigen Historiker erspart, daß er kein Wort von der ganzen lange Geschichte des zwanzigsten Säkulums zu wissen braucht, welche doch ein Schreiber des letztern ganz inne haben muß und die Entdeckungen über die ältere griechische Geschichte noch dazu! [1398]

Es ist sonderbar, daß dem Menschen die Bestimmung der Zeit bei geistigen Thätigkeiten, die sie doch messen, lächerlich vorkömt: z.B. um 4 Uhr hatt' ich diese Empfindung, um 6 wurd' er from. [1399]

Psychologische Chronometer, d.h. wie lang oder kurz uns jeder Affekt die Zeit mache. [1400]

Länge und Zweck des Lebens.
»Was hat denn die alte Frau davon daß sie ein paar Jahre länger gehustet und gegessen? Ja was [hat] denn der Genie-

ßende von einigen oder vielen Jahren Genuß mehr?« — Immer will uns keine Zeit genug thun; die Einheit oder Dichtheit Eines erreichten moralischen, ästhetischen Zwecks — auch in kürzester Zeit — ist uns mehr und genug. Kurz wir wollen wirklich im Leben etwas anderes als leben. [1401]

Tugend-Allgut.
Es ist doch den Menschen bei allen Bestrebungen und Erreichungen, als wären diese alle nur höhere Mittel zum höchsten Zweck, der nirgends ist. So und so viel Bücher geschrieben zu haben, durch die man sich körperlich und andre geistig ernährt — und wozu das Ernähren denn dann? [1402]

Zeit, Vergänglichkeit.
Wir vergessen das Fürchterliche der Zeitflucht, weil sie uns eben so oft gibt, d.h. zu Zielen bringt. Zwischen unserm Willen und Erreichen liegt oft die Zeit, die wir nicht blos verkürzen, sondern wo möglich überspringen möchten. Und dieser Haß gegen die *ferne* Zeit läßt uns die Nichtigkeit der nahen oder vorüberfliegenden überstehen. [1403]

Warnung für Fremde, irgend eine Sentenz eines berühmten Autors für Resultat eines ganzen Lebens zu halten — sondern nur das was langsam auseinandergesetzt wird. [1404]

Es gibt keine Schrittzähler des Lebens, nur Siebenmeilenstiefelschrittzähler; merkte ein Mensch alle Stunden, er brauchte ja ein Leben, um ein Leben zu erzählen. [1405]

Das Erfreulichste und Zauberische, auf das ich ewig und sehnsüchtig zurückschaue, ist meine Jugendzeit, aber nicht meine äußere, die kahlste, die je [ein] Jüngling ertragen, sondern auf meine innere, welche unter dem hohen Schnee der äußern Lage ihre Blumen und Blüten und den ganzen Frühling trieb. Jetzt ist der Schnee fort, aber der Lenz auch. [1406]

Ob ich nun in Baireut noch 20 Gänse mehr esse oder 50 mal öfter in die Harmonie gehe — dieß ist der Unterschied des längern Lebens. Das Leben als Leben muß etwas werth sein, aber nicht als Zeit. [1407]

Nov. [1821] Die dichterische Natur erträgt das Alter schwerer als die prosaische; denn diese findet zuletzt das was sie in der Jugend träumte, aber bei jener lösen sich die Träume nur in eine Wirklichkeit auf, sei es auch die schönste, bei der das Ende des Traums und also des Genusses ist. [1408]

Vom Tod, vom Ende und vom Vergangensein

Jeden Tag sterb ich leichter; denn jeden hab ich mehr drucken lassen. [1409]

Alten Jahrs Abend — angezündeter Brantewein.
Ich vergesse den 15 November nie. Ich wünsche iedem Menschen einen 15 November. Ich empfand, daß es einen Tod gebe. Das Kind begreift keinen, iede Minute seines spielenden Lebens steht glänzend und blendend vor ihm und stelt sich vor sein kleines Grab. Aber an ienem Abend gieng ⟨drängte⟩ ich vor mein künftiges Sterbebette durch 30 Jahre hindurch, sah mich mit der hängenden Todtenhand, mit dem eingestürzten Krankengesicht, mit dem Marmorauge — ich hörte meine kämpfenden Phantasien in der lezten Nacht — du kömst ia du lezte Traumnacht; und da das so gewis ist und da Ein verflossener Tag und 30 verflossene Jahre Eins sind: so nehm' ich iezt von der Erde und von ihrem Himmel Abschied, meinen Planen und Wünschen fallen die Flügel aus, mein Herz mag noch solange als es nicht tiefer unter fremden Füssen liegt, am freunschaftlichen Busen schlagen, meine Sinnen mögen — noch eh sie 6 Bretter einsperren, die herumflatternden Freuden haschen beim kurzen Schritte von der Wiege ins Grab — aber ich achte alles nimmer und euch, ihr meine Mitbrüder, wil ich mehr lieben, mehr Freude machen, ach wie solt' ich euch in euren 2 Dezember Tagen vol Leben quälen, ihr erbleichenden Bilder mit Erdfarben, ein zitternder Wiederschein des Lebens. Wir sind wankende Schatten und doch zerreisset ein Schatte einen andern.

Ich habe mir oft gedacht: wenn ein glüklicheres höheres Wesen aus seinem Freuden-Tanzsaal herein sähe auf diese zitternde umschattete Erde, auf uns Arme — wenn es sähe wie uns der geschwolne Todenhügel einsaugt (wie die Erde von eingesogenen Todten schwilt) — ach wenn es die gezähnten Schmerzen sähe, die vor uns gehen und nach uns gehen, und die Freude, die äffend ⟨sich unsichtbar⟩ um uns fliegt — ach wenn es euch liegende Menschen sähe, vom Krankenbette verwundet, p. — so müste dieses Wesen mit gefültem

Auge, wenn keine Unsterblichkeit wäre, sich umwenden und aufsehen und knieen: Got! ziehe ⟨hebe⟩ diese zerrissenen durchstochenen Schatten Herzen aus ihren Gräbern und gieb ihnen unsern Himmel, schliesse das ⟨diese⟩ zerflossenen Menschen Augen wieder auf und umhülle ⟨fülle⟩ sie mit der Freudenthräne und richte das liegende Gerippe in die Höhe, du Algütiger.

Ich mag endigen, was ich wil oder mich trennen wovon ich wil: so ists mir als würde wie vor einem Zahuri die Erde durchsichtig, mit ihrem Schaz von Todten und alles scheint mir aus Todtenasche geformt. So ist mir am lezten Abend eines alten Jahrs als zöge ⟨gienge⟩ der brausende Flügel der Zeit durch die schweigende Ewigkeit näher und lauter an mir vorbei.

Mit 4 Freunden bracht' ich einen zu. Ich sah einen um den andern an und fragte: vielleicht liegt im nächsten Alten Jahrabend dieses Gesicht unter dem Moder. Endlich sagt ich: »wir wollen alle einander tod sehen.« Ich löschte die Lichter aus und lies eine Spiritusflamme mit ihren bleichen Wellen aufwogen. Das Blut schien aus iedem Gesicht gedrükt von der Hand des Todes, blutlose (verblutete) Lippen, weisse verlängerte Hände und die Stube ein Todtengewölbe. Der fürchterliche Schimmer schwam auf dem Wasser (Gesicht). Es war ½ zwölf Uhr. Unter dem Mond vorbei wurden zerstükte Wölkgen gerissen und gepeitscht, durch den ungehörten Sturm hinter ihnen; und wo sie den Himmel offen und zerlöchert liessen, sah ein Dunkles hervor, das über die Welten (von Welt zu Welt) hinüber rükwärts reichte. Es war stil als hauchte ⟨gienge aus und ein⟩ das kämpfende Jahr den lezten Athem weg und stürzte um in die Gräber der Vergangenheit nieder: o Engel der Zeit, der du die Seufzer und Thränen des Menschengeschlechts gezählt, vergis oder verbirg sie, wer ertrüge den Gedanken ihrer Zahl? [1410]

Kein Mensch kan einen Himmel nach dem Tode glauben und vorausfühlen: sonst wär' er in täglicher Entzükkung. [1411]

Der Geist an den abscheidenden Körper: »sol ich dich nimmer bewegen zarte Lippe, auf der sonst meine und fremde Freude zitterte — ich habe kein Auge mehr, um zu beweinen — und du Herz, das sonst mit meinem Innersten gleichförmig walte, dich verlier' ich auf ewig mit der Brust.« [1412]

Man lieset die grosse Zahl der zitierten Autoren und denkt nicht daran, daß Todte mit einem reden. [1413]

In alten Büchern reden Lebende, die jezt todt, von denen die damals starben. [1414]

Man beklagt sich über den Tod eines Jünglings p. — wann sol denn der Mensch sterben? Wenn er recht erbärmlich daran ist durch Alter? Die Welt verliert und die Eltern, aber er ja nicht. [1415]

Wer weis, welche lezten Gedanken im schnellen Sterben bedeutend, ahnend, wichtig waren? Ich möchte sie alle wissen. [1416]

Wenn man hört, daß viele grosse Menschen hinter einander sterben — *Herder Schiller* — so ekelt das Leben an. Die Erde ist eine Waise, man glaubt einsam ohne Vater zu sein, wenn gerade die größten Gedanken, ob man sie gleich nicht kennt, nicht mehr gedacht werden, sondern nur solche als man selber hat. [1417]

Die Fortdauer der Häuser und andrer Besizthümer verbirgt die Sterblichkeit und leihet den Schein ihrer Ewigkeit den vergehenden Besizern. [1418]

Wie einem unberühmten Menschen alle die wegstarben, in denen noch ein Bild von ihm lebte — endlich der lezte, der ihn dachte. [1419]

Leichenpredigt ist das Tischgebet für die Würmer. [1420]

Vor dem Tode ist kein Kraut gewachsen, auch der Lorber nicht. [1421]

Die Mensch sind verpestete Schiffe und im Grabe unter der Erde halten wir Quarantäne. [1422]

Im Schlafe sterben heist im Grabe sterben. [1423]

Unsere Kentnis macht uns nur mit unserem Elende bekanter und das ganze Menschengeschlecht gehet in die Nacht des Lebens mit Fakkeln (hinter Tod und Bahre) um eine Leiche zu begraben — Ein Engel sah in einem Traume auf die Erde herab und fragte mich: was machet das ganze Menschengeschlecht, das ich in der Dunkelheit mit Fakkeln gehen sehe: ich antwortete: (es ⟨wir⟩ begräbt sich ⟨uns⟩) es gehet, das Grab zu sehen p. [1424]

Wie kan es auf einer Erde Unsterblichkeit geben, die selber keine hat? [1425]

Wenn künftig die Zeit nicht vernichtet wird, sind wir alle nichtig und vernichtet. [1426]

Warum will ich mich denn bei so kurzer Lebenszeit — oder auch einer andern — vor dem Ergelben der Dinte und Durchschlagen des Papiers so ängstigen? [1427]

Jede Gesundheit ist gemeinlich tödtlich, wenn sie lange anhält, etwa 70, 80 Jahre. [1428]

Ich fürchte mich vor nichts mehr als vor dem Tode, nur aber nicht vor meinem eignen, sondern vor dem Tode der Geliebten. [1429]

Das einzige, was man von den hiesigen Handwerkern zur bestimmten Zeit bekommt, ist ein — Sarg. [1430]

Ich fürchte mich nicht vor dem Tode, Verfaulen, Sarge — aber vor dem Sargdeckel. [1431]

Rath Missethäter durch Elektrizität zu tödten. [1432]

Der Sterbende: »man kann sich nicht groß machen, aber wol klein.« [1433]

Was ist denn der lumpige Name für die Nachwelt: ein Kerl steche heute Göthe, oder Napoleon todt; er ist unsterblich, freilich durch eine vergehende Unsterblichkeit, aber was ist diese? [1434]

Nur Gott könnte einen Selbstmord begehen; denn wir sterben doch alle von selber. [1435]

Wer liebt, lebt fremdem Tod und eignem Jammer entgegen. — Die 4 Freunde, wo einer nach dem andern stirbt. [1436]

Ich wüßte unter allen Lagen keine wo ich lieber scherzen möchte als in der auf dem Sterbebette; denn das Wichtigste, das Leben, ist vorbei; die Paar Minuten sind noch wie im englischen Trauerspiel, lustiger Epilog; das Große, welches angeht, hat mit dieser Minute viel weniger zu schaffen als mit dem langen Leben vorher. [1437]

Alles was in der Zeit einmal kommen wird, ist, in sofern man es voraus sieht, eigentlich für den Geist schon da und vorbei, so der Untergang dieser Erde. [1438]

Die Leiche wie einen Saukopf, mit einer Zitrone den Würmern anrichten. [1439]

Der Tod eines Menschen ist darum so fürchterlich den Nachbleibenden, weil eine ganze geistige Eigenthümlichkeit von Gesinnung und Denken für uns auf immer untergeht. [1440]

Die Zeit d.h. die Folge von Augenblicken ist die größte Vernichterin und der wahre tödtende indische Gott. Jeder Augenblick tödtet die Millionen vorigen Augenblicke und unter dem Tödten stirbt er selber und vererbt sein Morden dem nächsten — eine Erbfolge von Vernichtern. Der Teufel hole die Zeit, die uns jetzo holt, wir brauchen Ewigkeit. — Warum frag' ich doch nach der Freude der andern und nach meiner? Was ist denn Freude, wenn nichts ist? [1441]

»Der Doktor hat Sie von der Gefahr errettet, seelig zu werden.« [1442]

Tod. Warum soll er für mich selber als etwas außerordentliches in die Ewigkeit greifend erscheinen, da er ja in der Zeit jeden Tag als Alltäglichkeit vorgeht und es keinen Unterschied machen kann, ob ich oder ein anderer. [1443]

Je älter man wird, wie weniger kann man seine Vergangenheit — die Jugend ausgenommen — achten, eben so wenig die nächste Zukunft; nur die zukünftigste, nur das Allgemeine des Lebens. Vergangenheit ist ein geträumter Traum und Gegenwart ein träumender am Morgen, und ich will gern darin wissen, wo und wie ich aufwache. [1444]

»Ich wäre außer mir vor Thränen, wenn ich mich im Sarge sähe und bedächte, was der Leichnam geleistet und wie andre sich über ihn betrüben.« [1445]

Freude eines Manns, sich den Kindern als Todten zu malen. [1446]

»Du wirst an deinen seeligen Vater noch denken. Ich setze euch absichtlich in diese Rührungen über meinen Tod, weil sie mir nach demselben nichts helfen, jetzo aber dienen können.« [1447]

Ich lese in *Herders* Werken den Trost über einen Verstorbnen — als sei er nicht selber verstorben — der Todte tröstet über Todte. [1448]

Unsterblichkeit ist Leben in einem Gedächtnis, das selber stirbt — man lebt von einem Vergessenden zum andern. [1449]

Warum soll den[n] sogleich oder gerade nach dem Tode bestraft werden? Wie hier das Strafen lange ansteht, so kann es dort auch sein. [1450]

Ein Selbstmörder ist ein Wilddieb. [1451]

Bitte an einen Fürsten, daß ich ohne Sargdeckel im Freien liege — in irgend einem offnen Häuschen — Ich beneide die Gehenkten deßhalb. [1452]

In größten Dimensionen

Auf der Welt ist alles natürlich, ausgenommen die Welt selber. [1453]

Schilderung der öden um die Sonne ziehenden Erde. [1454]

Gestalt der Welt, wenn die Sonne erlöscht. [1455]

Im Himmel muß man noch einen fernen Himmel sehen. [1456]

Weltgröße.
Närrisches Gefühl, indem ich in meiner Stube sitze und — den *Raum weg gedacht* — so viel Sonne und Welt über und unter mir habe — alle im Taumel und Flug — ich in Ruhe — Glanz in Glanz — Größe an Größe gedrängt — ich von einer Sonnenlaube oder Umwölbung umfaßt — das fernere Sonnen-All um mich heran gepreßt — Sonnen an Sonnen zu einer sonnigen blitzenden Au oder Kugel gereiht — [1457]

Wenn ein Mensch einen Tag lang lieset und studiert: welche Welten, welche umfassende Ideen, die die Gegenwart verkleinern, ziehen vorüber, wie gros wird ihm das Universum und wie klein die Erde. [1458]

O warum tröstest du mich nicht mehr, du unendlicher Himmel wie sonst, wo ich mein Auge zu dir wandte und auf deinen Sternen meine goldnen Tage und alles fand, was ich hatte? Warum bist du nur eine todte Samlung von erdigen Kugeln und feuerspeienden Welten geworden? [1459]

Geister sehen.
Was sucht euere Natur als diese Gewisheit, daß es Geister gebe? — daß dieses ebene auswendig gelernte Leben nur einem höhern neuen zulaufe? daß es etwas anders gebe als Körper, die reden, als kalte Ebenbilder des bewusten Ichs? — O welche gräsliche Gruft vol leerer kalter Asche wäre die

warme Welt, wenn nicht das Herz ewig das voraussezte, was es nicht dürfte wenn es nicht wäre. — Und doch fürchten wir uns vor dem Heraustreten dieser lebendigen Götter, weil ihr Blik das Grün des Lebens einäschert und uns allein neben ihnen lässet. [1460]

Wenn man auf allen Sternen gewesen dan würde man die Leerheit der sinlichen Welt und das Bedürfnis der Unsterblichkeit recht fühlen. [1461]

Eine Welt von Fötussen. [1462]

Naturliebe.
Wenn mich die Natur entzückt bis zu herzlicher Liebe zu ihr: ist d[enn] hier eine Maschine gedenklich, zu der ich Liebe habe? Setzt jede Maschine nicht einen Geist in ihr voraus? Ist das All blos die größte Strumpfstuhlmaschine die es gibt? [1463]

Meine Naturliebe.
Wie man Thiere lieben darf, so darf ich doch auch die Natur lieben, nicht als eine Maschine und Mechanik —

Der warme Regen und die Blumen darunter sind mir nahelieb — eigentlich alles — und im Garten wird mir schwer, ein Leben zu tödten. — Die Wolken liegen an meinem Herzen — jeder Regentropfen gehört meinem Auge — ich nehme dem Himmel und der Erde gar nichts übel — So ein langes Reden und Stammeln des Donners, ohne daß er etwas thut, ist mir gerade recht und ich lieb ihn deßhalb. — Ich lebe *in*, nicht *über* den Wolken, bei dem Wetter, die Wolken gestalten mir die überirdischen Mächte und darum lieb' ich sie. [1464]

Urvorwelt und Urnachwelt.
Beide Welten gehen ⟨strecken⟩ vor unserm Auge sich in eine unendliche Länge aus. Die urältesten Trümmer der

Erde nähern sich uns als jüngste, wenn wir die Billionen Jahre zurückzählen, nach deren Verlaufe sie erst erschienen — und einst wird man nach ähnlichen Billionen Jahren auf uns zurückschauen. So macht der bloße Gedanke der *Zeit* uns das *Jetzt* so klein wie es der *Raum* des Himmels mit unserm *Erdenplatze* thut. Wir sind alle von unendlicher Größe wie von Gebirgen eingeschlossen und schauen in die dunkelengen Thäler hinauf ⟨empor⟩ und hinaus. Um uns her spüren wir das Vergehen nicht, da es in so kleinen Tropfen zerstäubt ist; aber vor uns liegt es in ungeheuren Massen beisammen. — Wenn vor diesen Blicken nicht einmal der Erdball und das Jahrtausend besteht; wie kann da der Flimmer eines verfliegenden Menschenpompes ausdauern? Oder ein Thron wurzeln und sich steifen auf der zerstäubenden Erde? — [1465]

Für den, der das Unendliche des All recht anschauet und durchfühlt, ist es etwas Furchtbares und Großes, nur zu existieren. [1466]

Wie der Engelländer in den Gärten die Ruinen nachahmet: so hat die Natur große Menschen in dise Welt gesezet, die Ruinen einer bessern sind. [1467]

In einer andern Welt kommen sogar sinnliche Freuden z.B. an der Malerei wieder vor, wenn auch nicht unsere; denn warum sollen unsre hiesigen Kräfte nicht fortgenutzt werden? Sonst wären sie uns ja nicht einmal hier gegeben. [1468]

Nichts erhöhet und beflügelt die Seele mehr als der Gedanke, daß das Menschengeschlecht sich nicht ewig blos um seine Axe sondern auch nach einem fernern Ziele und Pole drehe: man rudert dan gern das schiffende Universum mit fort, das ein Schöpfer steuert. [1469]

Witzjagden, hohe und niedere

Sein Verstand läst den Wiz aportiren. [1470]

Bei der Erfarung in die Schule gehen kostet zuvil Schulgeld. [1471]

Bei verfeinerten Völkern wie bei solchen Teatern geschehen die Mordtaten hinter der Büne. [1472]

Das Feuer der Liebe läst Brandstätten zurük. [1473]

Das Geschrei vom Tode des Königs gefiel so ser daß man wie bei dem ienes Schauspielers *ancora* rif. [1474]

Das Unglük macht oft lasterhaft; so suchen die Fische, die im Sommer das helle Wasser liebten, im Winter den Schlam. [1475]

Den Gedanken neue Kleider [machen] lassen. Seine Gedanken tragen ihre besondre Livre. [1476]

Der Arzt und der Sargmacher verhalten sich wie der Vogelsteller und Vogelbauermacher. [1477]

Der Lorberbaum hat gegen die Stambäume eine Antipatie. [1478]

Der Puls ist der Perpendikel des menschlichen Urwerks. [1479]

Der Puz ist das Sterbekleid der Schönheit. [1480]

Der Stambaum ist der Baum des Lebens, nicht des Erkentnisses. [1481]

Der Stein der Weisen ist der Grundstein zum Narrenhaus. [1482]

Der Strich durch Feler ist eine gerade Schönheitslinie. [1483]

Der Wind sorgt für die ausgesezten Kinder der Pflanzen. [1484]

Der Wolklang dunkler Verse ist eine Nachtmusik. [1485]

Die Erde ist eine Kulisse des Teaters des Universums. [1486]

Die Gelerten ziehen den Alten Adam an, wenn sie die Hosen abends ausgezogen. [1487]

Die Grossen gleichen gewissen Wilden, die glauben, man müsse ieden Traum realisiren. [1488]

Die, deren Meinung die schwächsten Stüzen haben, werden am wenigsten darinnen beunruhigt: so sind sumpfigte Örter keinem Erdbeben unterworfen. [1489]

Diese Schöne ist mit soviel buntem Streusand besäet, daß man nichts an ihr lesen kan. [1490]

Dumme lieben die Satire, in denen man sie aufbewart; wie Rindvieh das Salz, womit man es einpökelt. [1491]

Eine Kopfsteuer auf die Silhouetten 〈Büsten〉 legen. [1492]

Er drükt auf alle seine Ideen ein schwarzes Siegel. [1493]

Er durchschiest ieden Gedanken mit Gedankenstrichen, in welche der Leser seine eignen eintragen kan. [1494]

Er leidet Säze in seinem Buche, die anderen wiedersprechen; es ist dies ein Zeichen seiner Toleranz. [1495]

Er nimt aus seinen eignen Büchern wenn er aus fremden nichts mer stelen kan, wie der Tiger seine Junge im Fal der Not anpakt. [1496]

Er wässerte seine Gedanken fleissig. [1497]

Es giebt dem Stil einen vorzüglichen Schmuk, wenn man Gedanken, die one Sin sind, mit einstreuet; sie gleichen leren Zeremonienkutschen. [1498]

Gedankenstrich ist ein Bruchband, oft ein Futteral des Nichts. [1499]

Gedankenstrich Nabelschnur iedes Gedankens. [1500]

Ich appelire vor dem Verstand an den Wiz. [1501]

Ieder Gedankenstrich ein Legestachel. [1502]

Ihrer Geschichte eine Lobrede beifügen hiesse über ein Lexikon ein Register machen. [1503]

In seinem Stükke stirbt niemand nach der poetischen Gerechtigkeit als das Stük selbst. [1504]

Insektengesumse begleitet den Sonnenuntergang des grossen Mannes. [1505]

Kein Kreuz ist leichter zu tragen als das, was die Schönen am Halse haben. [1506]

Lumpen sind die *terra adamica* der Bücher; sein Buch war Hemd* (Kleid) und giebt ihm eines. [1507]

Man mus ehe man sich zu Bette legt die Lichter des Nachdenkens so wenig als andre brennen lassen. [1508]

Man vergist darin am leichtesten, worin man am wenigsten weis; ie weniger im Sieb, desto mer fält es durch p. [1509]

* Vgl. [1578].

Manche haben nur für gelerte, aber nicht plane Sachen Scharfsin, und gleich gewissen Tieren, können sie schlecht gehen aber gut klettern. [1510]

Manchen grossen Man lernt man oft nicht früher kennen als am Ende seiner Laufbahn; er wird sichtbar, um zu verschwinden; so wie oft Wolken die Laufban der Sonne umstäuben, und nur vor ihrem Ziele zurükweichen; wir sehen sie nichts als untergehen. [1511]

Mancher wizige Einfal sticht gleich den Bienen nur einmal. [1512]

Milchstrasse von glänzenden Pointen. [1513]

Sein Buch ist vor Alter gestorben. [1514]

Sie schreiben ihre Gedanken in fremde Bücher; die Fliege beschmuzt mit ihren Exkrementen den Zukker, den sie frist. [1515]

Und one Eitelkeit darf ich hoffen, daß einer, der die drei Bändgen rükwärts liest, immer eines schlechter finden wird als das andre. [1516]

Wir müsten verhungern, wenn es unter den Gewächsen vile Nonnen gäbe. [1517]

Wizige Ideen sind die Kryptogamisten unter den Ideen. [1518]

Beim Trinken Disputiren ein Seekrieg. [1519]

Das Couvert darf schlechter als der Brief sein; damit entschuldige ich mich, wenn mein Kleid nicht so fein ist als ich. [1520]

Das *Demuthskleid* ist das *Galakleid,* das der Stolz nur anzieht, wenn er ausser Haus geht. [1521]

Der Blutigel saugt desto länger wenn man ihn verwundet; so mit der Justiz, wenn man sie beleidigt. [1522]

Der deutschen Sprache die Zunge lösen. [1523]

Der Ehre, einen König aus- und ankleiden zu dürfen, gleichet nichts als das Vergnügen eben dises bei einer Königin zu dürfen. [1524]

Der Rezensent ist kein Wund[er]thäter, der ein Gleichnis vom Hinken heilte. [1525]

Der Schauspieler (Schauspieldichter) erwekt mehr Mitleiden als das Schauspiel. [1526]

Die Arzte leben in einem bürgerlichem Kriege mit ihren Nachbarn. [1527]

Die Fehler des Genies mus man nur an seinen Nachahmern beobachten, wie die Sonnenfinsternis im Wasser. [1528]

Die Ideen, die bei ihm aufgewekt worden, sind noch schlaftrunken. [1529]

Die Kunst hat die Gieskanne, aber die Natur hat die Wolken. [1530]

Die Lorberbäume des Ruhms pflanzen sich gleich dem Baume des Erkentnisses nicht fort. [1531]

Die Selen gehen im Schlafe in den Himmel und ich denke, der ist nicht bös, der lieber im Himmel als in der Kirche ist. [1532]

Die Vernunft hat, wie im Parlament die 12 Geschwornen, in seinem Kopf zwar Siz aber keine Stimme. [1533]

Dies wäre so viel als trät' einer in den Himmel mit einem gehorsamen Diener. [1534]

Dieser Schmarozer ist der Antipode des Löwen; dieser verliert den Muth mit dem Hunger; iener bekomt ihn mit der Sättigung. [1535]

Dieses (gute) Buch schläfert nichts als die Beine des Lesers ein. [1536]

Dises Gemälde ist ein Kaminstük, [es] verdinet verbrant zu werden. [1537]

Eh' einer Schulden macht, solte er vorher wol bedenken, daß nur die Gesandten das Vorrecht haben, sie nicht zu bezahlen. [1538]

Eine Stiftung machen heist oft dem Judas gleichen, der die Silberlinge in den Tempel warf. [1539]

Er ehret seine geistigen Kinder mehr als sie ihn. [1540]

Er hat keine andere Ideen und Verdienste als angeborne. [1541]

Er kent keinen andern Himmel als den seiner Kutsche. [1542]

Er schmis die Tugend aus den 2 dunkeln Kammern seines Herzens heraus weil sie ihm keinen Hauszins zahlte. [1543]

Er warf mir neulich ein, daß er wol nicht tod sein könte, seine Selenlosigkeit ungeachtet, denn er nehme immer zu: allein ich versezte, daß die, welche vom Gifte getödtet worden, auch aufschwellen. [1544]

Gleich den Tauben, hält der Autor die Seite von gelehrtem Mist rein und er kriecht an den Rand, um den Koth in die Note fallen zu lassen. [1545]

Ich ersuche, iedes poetische Talent dem Brotstudium aufzuopfern und bitte ieden Raben, nicht zu *singen* und darüber den *Käs* zu verlieren. [1546]

Ich wünschte oft, ein Prinz verkaufte seine Erstgeburt für ein Linsengericht. [1547]

Ie mehr man schreibt und von sich giebt, desto mehr lernt und beobachtet man: so dürstet man desto mehr ein, ie mehr Urin abgeht. [1548]

In der theatralischen und wirklichen Welt geniest nur der Zuschauer, nicht der Spieler die schöne Gegend. [1549]

Je mer man Ideen hat, so wie Weiber, desto weniger herschen sie. [1550]

Leibniz [konnte] durch das Zählen sich einschläfern; er bringt sich durch Nachrechnen um den Schlaf. [1551]

Man verlangt darum Könige im Trauerspiele, weil Könige am besten Weinen machen können; man beklatscht sie, weil sie Thränen auspressen. [1552]

Mit demselben Vergnügen, womit man unter dem verwelkten Laube im Frühling einen Apfel des vergangnen Jars entdekt, vermehret man seine Jugendgeschichte mit einer neuen Erinnerung. [1553]

Möchte mein Buch der Johannis sein und unter allen Apostel sowol am längsten leben als allein einen natürlichen Tode sterben. [1554]

Sein Buch stirbt wie Vespasian auf dem Nachtstuhl. [1555]

Sein Gesicht eine Mortalitätstabelle seiner Anlagen. [1556]

Sie weinten bei seinem Tode nicht über ihn, weil sie es bei seinem Leben thaten. [1557]

So wie sich Tänzer schwerer Schuhe zur Übung bedienen: so er schwerer Füsse. [1558]

Vermittels der Einbalsamirung haben wir den Körper der verstorbnen Tugend schon viele Jahrhunderte her erhalten, durch Höflichkeit p. [1559]

Wie man die Blasbälge früher als die Orgel hört: so kündigt sein lautes Einathmen seine Rede an. [1560]

Wiz weidet auf allen Fluren, die Stalfütterung nur fürs Rindvieh. [1561]

Würmer und Schmeichler sind Zeichen einer fetten Erde. [1562]

Diese Gegend hat [mit] einer schönen nichts gemein als den Himmel. [1563]

Der Teufel leitete die Kloake der Sünde ins Paradies es zu befruchten. [1564]

Die Aufklärung sezet die Fenster ein, die Zensur die Fensterläden. [1565]

Die Paar Worte die er sagt sind Brod das er über die Festung hinausschieset, um dem Feinde zu zeigen daß er noch Brod genug besize, sich zu halten. [1566]

Die Tafel seines Gedächtnisses ist eine Bruttafel von wimmelnden Ideen. [1567]

Ein Kopf kan nur (wenigstens ists nicht anders möglich) halb *erleuchtet* werden, wie iede andere Kugel. [1568]

Er hängt sogar den *Mantel der Liebe* nach dem Wind. [1569]

Er verbreitet darüber nicht sowol Licht als sich. [1570]

Fremde Ideen sind die Insekten, die den Samenstaub von einem Gedanken in uns zum andern tragen und dadurch befruchten. [1571]

In Batavia frisset man den Ehebrecher: man könt' es auch bei uns thun, wenn die Mezger nicht dabei zu Grunde giengen. [1572]

Kleine Autoren, die sich mit kleinen Rezensenten herumbeissen, sehen aus wie Bettelleute, die sich lausen. [1573]

Sein Studierstuhl ist ein Isolirschemel auf dem er sich mit Wiz für ieden der ihn angreift vollädt. [1574]

Seine Gedanken gehen einen Schnekkengang und ieden Ruk derselben auf dem Papier beschmiert und verbindet er mit Wortschleim. [1575]

Seine Worte verdienen in Flittergold gefasset zu werden. [1576]

Sie lallen nur die lezten Worte der Zeit und die neuesten Autoren nach wie das schlechte Echo die lezten Sylben. [1577]

Die Dichter tragen ihre Kleider nur damit sie Lumpen und dadurch Papier werden, auf dem sie die Kleider malen. [1578]

Dunkelheit diesseits und jenseits des Auges — [1579]

Der Magen macht wie der Tod alles gleich. [1580]

Man kommt leichter in die große Enzyklopädie hinein (da nur Verstorbne aufgenommen werden) als durch sie hindurch. [1581]

— so unbeugsam wie ein Adverbium. [1582]

Adam Müller ⫽ Müller des *Dü*nkels (Dinkel). [1583]

Dieser Musiker ist eine ewige Pause des Denkens. [1584]

Eigentlich sollte man den Setzer den Schrift⟨Lettern⟩*steller* nennen. [1585]

»Ihm stehen alle Thüren offen« zum Fortgehen. [1586]

»Er kommt ganz außer sich.« Dann kommt er ja an einen bessern Ort. [1587]

Sobald der Mensch das Wort *Esel* hört, so steht sein Wiz auf, um sogleich etwas zu sagen. [1588]

Unähnlichkeit der Kinder und Väter: *die* Bücher haben die meisten Eselsohren, deren Väter *keine* haben. [1589]

Alles sol man ruinieren, nur keine Ruine, weil diese nie wieder zu ersezen. [1590]

Leit*faden* zum Galgen-(Strick). [1591]

Von der *Strickleiter* behält der Dieb am Ende nur den Strick und die Leiter. [1592]

Franzosen sind als Übersetzer und als Ehemänner gleich treu. [1593]

Wie viele *ée* muß nicht eine Französin schreiben, ehe Ehe entsteht! [1594]

Übersetzen ist ein Nachdruck mit Vaterlands-Lettern. [1595]

Man spricht nur von Jugendsünde, nicht Jugendtugend, etwa um dem Anfangs-Endreim auszuweichen. [1596]

Statt Hosenband- Beinkleiderorden. [1597]

»Hat mir den Kopf warm gemacht« Ein kleiner Ofen ist leicht geheitzt. [1598]

Die »*Müller*« haben immer mehr gemalt als gemalen — oder umgekehrt. [1599]

Noah der Speisemeister des Gewürms. [1600]

Ein Argus hinten und vorn mit Brillen besetzt. [1601]

Wenn meine Repetieruhr steht, so repetiert sie eben die Zeit. [1602]

Ins *Etcaetera* geht der Teufel und seine Großmutter hinein und bleibt Platz übrig. [1603]

Wer an eine Seelenwanderung glaubt, kann nicht gute Bücher genug schreiben, damit er künftig, wenn er etwa gerade in seiner jetzigen Wissenschaft dumm geboren würde, doch etwas hätte, womit er sich helfen und bis zum Verfasser hinaufbilden kann. [1604]

Oft ist die Debütrolle zugleich die Debitrolle. [1605]

Die Jahre grüssen sich wie Schiffe mit Schüssen. [1606]

Gesammelter Speichel aus der Trompete der Fama. [1607]

Dichterisches

Sehnsucht der Bäume und aller Wesen, Menschen zu werden. [1608]

An die Sehnsucht.

Ich rede iezt nicht von den schleimigen fliessenden Schneckenseelen im schimmernden Schalengehäuse — ich rede von Menschenseelen, die des Menschenkörpers würdig sind, den zu füllen und zu durchstralen und zu bewohnen sogar der glänzende Engel sich nicht weigern könte.

Es ist kein Wortspiel, daß ich mich nach der Sehnsucht am meisten sehne, mein Gefühl ist keines.

Wenn der *Schweizer* ⟨*Neger*⟩ wie sein klares Alpenwasser in andre Länder heruntergeronnen ist — wenn er zu den Bergen, aus deren Hügeln sein Auge zu ihnen auflief, von entfernten Bergen herübersieht und sie wie eine Vergangenheit am Himmel, nicht auf der Erde, als Wolkengebürge ruhen ⟨hängen⟩ — wenn dan an die Seele, nachtönend die Jugend, die Töne des Schweizer Horns anschlagen und sie mit der ⟨in die redende⟩ Luft zittern: dan schlägst du, Sehnsucht, deinen duftenden und nebelnden Himmel vor ihm auf und du fälst in seine Arme.

Wenn ich in der Jugend — oder iezt in den Minuten aus den Jahren iener — auf einem Hügel mit dem Blik über Landschaften und Dörfer und Schlösser schwam (zog) und in die glänzende Wolke flog, die den Himmel an die Erde baute (zuwölbete) und wenn ich durch die Wolke flog (brach): ach! was sehnt' ich mich nicht zu finden? Du, Sehnsucht, versprachst und maltest mir was ich nicht sehe!

Wenn das Wolkendach der Erde abgehoben, wenn die Sonne durch blaue Himmelswellen zieht ⟨schwimmt⟩ — oder zu Nachts ineinander schwimmende Sonnen iede mit Einem Strale den Himmel stirnt und meine Seele gros wird mit der Welt vor mir — oder wenn ich auf meiner Erde ein Menschenherz suche und finde, das für meines nicht zu gros ist und wenn wir, in unsre Körper eingemauert, in unsre

Blicke zerfliessen: warum kömst du denn da wieder, Sehnsucht? Warum zählest du mir denn da Güter vor, die ich nicht kenne und die du nicht nennest? Und warum machest du mein Herz so weich? und so hungrig!

Vielleicht hies der, der mir die Freude schikt, auch dir ihr nachgehen, weil blos in einer andern Sonne, auf einer andern Erde der Ton klingt, der die Seele verschlingt, die Freude blüht, die sie berauscht, das Herz schlägt, an dem meines den Himmel vergisset — indes du Sehnsucht auf der Erde zwischen den Gebeinen meiner Brüder verduftest (zerstiebest).

Ach im Himmel sehnt' ich mich doch wenigstens nach dir! Denn du köntest mir erzählen, wie die gute zermalmte Erde war, die mir ihre Frühlinge gab und ihre Nächte und ihre Bäume mit der Nachtigal und dem Mondschein darauf und die iezige Stunde. [1609]

Verlust der Freunde.
Verhehle deinen Trost vor dem Auge, das ins Grab eines Freundes sinkt (fält). Ich fühl' es freilich, daß es ein Leben giebt, das uns die Freunde wiedergiebt, die es uns genommen. Ach ienes Leben giebt uns vielleicht mehr als es uns wieder giebt; ach dort wo es vielleicht neue Freundschaft giebt, finden wir freilich die alte wieder. Aber wer führt uns durch dieses brausende Thal? Eben hier ists, wo ich den Freund brauche und wo ich rufe: ach warum seid ihr nicht mehr bei mir — eben an dieses Erdenherz, in das der Kummer seine Gänge gräbt, drükt ich ein ähnliches und eben hier wo der Liebe so wenig ist, ist sie unser Trost. Warum wird uns der Balsam nicht eher gegeben als bis die Wunde vermodert ist. [1610]

Ach in dem Wesenchaos unter mir, das mich nicht kent, dem über mir, das ich nicht kenne — in dieser verhülleten Welt — in diesen Nächten, die um mein zerstäubendes Erdgen herumziehen, wen hab' ich den ich an meine durstige Brust drücke und daran liebe als euch, arme Menschen, in deren Brust das Herz sobald vermodert, das für mich schlägt? — Und von allen den Menschen vor mir, die die versunkenen Jahrhunderte zeugten, sahen und einsargten, — von der noch grösseren Menge Menschen, die nach mir, die im 80, 90 Jahrhundert diese Erde betreten und füllen werden, von euch guten, edeln Menschen, die ihr waret und werdet, ist keiner für mich — blos was mein kurzes Alter um mich stelt, die unverweste Hand, die es in meine giebt, gehört mir — und für so wenig hätt' ich sowenig Liebe? [1611]

Auf der Erde wohnten sonst Engel. [1612]

Abwesenheit der Freunde.
Ihr abwesenden Freunde! worin unterscheidet ihr euch von todten? Lasset mich nicht fragen, wovon sich die gegenwärtigen von den Todten trennen? Ich wil mich täuschen; die Brust, an der ich liege, wil ich für das Herz des besten Freundes halten und den Ton seiner Kehle für die Stimme seiner Seele. Es ist so wenig, die Sprache und das Portrait unserer Liebe; — aber wenn ein böser Tag mir dieses Wenige wegnimt; wenn ich stat des ganzen Freundes und seiner Stimme nichts mehr behalte als ein Paar weisser Blätter mit Dinte? — [1613]

Sich viele tausend Todte auf einmal vorphantasieren. [1614]

Bild der Hölle. Traum.
Rothe Herzen zucken eingefroren in Eismeer — Hinter allen Welten geht ein Ton fort: Wehe — eine Sonne um die andre tropfte in das Pechmeer und zerran im kochenden Ozean — vor den Seelen stand die durchsichtige Erde in der sie ihre Gestalten modern sahen — jede Qual, die sie auf der Erde zurükgelassen hatten, fühlten sie, jede Wunde hier wurd'

ihre und sie litten alles Fremde — der Schimmer des Elysiums streifte golden durch den Rauch ihres Qualortes — jedes Jahrtausend waren sie an die alte Marter gewöhnt, da zog aus dem Horizont, wo ein Nachtschlund über den andern drükte, ein neues Gewitter über sie und hinter jeder Wolke standen unzähliche — Horion dachte, er wäre verdamt, wil sich bessern und indem ers ist, indem er betet, erwacht er wie Abadonna — Hände ohne Körper griffen, Köpfe ohne alles grinzten, neben jedem Ohr redete fort eine unsichtbare marternde Zunge — eine Uhr ohne Weiser und Glocke gieng. (Horion war der einzige Verdamte, der Mitleiden fühlte) — alle Morgen gieng eine verfinsterte Sonne auf — die Zahl ihrer Jahre stand in 1 auf einer drehenden Kugel — an rothen Messinghänden klebte vor Kälte die andre — nach einer Jahrmillion geht ein Engel mit einer Laute vorüber, die Hölle ruht und ihre Martern, der ewige Sturmwind stokt — dan weint ein Volk um andre, alle blutende zerfressene Herzen zucken unter der Wollust, die Wolken sinken nieder, der Himmel wird blauer — vor jedem geht seine Jugend und seine hiesigen Paradiese vorüber — im durchlöcherten Busen schwilt und hängt wie Queksilber im Flor, der Wonnestrom. — Dan vergeht die Laute und der Engel springt als höchster Teufel unter die thränende Menge — alle Qualen stürzen wieder hinein ⟨hinter ihm nach⟩, der Sturm rent an, alles bebt und die Hölle schreiet vor Wut ⟨Schmerz⟩ und dan vernichten die sich selbst, die das höchste ⟨tiefste⟩ Maas des Wehs getrunken haben. Horion stand auf einer einsinkenden Säule, auf der er noch die halbe Sonne der andern Welt sah roth bestralt und die Säule stand mitten im Pechstrudel und wurde kürzer und die Sonne winziger — der Engel mit der Laute kam gerade — gestorbne Seelen liegen dort — werden am meisten durch Vorhersehung, durch Phantasie geplagt — Verdamte träumen, lebend aus [dem] Sarg zu wollen.

Alle Jahrtausende giessen Geister Blei; allemal Klumpen; jedes gelittene Jahr verdoppelt sich mit sich selbst — reden rükwärts, gehen rükwärts. [1615]

Traum: alles sei ihm gestorben, er sterbe auch und finde alles wieder im Himmel — da er erwacht, und alles findet, denkt er sich in dem Himmel. [1616]

Suche nichts auf der Erde, du findest nur Gräber zu schlafen, oder Berge, zu träumen; auf diesen lässest du die Wünsche, die du in jenen beschliessest: — O du Genius, du machtest diese Erde so schön, warum nahmst du uns nicht die Sehnsucht nach einer bessern. [1617]

Schöner Abend.
Ebene Gegenden dekt die Sonne mit einer auflösenden Ruhe, man braucht keine Phantasie sie aufzufassen, sondern die ganze Zauberfläche drükt sich erwärmend an dein Herz an; du siehst in deine dunkle Phantasie, wenn du in die Gegend siehst: sie ist ein ausgebreitetes fernes Theater deiner Erinnerung. Denke etwas anders; sobald dein Auge auf den mit Abend und Röthe begossenen Boden fält, regt sich dein seufzender Busen wieder — Wie das Licht, fliesset der Schal aus einander, Echo und Wiederschein gatten sich — über die Ferne laufen matte irre Töne, dein Herz hat eben solche und du hörst dich überal selbst. Ach in dieser Stunde wäre der leere Mensch — vol Sehnsucht, nicht vol Hofnung — einer Wonne offen, die ihn über dieses Leben trüge, einer Andacht, die alle Tugend in 1 Minute knüpfte— Ach wenn einmal auf sein Herz in einer zweiten Welt nach einer solch bebend eröfneten Stillung ein Himmel zueilt, eine unendliche Liebe es umfässet ... o warum wil denn die gröste Wonne nur Vernichtung malen; warum fält mir bei höchstem Schmerz minder als bei der höchsten Freude das Zergehen ein —

Die Natur wird minder mit dem Auge als [dem] Ohr genossen, sie fült wie eine Geliebte den Menschen; der Gewöhnliche läuft mit dem Auge um die schönen Formen herum; aber der Bessere sieht und hört in sich eine dunkle mit Thränen wie Thautropfen, mit Hofnung wie mit Blumen bestreute Auenwelt heraufsteigen. — Nur eine gute stille Seele kan das oft verschwendete Lob des Naturgefühls verdienen. Du must am Menschengesicht hängen wie Winckelmann an einer Statue, dich in [einen] Thauglobus vol Flammen tauchen, in dem Gras wie in einem Wald umherstreifen, die Unendlichkeit mus in dich dringen — Alles nur der Kupferstich zu einem grossen Wort — die Noten und Notenlinie zu einer grossen Partitur, die nur in uns gespielt wird. — Gefühl für die Natur heist bei den meisten Gefühl für die silbernen Klappen der Flöte, nicht für ihre silbernen Töne. [1618]

Leiden.
Da einmal ein Engel die Leiden der Menschen und die Freuden der Menschen ansah: so weint er — worüber? ach über die Freuden, daß sie so klein sind! und so theuer!

Das Kind schreiet; die Stimme des Schmerzes wird immer stummer, ie älter der Mensch wird, zulezt seufzet er bis er endlich alle Stimme verliert.

Anders: ⟨Wenn der Schmerz das Herz in die Krallen nimt: so⟩ das Kind schreiet, der Jüngling weint, der Man seufzet der Greis stirbt; so redet der Menschenschmerz immer leiser, bis man ihn unter dem Sarg und der Grabesrinde nimmer hört. [1619]

Erscheinung wo in 1 Stunde ein Kind ein Knabe, Jüngling, Man Greis wird. [1620]

Über die Liebe in der 2ten Welt.
Armer Mensch! Stelle dein dürstendes Herz mit der einzigen Brust zufrieden, die sich mit einem ähnlich dürstenden an deine legt! Ach hier giebt es nur 1 Geliebte, die alles für dich vergisset und die dir jede Minute jeden Blik, jede Freude, jeden Pulsschlag giebt und die zu dir sagt: »o wir haben uns erwählt aus den Menschen, dein Herz ist meines, mein Herz ist deines, du innigst innigst Geliebter!« — Aber über den Wolken der Erde und der Gräber wird eine Zeit sein wo wir

uns alle lieben, wo wir uns nicht karg aus den besten Menschen Einen besten Menschen aussuchen, wo es nur 1 Geliebten giebt das ist Gott und Millionen Liebende nämlich Menschen ... Und doch, du Theuere, du, die du in der dicken kalten Nacht des Lebens allein bei mir bliebst und meinen Arm an deinem Herzen behieltest, doch wenn ich dein Auge erblickt[e], das ich hier so liebte, wenn ich alles an dir sähe was mich an dich gezogen hat: ach ich würde weinend und aussprechlich liebend an dich fallen und sagen: *diese* hat mich auf der Erde geliebt. — Ach ich müste etwas thun, um dich zu unterscheiden von den andern. [1621]

Abschied der ersten Braut vom Geliebten wenn er eine andere nimt. [1622]

Frühlingsabend.
Man bettet und isset kalt am Tage. Manche finden und brauchen kaum die Leuchter. Im Schlafzimmer sind die Fenster offen und die Thüre, die es vom Wohnzimmer scheidet, die Wärme rint von der Sonne nieder. Das Rollen der Kegelkugeln. Die Kinder lärmen tief in die Nacht und die Gasse ist ihre Kinderstube und nach dem Essen sogar werden sie ins Freie gelassen stat unter die Betten gejagt. Gymnasiasten ziehen Vokabeln im Freien aus Lexikon. Man hat (wie ich) Blumen neben dem Dintenfas. Die Leute, die etwas wagen für die Freude, nehmen auf dem Lande stat des winterlichen Kaffees ein Abendessen ein und bringen vieles mit und fahren laut sprechend kühl angeweht nach Hause unter niederschiessenden Sternen. Wie fremde Virtuosen, die nach Hause gehen, spielen sie noch auf der Gasse bis ins Wirthshaus und die Nachbarschaft trit an die Fenster. Die Fremden kommen später an und die Pferde wiehern. Alle Menschen arbeiten indes die Hofnung ihnen zur Seite steht und vielfarbig ausstrahlt. — Selber die Fürstin ist noch im Park kurz vor dem Abendessen, wenn kein Schauspiel ist. Himmel! wenn nun ein Hauslehrer, der durch den Bedienten

sagen lassen, er speise heute nicht, sich aufmacht und in die bethaueten aber volgewachsenen unbetretenen Steige an romantischen Bergen hinauseilt und sich das Herz volfült von der schönen glänzenden feurigen Welt und wer noch auf den Berg eine Brust hinaufträgt, in welcher den ganzen Abend die Dichter gesäet und gepflanzet haben: Himmel (wiederhol' ich) wie mus nicht jäh der ganze Frühling dem Kandidaten durchs Herz laufen, wenn er im Durchgang durch den Park gerade seine weis gekleidete Geliebte von 2 Schwesterarmen geführet sieht und nun die Seele antrift, die er erwartet, die ihn erwartet. Wie wil er die Jesuiterräuschgen des ganzen Abends einkleiden in die wässerige Prose des Gesprächs? Jeder Nachtigal wird er danken, die alle Seelen hinaufreisset und die ihm einen Ort giebt, droben mit Entzücken entzükt zu reden.

»Das ist nun Deutschland; aber Welschland erst!« [1623]

Kohlenbrenner.
Kein Kohlenbrenner kan mit so vieler Theilnahme nur die flüchtigsten Schattenrisse vom Kohlenbrennersein — worin selbst viel Schatten ist — betrachten als ich selber; und es wär' auch ein Wunder. Denn in der Phantasie (d.h. in meiner, nicht in seiner) malt er sich eine so abgerissene, durch Wälder vom brausend flitternden Theater geschiedene und bedekte stille Welt in einer Hütte aus Zweigen, deren Laub das Bette geben und ein Stein den Tisch. Wer stört sie im schuldlosen fortgehenden Geschäft unter heiligen Gipfeln, von keiner unreinen Rede beflekt — nur im Waldgesang — nur im gesunden Athem der grünenden Welt — im zitternden Licht — und selten treten sie unter den aufgerissenen weiten Himmel hinaus. [1624]

Johanniswürmgen.
Diese flatternden Goldsterne — in der lauen lauschenden Nacht, wo die Himmels-Sonnen ihre Majestät ablegen und zu uns hernieder kommen — und noch dazu wenn sie einmal

das unwissende seelige, selten freie Kind im Sommernachtspaziergang über und in die grünen Gebüsche und in die finstern Winkel hat wogen sehen. O warum bewegt noch mich, der ich einen grössern Glanz nur als Scherz gebrauche, dieser Funke — hier nachgefärbt — so sehr? Johannis — der lange frohe Tag — Hat nicht die Kindheit und frühe Jugend alle ihre heißesten Lebenshoffnungen in der Nacht? — [1625]

Reisebeschreibungen von der Erde durch einen Geist, der alles wild nimt oder 2 Geister. Zwei, einer von dem Himmel, einer von der Hölle abgesandt, Tagebücher — ewiger Jude, ewiger Johannes. [1626]

*Lidie**.

»Wenn nach einem warmen Regen das Abendroth und ein flüssiges Licht auf allen nassen Auen liegt 〈zittert〉: so kam ich in die aufgeschlossene Welt. Ich gab der Natur, von der ich geschieden war, meinen Grus. Ich war schwach, aber leicht und fühlte vom Körper nichts als das Herz. Du guter Baum! du liebe Blume! du holde Sonne! so sagt' ich. Ich war wieder bei meinen Menschen. Ein süsses Nagen und Schwellen nahm mein Herz bis zum Sterben aus einander. In meinem Kopfe glänzte ein frohes reges All, in meiner Brust flossen Thränenquellen über gleichsam über Blumen und bedekten sie hel. Dan dacht' ich einen kleinen frohen oder trüben Gedanken und die Tropfen rannen süs aus den ofnen Augen. Dan wehete die Frühlingsluft kühl ins heisse Auge. Ich hänge wie der Kolibri nur schwebend und hängend über den Blumen der Freude 〈Blüten der Ananas〉 und trinke aus ihnen. Der Berg, der mich in den Himmel führt, legt den Schein der Ebene ab und steigt schnel und mein Geist gehet aufwärts und ich gehe unverlezt durch die Gewitter des Lebens, die um ihn hängen, und werde nur nas. Die Natur mit ihrer Sonne ist ein einziges Kind, dessen Haupt in der Wiege leuchtet. Meine Seele ist hel wie ein Diamant und

* I.e. Liane im *Titan*.

ohne Farbe, aber sie sammelt die Stralen der Natur und fliesset stralentrunken über.« [1627]

Liane nach der Genesung.
»Komt ihr wieder, holde Lüfte? Und ihr, ihr stolzen Berge, habt ⟨könt⟩ euch nicht verändert. Ach wie viele neue Blumen, wie viele legten die Blüte ab und verschwanden, wie ich es fürchtete. Ein Leben so zart ⟨unsichtbar⟩ und verfliegend wie Blumenduft. Ach die grossen Kräfte der Almacht spielen nur sanft um mich. Ich möcht' auf deinen silbernen Wolken schlafen, du unendlicher Himmel, und auf deinen wankenden Blumen, du reicher Frühling, und an deiner kalten ⟨festen⟩ Brust, du feste Erde. Mir ist als liege der vorige Körper in der Tiefe und ein verklärter und verklärender folge dem geflügelten ⟨gehobnen⟩ Geiste — ich athme nur wenig und schnel, was mich drükt, ist nur das von Wonne beladne Herz — was mein Auge trübe benezt, ist nur Erinnerung. Ach entfiele dem aufflatternden Geist die Erdscholle, könt' ich sterben und als ein Thautropfen der Erde vor dem Glanze Gottes seelig an den Stufen seines Thrones niederfallen.« [1628]

Ach es giebt Menschen vol Liebe, die nie sprechen können und sollen — Wie umfassen uns nicht alle die Verhältnisse und verhüllen die Lippe. O wenn du nun für deine Seele vol unsäglicher Liebe keine findest, keine die mit dir jezt spricht, obwohl sie es früher gethan hätte, wenn du und sie jünger sein müssen, wenn so vieles anders sein müste was doch das Herz nicht angeht — wie stehest du mit der verhülten Sehnsucht neben dem Wesen mit der verhülten Sehnsucht? Ach wie oft stehen 2 Stumme neben einander und ein Engel der Herzen solte stat ihrer sagen: werft die Minen weg und falt euch um das Herz, das sich sehnt und brent. [1629]

Mozart. Ich habe heute unter dem Phantasieren zurüktönende Stellen seiner Werke, die Nachtigallenrufe über diesem orpheischen Grabe, hören und spielen müssen. Stiller, kindlich einfacher Mensch! Wir kennen dich nicht einmal ganz. Noch keine Hand hat dein Bild der Nachwelt gegeben. — Du unsichtbarer Hauch der Polyhymnia! Die Ewigkeit athmete dich bald ein — Gestalten vergiengen — Eine helle Stimme rief durch das Chaos — du hörtest sie — [1630]

Röcke.
Es sind nachgemachte Menschen, die leeren Hülsen unsrer Gestalt. Sie haben stets eine nähere und lebendigere Verwandtschaft mit uns als andere Möbeln. Man denke sich einen Robinson, der nach langer Einsamkeit einen fremden Rok findet, oder den eines Gestorbnen. [1631]

Erfindung der Musik. Wir waren vorher bei Geistern auf musikalischen Inseln, darum erinnern wir uns daran; oder wir kommen künftig hin, die klingende 2te Welt geht an uns vorüber. [1632]

Ostindien in der blütejungen Phantasie.
O das ist das Land, wo wir an Winterabenden oder auf einem hohen Berg, wo uns die ausgedehnteste Gegenwart nicht genug thut, die Rabatten des Paradieses hinsezen. »Sanfte, weisgekleidete, weise Menschen wandeln da — hohe Blumen werden um sie bewegt und Schmetterlinge decken sie mit breiten Flügen zu — ach die Sonne steht so unbewölkt, das Blau so ewig hel — kein Hunger kein Frost komt zu den Menschen, Früchte und Sonne sind überal — und so liegt immer ein Jünglingsland um den Frohen — er lebt von Liebe zu Liebe, von Frühling zu Frühling —« [1633]

Hold: Kan ich mich denn der süssen magischen Empfindungen, eines von dem Jezt entfernenden und absondernden Traumes entschlagen ⟨erwehren⟩? Ich weis so gut als ein Mensch in einer Hauptstadt am Theetische, daß er überspant, so gut als ein Philosoph, daß er nicht philosophisch; und doch geht meine so scharf kultivierte Seele wie ein vom Lande genommenes, in der Stadt erzogenes Kind zu ihm und sagt ihm: ich sehe deine Übertreibung und weine doch; ach meine Brust bewegt sich an der Hand einer glükseelieng Zeit, die verschwunden ist und die so viel versprach. [1634]

Wenn ich in der schönsten italiänischen Gegend wäre, hätt' ich da nicht dasselbe Sehnen an einem schönen Tage? [1635]

An blühende Rosen im Winter.
»Warum komt ihr so eilig, zarte Kinder des Sommers? Eure Mutter ist noch weit von uns — rauh und mörderisch ist die Erde, der Medusen-Schild des Winters erstarrt euch — Kinder des schönen Sommers warum komt ihr so früh? — »Ach wir haben uns nur versäumt, sie haben uns die Kleider genommen in der schönen Zeit und wir spannen und webten im Dunkeln; und nun — ist die Mutter schon vorüber?« Hauchet dan, süs geschminkte Wesen, ihr werdet euere Mutter nicht mehr sehen, und wenn ihr sterbt, wird der Frühling kommen und sie verkündigen!

Hold mache solche Gedichte und erfinde ein episches Metrum. [1636]

Traum-Landschaft. Komme wenn du heiter bist, erfreuliches Land! Weite Wiesen, nur von Lilien und Rosen gefärbt — Bäume neigen sich grünend und zweigig zusammen zu einem wachsenden Tempel — An Höhen laufen die Blumen hinauf und wanken mit ihren Glocken vol Bienen herab — Und die Höhen grünen dicht im Blau und die neigenden Wolken suchen sie liebend. — Und schimmern denn nicht diese Bäche durch die Flur? Und alles ist Glük und Blüten-Hecke. Der Vogel sinkt trunken an jedem Orte nieder. Die glükliche Woge der Luft läuft über das Paradies und berührt jedes flatternde Blat. Und wenn nun der Abend golden und ruhig nieder sinkt und wenn auf das weite Lager der seeligen Stille und Ruhe nun die weggehende Sonne sich golden lagert und zerfliesset — und wenn der Himmel die Erde färbt — und jedes Herz ist seelig und hat seinen Traum und Gott ist auf der Welt. [1637]

Warum sol der Fremdling, der Betrübte nicht deine Gefilde malen, herliches Hesperien? Warum sol er seufzen und dan stum werden und zu traurig? — O Himmel, hat er nicht so viel gelesen und gehört, daß er sagen darf, wie dein Himmel wölbt, wie deine blühenden Wälder duften, wie deine Ruinen gleichsam nur wie schöne Erinnerung (die Elegie) unser Herz ansehen und wie unser Herz so glüklich ist in dir — Meines? Ach hab' ich dich denn gesehen? In meinem Traum und in meiner Seele ruht dein Abendland, aber ich mit ihnen noch nie in dir. [1638]

Abend.
Ins halbe Thal fält die flüchtige Sonne, die andre Hälfte thauet im Schatten. Die Blüten erröthen. Das Licht schneidet sich auf der grünen Tafel scharf und feurig ab. Im Lichte webt eine sumsende Welt; im Schatten ist Leerheit. Saugen nicht die ofnen Blumen am lezten Strahl? Glänzt nicht auf der Vogelbrust das sanfte Feuer? [1639]

Der eine weis, daß er Abschied nimt, der andre nicht. Die stumme Beklemmung des erstern bei diesem. [1640]

Sei nur nicht egoistisch, wenn du 32 Jahre hinter dir hast und die Sonne ⟨anders⟩ untergehen siehest als wärest du 25. Gewöhne dich daran, zu denken, daß in dieser Minute dieser fallenden Feuer-Welt ja wieder — wie einstmals von dir — von sehnsüchtiger und liebender Seele nachgesehen werde — daß diese Sonne wieder Kinder und Jünglinge finde — daß als du an ihr dich entzüktest, Greise an ihr welkten — ach daß alle Zeiten in der Zeit auf einmal sind. Schauet nur froh hin, liebestaumelnde Seelen — das sagt euch mein Herz mit Entzüken — und macht das ganze Universum zu einem Gleichnis euers zufälligen Liebes-Flors, und seht euch weinend an, wenn sie gesunken ist und denkt, was so wenig wahr ist: nie liebte man heisser und nie war die Welt schöner! — Du Ewiger, der du seit so vielen unzähligen Jahrtausenden die kindlichen Irthümer von so vielen Millionen gesehen, du wirst die armen Herzen, wenn das körperliche zerfallen, berichtigen und ihnen das zeigen, was sie eigentlich wolten. [1641]

Morgenstern.
Das Morgenroth verdunkelt dich schon, nun nimt dir die Sonne, die ihren Silber-Zepter über den Tag hält, alle Strahlen ab, die sie dir geliehen — du schleichst verschämt und fürchtend-blas im Blau voraus und endlich nent dich niemand mehr. Und wenn du an den Abend komst, auf dessen Thron du sonst regiertest, ertrinkest du ungesehen im Licht. Holder Stern gehe nie vor der Sonne, sondern folg' ihr bescheiden und dan kanst du ein wenig schimmern. [1642]

Tod als Schlaf.
Er ist aber etwas schöneres. Nicht wie unser Schlaf, gaukelt er uns wieder die enge bange Welt vor, woraus wir geflohen. Er nimt uns auch den kahlen Traum vom kahlen Leben. [1643]

Viele Häuser auf dem Eise bei Moskau.
Wie eisern ist der Boden! Wie beschirmt er gegen die kalte Welle, die unter unsern Füssen wühlt! Wie glänzet die Bühne — und eben gleitet man hinüber. Steht das Leben schwächer auf dem Höllenflus? Trägt nicht das zerrüttende unsere Luftschlösser? Glanz flattert an ihm hinauf hinab. Wir gleiten spielend auf der leichten Bahn. Und wenn jenes Eis schmilzt, steht dieses noch und wenn uns die Welle ergreift, sind wir betäubt. [1644]

Eine stille Stelle! Keine Farbe als Grünes umher und oben Gottes Blau. Die Felsen drängen sich einander entgegen, sich zu berühren und die Gipfel auf ihnen berühren sich. Der Vogel fliegt darin nicht auf, sondern er singt unbe[un]ruhigt fort und hüpft beschüzt auf den Boden — Kühle und Quellen wehen, ein ewiger dunkler Morgen ist da, jede Blume ist feucht und der Morgenthau lebt [bis] zum Abendthau. So heimlich, so eingebauet, so schön verstumt und ohne Band mit der Welt als durch den Sonnenstrahl, der die Erde an den Himmel knüpft. [1645]

Veränderungen in einer lange entbehrten Jugendstadt.
Jede Freude ärgert einen da, und die Trauer auch. Die Tänze werden von andern Königen regiert, und andere Königinnen lassen sich anbeten. Wer uns kante, sieht alt aus und hat Kinder und Noth; nur wer [uns] nicht kent, blüht und ist stolz. Häuser ⟨Familien⟩ sind gestürzt und gestiegen. Neue blendende Häuser stehen da, andre Bäume. Gleichsam als wären lauter Gäste und Fremde an einem Markttage da. — Nur der Glockenschlag ist alt und nicht die Kirche. Unsre Welt und Stadt bewohnt den Gottesacker (In kleinen Städten merkt man den Fus der Zeit, nicht in grossen). [1646]

Innere Einsamkeit.
Wenn der Mensch Nachts das Auge schliesset und sich im ungeheuren Raum allein findet: wie sind die Menschen und ihr Lärm verschwunden! Macht ein paar Sinne zu: so merkt das Ich seine Einsamkeit. [1647]

Musik.
Ihr seid noch immer diese Töne und versprecht mir — jezt so spät im Leben — noch immer das, was ihr mir im Morgenroth versprochen? [1648]

Sich bei jedem Untergang der Sonne ihren Aufgang in einem andern Land recht malen. [1649]

Dichtung: die *zweite* Seite des Monds. [1650]

Die abziehende Magd.
Still und langsam packte sie den Sonntagsputz ein, den sie sonst an schönen Sommertagen zur Freude aus dem Kasten nahm. Mit Augen, die froh in eine helle Zukunft sich richten, stellt ihre Nachfolgerin den gemalten Kleiderkasten an die Stelle des ihrigen. Endlich kommt die Trägerin. Sie muß trüben Abschied nehmen von einer frohen Herrschaft und frohen Kindern, welche nicht zu ihr sagen können: wir fühlen auch einige deiner Schmerzen mit. [1651]

Das Guitarre-Singen des Spaniers gegen das Ständchen, das wir unsern Geliebten durch andre vortrommeln und vorblasen lassen. Gibt es etwas schöneres als den kräftigen Spanier — die verborgne nur mit Athmen antwortende Geliebte — und die laue Südennacht — und dabei die kleine Harfe, die Guitarre und Mensch und Saite sprechen mit einander denselben Liebeton aus — Er singt ihr Hören und sein Sehnen. Jeder Saiten-Ton ist eine Rede; und sein Gesang eine zweite. — Auf 2 Herzen wird zugleich gespielt. Der Ton, der hinauffliegt, hat sein herab fliegendes Echo in der Seele des Liebenden schon voraus — Hörst du mich? Er weiß es. Liebst du mich? Er weiß. — Weinest du vor Liebe? Er weiß es, denn er selber weint vor Liebe. Am Ende, im gedachten Zauberglück ist, als wenn die Ferne und der Ferne in Einem Ton zusammen weinten und zusammen liebten. — Hat er die Geliebte nicht gesehen (sie ihn nur gehört) so trägt er fortklingende Trauer davon und überall wohnt das Echo seiner Stunde und hinter jedem Schleier und Gitter die Unsichtbare. — Auf der Erde Unsichtbarkeit, im Herzen Sichtbarkeit; außen Stille, innen Hören, und Herz und Herz wohnt, gequält von harten Scheidemauern, doch beisammen. [1652]

Täuschung.
Ein Verhüllter sah in Abend eine Sonne immer höher steigen aus dem Meer, endlich erreicht sie die Meerfläche — und

sogleich war die Sonne versunken. Bild und Urbild starben an einander. [1653]

Der Zweifler der Vorsehung unter dem Orangenbaum.
Er lag gelehnt an einen großen Orangenbaum, dessen Wurzeln in die Erde versteckt waren, und überdachte ängstlich unter den Schatten und Blüten des Baumes den Wirrwarr ⟨Verwicklungen⟩ seiner Zukunft und dadurch fast jeder menschlichen; denn da kein menschliches Wesen für sich eine eigene Erde und Sonne begehren kann, sondern sich in die allgemeine fügen muß und will: so sind Zweifel an eigner Vorsehung zugleich Zweifel an allgemeiner. — Während er nun sich nichts von den Wegen der Vorsehung zu erklären gestand: sah er auf einmal den Baum, bewunderte die Safttriebwerke, die aus der dicken Erde, durch den dicken Stamm so verschlungen in so viele Zweige Säfte treiben dort zu Blättern, hier zu Blüten, da zu Früchten. Dieses unauflöslich verschlungene Ineinanderwerk kam ihm viel künstlicher vor als was die Menschen in der Politik schlingen und lösen. Am nächsten gemeinen Baum sah er dasselbe; in seinem noch künstlichen Körper hatte der dasselbe. Endlich fiel es ihm ein: »wie, hier in diesen körperlichen Windungen liegt eine Berechnung, gegen welche alle unsere politische nur roh gedrehte Stricke sind; — und diese feinen Windungen pflanzen sich fort; und du, der du den Bau eines Baumes, einer Blume, einer Pfauenfeder nicht entziffern kannst, willst den viel leichtern eines kleinen Übergangs von einer kurzen Zeit in eine [längere] meistern und begreifen, einen Übergang, dessen Brücken du zuweilen zu sehen glaubtest? — Wir erkennen die Unerschöpflichkeit und Unbegreiflichkeit Gottes im *Stehenden;* aber wir wollen sie nicht erkennen im *Fließenden;* wir tadeln ihn über die Minute, aber nicht über das Weltall oder Jahrtausend. — Zeit und Raum sind der Unterschied zwischen Gläubigen und Ungläubigen; der *Raum* macht Ungläubige, die erklären können, die *Zeit* Ungläubige, die zu erklären wünschen. [1654]

Leiden eines Engels, der ein Genius bei einem guten Menschen sein muß während dessen Fallen. [1655]

Ein Engel wird verurtheilt, auf der Erde gekrönt zu werden. [1656]

Schmetterling auf dem Montblanc, seine Ansichten, sein Leben, sein Sterbetraum. [1657]

Einem Engel wird weiß gemacht, er sei verdammt — nämlich auf der Erde —, oder einem Teufel, er sei seelig — nämlich auf der Erde. [1658]

Eine schwangere Mutter bekam einen Schlaftrunk und gebar und fand erwachend ein lebendes Kind. [1659]

Der rechte Dichter gleicht dem Golde nicht nur im Glanze, sondern auch im Spiegeln. [1660]

Er sah sich auf einmal in der Einsamkeit an: »welche lange Zeiten sind schon durch diese Brust gegangen, wie oft und verschieden hat sich dieses Herz bewegt und was ist der Rest dieser langen Arbeit und dieser Qual?« [1661]

Liebe einer Dienst-Magd.
Eine Seele, um die sich niemand bekümmert außer als zum Dienst — immer untergeordnet — auf die Täglichkeiten eingeschränkt — Jetzo plötzlich aus der Küche heraus gehoben, über alle Menschen hinaus, ohne Maß geliebt, und an und für sich selber geliebt, und blos in ihrem Ich geschätzt — und so wieder in der selben Freiheit schätzend und gebietend — zum ersten mal Herrin, und vollends über einen Herr[n] oder Mann. Ein Herz, das noch für keinen Romanhelden schlug, thut heftigere Schläge für einen Helden, der — noch mehr ist; er ist die Jugend der Jugend; ein Aether hoch über der gemeinen Luft. [1662]

Darstellung eines Wahnsinnigen, der den Menschen die Zeit vorzählt, bei jedem Schluck nennt er Tropfen und Terzinen. — Welche Masse von Vergangenheit an Menschen und Städten hab' ich hinter mir! Und welche Zukunft, die unaufhörlich vergehen muß. [1663]

Mondaufgang.
Wie oft, du mildes Gestirn, hat dein Auge, das Auge der Nacht, mich bewegt und erhoben! Und wie viele tausend Herzen haben sich schon an dir erquickt und an deiner Mannigfaltigkeit. Du, der nie wie die Sonne beschwert, wenn er höher steigt und glänzt! Und der der Erde eine Erhabenheit gibt, die nur dem Himmel gehört. [1664]

Gotthold: »o du schöne kleine Zeit! Ich werde dich nie vergessen. O ich möchte wieder kleine Wünsche haben, — mein Auge solte der nächste Berg aufhalten — ich solte nichts von der weiten Erde und ihrem Toben und ihren Neuerungen kennen: ach wenn doch ein mal der Mensch so wenig erreicht neben der Küste ⟨dem Mal⟩ des Grabs, so ruht er lieber stil in der engen Ecke der Zufriedenheit. [1665]

Aeolsharfen neben brennender Stadt.
unter dem Sturm, der sie und die Flammen bewegt. [1666]

Der lange Tag und die lange Nacht.
Johannis, ein Riese von 16 Fuß, war mit einer Zwergin von 8 Fuß verheirathet. Er hörte aber von einer Riesin von eben so viel Länge, die einen Zwerg Thomas von 8 Fuß zum Mann habe. Johannis ließ sich in geheimen Briefwechsel mit der Riesin ein; und beide wünschten persönliche Bekanntschaft, ja Heirath, indem sie überdachten, welche herrliche große Sonntagkinder oder H[o]ren sie mit einander erzeugen ⟨erzielen⟩ könnten, wenigstens noch 1 ½ mal so groß, bei einer Ehe-Zusammenfügung von zweimal 16 Fuß. Der lange Johannis nahm sich vor, den langen Weg von 6 Mona-

ten zur Riesin mit schwarzem Haar und blitzenden Augen zu machen. Aber während seiner Reise nahm er, das wärmste Klima gewohnt, immer mehr ab und als er vollends in den kalten Dezember hinein kam, und zwar immer schneller, schrumpfte er so zusammen, daß er, als er vor die Riesin trat, wirklich nicht mehr maß als 8 Fuß und ihr nur bis an den Magen reichte, nicht ein mal ans Herz. »So etwas hab' ich auch im Bett, einen solchen Knirps« sagte sie und ersuchte ihn, nur umzukehren und erst länger zu werden. Da ers wirklich unterwegs wurde durch die Wärme: so schrieb er ihr im Juny, sie solle lieber doch ihn besuchen und besehen, er habe schon an Ort und Stelle die alte Länge und sie werd' es sehen. Da trat wirklich die Riesin, die die Einladung nach einem halben Jahr durch die Post (weil sie so schnell als der Riese ging) erhielt, die halbjährige Reise zu Johann an; aber sie hatte wieder dasselbe Schicksal wie er, nur aber, daß sie als Nordländerin an Kälte gewohnt, durch die steigende Wärme wie ein Eisberg abnahm und endlich auch in der Größe ihres Thomas bei dem Johannes anlangte. »Mein rothhariges Ding von Zwergin, sagte Johannes, ist um keinen Strich kürzer als du, du siehst aber, daß ich wirklich lang bin, du aber nicht.« — Ich merke aus allem, sagte sie, es soll ⟨kann⟩ aus unsrer Ehe nichts werden; so behalte du deine kurze Nixe und ich meinen zwergigen Thomas; Eheleute brauchen einander nicht ähnlich zu sein. [1667]

Editorischer Anhang nebst Einblicken in Jean Pauls Nachlaß

> »Ein kienener Tisch vor dem Kanapee Jean Pauls, auf dem er in einer nur ihm verständlichen, aber fremden Augen nicht begreiflichen Ordnung alle seine Schreibmaterialien ausgelegt hatte. Ein Repositorium zur Rechten desselben, wovon er mit *einem* Griff die in sorgfältiger Anordnung aufgestellte Reihe seiner Manuskripte, Gedankenbücher, Exzerpten etc. in jedem Augenblick, ohne von seinem Sitz aufzustehen, erreichen konnte. Ohne Spiegel, ohne Vorhänge, mit schlechten Stühlen versehen, so war das Arbeitszimmer Jean Pauls.«

Wenige Sätze genügen Caroline, der frisch verheirateten Frau Richter, um das Arbeitszimmer ihres Mannes im ersten gemeinsamen Wohnort Meiningen noch einmal abzuschreiten und die nun vertrauten Gegenstände aufzuzählen. Wenn auch die Ordnung mit jedem weiteren Umzug etwas abnimmt, bis spätere Besucher »Birnen und beschmierte Weingläser« zu einem Schriftstellerbiotop von »Kraut und Rüben« wuchern sehen, so tauchen doch die immer gleichen Arbeitsinstrumente in allen Berichten wieder auf: der einfache, niemals runde Tisch, das Kanapee, dem schon der dürre Autor vor seinem späteren Leibeswachstum den Vorzug gab, und schließlich das Repositorium, das die neugierigen Blicke aller Reisenden auszuspähen suchten. In ihm lagern die Erweise und zugleich Voraussetzungen seiner Schriftstellerexistenz: Manuskripte. Daß Jean Paul sich ihre Verfügbarkeit »mit *einem* Griff« sicherte und die Allgegenwart seiner Materialien zur Bedingung des täglichen Geschäfts erklärte, hängt mit seiner eigentümlichen Arbeitsweise zusammen: Das Repositorium ist der Ort, wo die Poetologie des Dichters Jean Paul im wahren Sinne faßbar wird und man dem Besonderen seiner Romane — ihrer Größe wie ihrem Scheitern — nachspüren kann. Es jetzt, 170 Jahre nach seiner Auflösung, wieder in seinem Inhalt ansatzweise zu rekonstruieren bedeutet deshalb nicht weniger als den Versuch, die Originalität Jean Paulscher Romane mit ihrer Entstehung zu verbinden.

Caroline hat uns durch ihren namentlichen Hinweis auf »Gedankenbücher« und »Exzerpte« die Richtung gewiesen. Was das Germanische Nationalmuseum Nürnberg und die Preußische Staatsbibliothek Berlin nach 1888 in 37 etwa schuhschachtelgroße Faszikel packte und vorne mit der Aufschrift »Nachlaß Jean Paul« versah, stellt den Inhalt des Repositoriums in nun endgültiger, nämlich bibliothekarischer Ordnung dar. In der Erinnerung von Karl Friedrich Kunz hatte die Ablage im Sommer 1809 bereits annähernd Deckenhöhe erreicht, so daß einschließlich der drei Jahre zuvor begonnenen *Komet*-Studien alle Romanvorarbeiten hier Platz zu abbrechender oder wiedereinsetzender Ausdehnung fanden. Durch Jean Pauls Tod wandelt sich das veränderliche Repositorium zum unbewegten Nachlaß, tauscht es die poetische gegen philologische Produktivität aus. Denn geschrieben wird jetzt *über* seine Unentbehrlichkeit, die es zuvor tagtäglich demonstrierte.

Welcher Art waren aber nun die Handschriften, denen Caroline bei den Umzügen nach Meiningen, Coburg und schließlich Bayreuth sicher besondere Aufmerksamkeit schenken mußte? Sie selbst hebt die Exzerptsammlung hervor als den in jedem Sinne gewichtigsten Teil Jean Paulscher Schreibausrüstung. In ihr hielt der Schüler Johann Paul Friedrich Richter 1778 mit Schönschrift erstmals Lehrsätze aus theologischen Handbüchern fest, und noch der 59jährige Dichter Jean Paul schrieb zum letztenmal eine Jahreszahl — es war die »1822« — auf den Umschlag, jetzt auch physisch an seinem wassersüchtigen Körper leidend und dennoch den Hoffnungen auf überarbeitete *opera omnia* anhängend. Dazwischen liegen 44 ausschließlich dem Schreiben gehörende Lebensjahre, 110 durchnumerierte Exzerptbände und eine ungezählte Menge gelesener Bücher. Nicht eine jeweils drängende Frage lenkt die Lektüre, denn auf einer Exzerptenseite können Ratschläge zur dauerhaftesten Mumifizierung mit historischen Kochanweisungen wechseln, muß die scholastische Engelsordnung wenig feine Details exotischer Reisebeschreibungen in ihrer Nähe ertragen. Vielmehr sichert unterschiedslose Neugier die gegenseitige Verträglichkeit dieser enzyklopädischen Vielfalt, deren Ordnungsprinzip die schiere Addition ihrer Kurzeinträge bildet. Nichts aus der Weltweisheit (und -torheit) ist diesen Heften fremd.

Mit welchem Stolz sich Jean Paul an diesen Lesefrüchten nährte, macht seine Bemerkung gegen Karl Bursy deutlich, daß er »nicht für eine Bibliothek von 200000 Bänden« diese Hefte eintauschen würde. Mit ihnen stößt man ins Zentrum seiner Poetik vor und trifft dort den Umschlagpunkt, wo der Anachronismus einer barocken Florilegien-Sammlung zum Produktionsmittel bürgerlicher Schreibökonomie gerät. Denn keinem Eintrag wird eine eigenständige Erkenntnis abgelesen, keiner ist die spannunglösende Antwort auf eine mutmaßliche zukünftige Frage. Hier gründet die Differenz zum Gelehrten alten Typs, den Jean Paul im Philologen Lessing noch bewunderte und von dem ihn dann alles trennt. Daß Jean Paul keine eigene Bibliothek besaß und seine ungläubigen Besucher nur auf deren verdampfte Form als Exzerpt verweisen konnte, macht einen Epochenwandel am — fehlenden — Objekt sichtbar. Wissen wird nicht um seiner selbst willen zusammengetragen, sondern auf seinen nunmehr poetischen Mehrwert hin zergliedert. Am Ende des 18. Jahrhunderts legt das bürgerliche Lesepublikum seine gelehrten Abhandlungen in die Wissenschaftsnische und liest Romane.

Allein seine Exzerptbände erlauben Jean Paul den selbstbewußten Ausspruch: »Noch kein Autor hat so oft ›wie‹

oder ›gleich‹ hingeschrieben als ich« (Nr. 63). Hier ist die Richtung bezeichnet, die seine professionelle Disziplin und die strenge, den Tag in schreibenden Vor- und lesenden Nachmittag teilende Lebensreglementierung einhält. Man kommt bei der Beschreibung dieser Materialverwertung zu drei Stufen, denen Konvolute aus dem Nachlaß jeweils funktional zuzuordnen sind.

Am Anfang steht das Sammeln von Wissensrohstoff. Um das beharrlich Vermehrte verfügbar zu halten, schlagen mehrfache Register Schneisen der Übersichtlichkeit in die wuchernde Exzerptflora. Hefte mit dem Umschlagtitel *Natur* oder *Geographie* kopieren ganze Einträge unter Verlust ihrer bibliographischen Herkunft, Stichwortregister schälen aus dem Gleich-Gültigen die Jean Paul immer wieder beschäftigenden »Anekdoten des Weltsinns« (Max Kommerell) heraus: Tod, Musik, Medizin, Fürst, Engel usw. Dieser zeitraubende Aufwand bleibt unverständlich ohne Jean Pauls »Dinten Liebhaberei« (Nr. 444), hinter der sich ein geradezu erotisches Verhältnis zum Schreiben und seinen Werkzeugen verbirgt: Buchhalterische Sorgfalt und die pure (Schreib-)Lust erfinden immer neue Verweisungssysteme.

Auf einer zweiten Stufe macht der Witz das unterschiedslose Material literarisch. Die *Gedankenblitze* stehen stellvertretend für die so gebildete Nachlaß-Gruppe. Dabei sagt der sprechende Titel nur die halbe Wahrheit, denn er verschweigt das Paradox, dem sich die blitzende Inspiration im Zeitalter ihrer technischen Reproduzierbarkeit ausgesetzt sieht: Der im »Wie« aufleuchtende Vergleich, mit dem Verschiedenstes seine Ähnlichkeit im Moment erkennen muß, lebt aus der Plötzlichkeit dieses Gefundenen. Zumal seine ideologische Aufladung zum Nachweis allgemeiner Wesensverbundenheit bezieht wesentliche Überzeugungskraft aus der Schnelligkeit, mit der das Lesen des Vergleichs seine Niederschrift umgekehrt wiederholt. Das Pathos der Kürze, noch in Jean Pauls *Vorschule der Ästhetik* einer langen

Tradition nachgesprochen, möchte etwas von der Genialität dichterischen Sehens bewahren, mit der die Dinge ihren geheimen Zusammenhang offenbaren müssen.

Nun ist die grenzenlose Vermehrung des bedeutenden Einfalls aber zugleich sein Widerruf. Unmöglich scheint es, den Stolz auf die unerschöpfliche Vergleichsproduktion mit ihrem Anspruch untergründiger Welterklärung zu verbinden. Endgültig das Arbeitssystematische des Nachlasses muß einräumen, daß von der enthüllenden Findung zur produzierten Erfindung nur der kleine Schritt einer Vorsilbe führt. Jean Paul hat seine Exzerptbände immer wieder durchgelesen und das Datum penibel auf der hinteren Umschlagseite notiert. Hinter der Leichtigkeit der allseitigen Bezüge, denen die Jean Paulschen Humoristen ihre unendliche Beredsamkeit und der Leser die vergnügliche Mühe ihrer Rückübersetzung verdanken, macht sich deren technische Voraussetzung sichtbar. Sie ist die buchstäbliche Arbeit eines Schriftstellers, der den Leser dann und wann ein wenig renommierend spüren lassen will, daß dickleibige Romane mehr als den Einfall eines Augenblicks zu ihrer Entstehung bedürfen.

Unverträgliches kollidiert in diesem nur je satzlangen Witz. Das von Jean Paul gerühmte »Wie« ähnelt einer satzinternen Boje, bei der — hart wendend — der Sinn die Gefahr des Kenterns auf sich nimmt. Ist das Manöver auf kleinster Texteinheit geglückt, sieht Jean Paul sich der hinderlichen Einsicht gegenüber, daß eine lange Kette von Witzen noch keinen Roman ausmacht. Obwohl der humoristische Roman seit Laurence Sterne auf der Suche nach dem verlorenen *plot* ist und von deren Scheitern unendlich erzählen könnte, bürgt zumindest die Figur des Erzählers für Verläßlichkeit noch in der Verwirrung. Jean Paul hat sich dem *plot* nicht entziehen und seiner hier wenig ausgeprägten Begabung durch verstärkte Schreibübung begegnen wollen. Ihr verdanken wir eine dritte Nachlaß-Gruppe, die in unserer Auswahl unter anderem mit dem Beispiel vertreten ist: »Der eine weis, daß er Abschied nimt, der andre nicht. Die stumme Beklemmung des erstern bei diesem« (Nr. 1640). Unschwer fällt einem der Schluß der *Flegeljahre* ein, das abreisende Unbehagen Vults und die nichtsahnenden Träumereien seines Bruders. *Bausteine* hat der Dichter diese Eintragungen genannt, die mit den witzigen Einfällen die Länge gemein haben, als finde am Satzpunkt die erzählerische Phantasie ihr abruptes Ende. Entworfen wird stets eine Situation mit namenlos bleibenden Agenten, die — strukturell ähnlich dem auf Dinge fixierten Witz — sich in widersprüchlichsten Handlungen vertragen müssen. Das Bizarre dieser Begebenheiten, ihr Handlungs-Witz, bleibt indifferent gegen jeden Erzählzusammenhang und genügt sich im Triumph des bewältigten Augenblicks: Es sind wahrhaft Punkt-Siege über die alltägliche Handlungserwartung.

Ein Beispiel aus den 1785 begonnenen *Dichtungen 2* mag das Eigentümliche dieser Jean Paulschen Szenen noch einmal vor Augen führen. Es lautet:

»Gedicht als ein Afrikaner zum ersten male am Pole nach der langen Nacht Mittags Morgenroth sah, endlich ein Stück Sonne — male diese wachsenden Tage —«

Der erste Blick nimmt eine Anhäufung von Exzentrischem wahr. Ort und Person verstoßen derart gegen die Erwartung des Gewöhnlichen, daß man nach einer Motivierung des Ganzen zu fragen unterläßt; nicht eine von weit herkommende Geschichte, sondern die befremdende Konstellation dieses einen Moments zieht das Interesse an. Schnell wird aber ihr regelhafter Aufbau deutlich. Der schwarze Mann im weißen Schnee, der kurze Tag nach überlanger Polnacht, die ›naturwidrige‹ Verschiebung des Morgens auf den Mittag: Über das Wahrscheinlichkeitsprinzip siegt der Kontrast, mit dem die scharf konturierte, aber nicht individuelle Figur (und ihre ›Requisiten‹: Ort, Zeit, Umstände usw.) auf ihr denkbar entferntes Andere trifft. Der Antipode wird diesem Einfall zum Nächstliegenden. Jean Pauls Phantasie folgt in solchen Szenen einer strengen Bild-Logik, indem ein Netz von

Oppositionsbegriffen die schwelgende Empfindung sichert. Diese untergründige Regelhaftigkeit trennt sie vom romantischen Weltverwandlungs-Verfahren, das — in den Worten Novalis' — dem Bekannten ein fremdes Ansehen geben möchte. Denn Jean Paul verzaubert nicht die einzelnen Dinge selbst, lauscht ihnen nicht ihre eigentlichste Poesie ab, sondern versetzt sie in fremde Umgebung, in der sie — wie an einem neuen Schöpfungstage erwachend — vom mitfühlenden Erzähler beobachtet werden.

Zu dieser Gruppe sind auch die Vorarbeiten zu den veröffentlichten Romanen zu zählen, die ebenfalls im Berliner Nachlaß liegen. Was man hier nicht findet, sind vorausblickende Entwürfe, gut inszenierte Spannungsbögen, kalkulierte Fluchtpunkte. Statt dessen reihen sich heftweise Fabelbausteine und Charakterattribute aneinander, denen vor der Unmöglichkeit ihrer Synthese selbst bange zu werden scheint. Seiner bekannten »Unlust zu fabulieren« hat Jean Paul hier durch eine Produktionswut des unausgesetzten Neuanfangs aufzuhelfen gesucht, als könne die schiere Fülle den Mangel inneren Zusammenhangs widerlegen. Der Schriftsteller wird zum Schriftsammler, der schreibend die Ordnung seiner Geschichten erzwingen will. Seine Handschriften, zerfallend ins Gewimmel isolierter Ideen, die von den letzten Dingen bis zu tatsächlich ›allerletzten‹ reichen, untersagen alle Rede vom organisch wachsenden Werk. Sie sind ein Tummelplatz kontrollierter Zufälligkeiten, die auf den Ort ihrer notwendigen Beruhigung noch warten.

Der Nachlaß Jean Pauls ist — alles in allem — keine Schatzkammer verborgener Kleinodien, die im Lichte ihrer nunmehrigen Veröffentlichung in allen Farben des poetischen Regenbogens aufleuchten. Nichts darin weist erzählerische Abgeschlossenheit auf oder streckt sich gar zu den Ausmaßen eines Romans. Die auf den Umschlägen mit *Dichtungen* betitelten Hefte stellen die Ausnahme dieser Nachlaß-Regel dar, obgleich auch ihnen das Fehlen des letzten Worts und des erzählerischen Anlasses ihrer Verfertigung noch anzumerken ist. Daß der Leser mit diesem Buch keine verkleinerte Repräsentation des gesamten Nachlasses in Händen hält, mag durch sein so ermöglichtes Lektüreverhalten ausgeglichen werden. Vielleicht macht er an unserer Auswahl die freundliche Erfahrung, daß weniger mehr sein kann.

Der Blick ins Repositorium hat damit den Großteil der Hefte und Mappen, Kladden und Blätter in ihrer Funktion entschlüsselt: Sie schichten sich zu einem poesieproduzierenden Dreischritt ineinander, der aus den Tätigkeiten des Sammelns (Exzerpte), Vergleichens (Gedankenblitze) und punktuellen Erfindens (Bausteine) besteht. Vom Kanapee aus läßt sich in dieses systematisch geführte Archiv erstarrter Einfälle greifen, um aus ihnen Glieder für weitere Assoziationsketten zu lösen. Die Unverbundenheit der satzlangen Eintragungen und das befremdliche Fehlen eines weltenbauenden Kontextes, der den willkürlichen Einfall mit verstehendem Sinn adelte, ist diesem Autor streng durchdachtes Programm: Denn nur der durchgehaltene Wirklichkeitsverzicht sichert allseitige Anbindung in zukünftigen Plänen, nur das amimetische Mosaiksteinchen dient als späterer Teil eines tiefenilludierenden Gemäldes. Das Jean Paulsche Repositorium enthält keine Romankonzepte, sondern die Möglichkeit ihrer Verfertigung. Es ist die Lagerstätte inszenierter Originalität und weit davon entfernt, Phantasie als Gegenbegriff zu erarbeiteter Konstruktion zu nehmen. Der Leichtigkeit des Witzes bleibt fortan das Maß beruflicher Anstrengung erinnerlich.

Daß viele Teile noch kein Ganzes machen, hält der Schreibmechaniker Jean Paul als erlittene Erfahrung vor allem nach 1805 wiederholt in seinen Notizen fest. Auf die Erzählhemmung antwortet er mit Schreibzwang und will in den Vorstudien den einen (noch nicht gefundenen) *plot* durch alle denkbaren überwältigen. Hier soll die *copia verborum* den Fortgang aus sich erscheinen lassen, allenfalls geleitet durch sogenannte »Machregeln«, in denen Jean Paul sichere Erfindungswege aufzeichnet. In Form von kategorischen

Imperativen hält er sein vagabundierendes Ich zur Selbstreflexion an, schreibt er sich bestimmte Lektüredurchgänge vor oder rät von falschen Strategien zur Charakterdarstellung ab. Der Selbstdialog in der Schrift ist immer auch einer über das Schreiben, das zugleich gebändigt und vorangetrieben, verstanden und individuell sein soll. Als mißtraute er seiner heftfüllenden Maßlosigkeit, sollen Gesetze deren Willkür beschränken. Einer fast juristisch verteilten Selbstbeobachtung übergibt er die Aufsicht über sein wuchernd Geschriebenes, indem er neuerlich Heftseiten füllt.

Wichtiger aber ist ihm die Unterwerfung des Geistes mit den Mitteln des allein zugänglichen Körpers. Jean Paul verstehen heißt gerade seinen Alltag als Bedingung für die schriftstellerische Existenz wahrnehmen. Legendär ist sein Alkoholkonsum. Nicht zuletzt der voyeuristische Wunsch, eine Berühmtheit auf unsicheren Füßen durch eine gelallte Konversation tappen zu sehen, hat manchen Besucher einen Umweg nach Bayreuth machen lassen, das Jean Paul nicht der dort wohnenden Menschen, sondern des von ihnen hergestellten Bieres wegen nicht verließ. Anzumerken ist ihnen die Enttäuschung, die vorgefundenen leeren Flaschen nicht durch einen vollen Autor ergänzt zu sehen. Luise von Herder, verheiratet mit Herders jüngstem Sohn Emil und durch ihre Mutter Therese Huber keineswegs für Jean Paul eingenommen, schreibt an diese Mitte Dezember 1822 ein wohl gültiges Resümee: Jean Paul ziehe sich mit »Schnapsflasche« zur Arbeit zurück und tauche erst um zwei Uhr wieder auf — »aber dann hat sich sein Äußeres sehr verändert — ich, die ihm öfters begegne, sehe das wachsen! à mesure daß seine Flasche leerer wird, wird seine Stirne röter, und um zwei Uhr ist sie violett; er ist aber dann nur aufgeregt, gut, herzlich, doch nicht betrunken.« Und genau auf diesen Unterschied kommt es an (aus poetischen, nicht sittlichen Gründen). Den Enthusiasmus, seit Plato das Attribut des nicht ganz zurechnungsfähigen Dichters, erkauft Jean Paul hochprozentig um den Preis eines ruinierten Körpers. Seine Eintragungen über das Trinken belegen, welches *berufliche* Interesse er mit seinem wohldosierten Einsatz verband, um den Rauschzustand an der Schwebe zwischen Aufregung und Apathie zu konservieren. Gleich einem medizinischen Selbstversuch gilt es das richtige Maß zu erproben, bei dem die Zirkulation des Blutes und der Ideen steigt und die Feder mit ihrer Niederschrift mithalten kann. Jedes Getränk etikettiert er mit einer funktionalen Rechtfertigung: »Entwirf bei Wein, exekutiere bei Kaffee« (Nr. 562). Aus Studien entstehen so (vielleicht) Romane. Daß Spiritualität sich mit Weingeistigkeit übersetzen läßt, diskreditiert die so entstandene Poesie keineswegs. Im Gegenteil: Jean Paul einen Berufstrinker zu nennen wäre als Anerkennung einer Ernsthaftigkeit zu verstehen, die um der Poesie willen rücksichtslosen Raubbau an der eigenen Vitalität betreibt. Trauriges Trinken: Der am Ende unwillige und durch Tod alle weitere Stimulierung ablehnende Körper war die von Jean Paul gewußte Bedingung, vorher überhaupt ein Leben besessen zu haben.

Walter Benjamin hat das Werk die »Totenmaske der Konzeption« genannt. Ein Blick in den Nachlaß vermag die Physiognomie des noch Lebenden vor seiner öffentlichen Erstarrung zu beschreiben. Aufzufinden sind in ihm biographische Spuren, in denen das gemütliche Gegenüber von ›Leben und Werk‹ plötzlich seinen Sicherheitsabstand verliert und zur Lesbarkeit des einen Dokuments zusammenfällt. Der gedrängten, das Blatt förmlich verzehrenden Schönschrift der frühen 1780er Jahre ist abzusehen, daß knapper als Papier nur das tägliche Brot ist. Mit jedem Honorar entkrampft diese Sparsamkeit und erholt sich in großzügiger Breite. Im Gegenzug vermehren sich die Flaschenkränze auf nun saugendem Papier, in denen der Wein auch materialiter seinen Anteil am Entstandenen beglaubigt. Und schließlich läßt das Abgegriffene der Exzerptbände ihre Unentbehrlichkeit erkennen, denen jedes Durchblättern neue Fettecken zufügte, als erfreute sich ihr einziger Leser an dieser Fingerpatina.

Jean Pauls Biographie hat sich diesen Papieren in einem doppelten Sinn eingeschrieben. Seine physische Person läßt identifizierbare Merkmale zurück, die er als sein eigener Leser vermehrt: Schrift und Lebensindiz markieren seine allgegenwärtige körperliche Anwesenheit. Er selbst hat nicht gezögert, seine Identität mit dem Erschriebenen zu erklären: »Um meine Lebensgeschichte zu haben, brauch' ich bloß die Bände der Exzerpte vor mir aufzuschlagen: an jedem extrahierten Buche hängt ein glimmendes Stük meiner Geschichte« (Nr. 361). Seine Ich-Ausplauderungen erscheinen deshalb zugleich als Ich-Auslöschung, da die Nichtigkeit des provinziellen »Philisters« durch die Unendlichkeit der von ihm zurückgelassenen Handschriften ersetzt wird. Der Bürger Johann Paul Friedrich Richter konnte seiner im Tod 1825 amtlich bescheinigten Non-Existenz interesselos zusehen, weil er seiner Palingenesie als Konstrukt »Jean Paul« vorgearbeitet hat: Während jener sich zum »Wicht« (Nr. 359) im Schatten großer Dichterfürsten verkleinerte, ist diesem alles Pathos der Bescheidenheit fremd. Man verfehlte die Einzigartigkeit dieses erschriebenen Lebens, bahrte man den Nachlaß als etwas Abgeschlossenes im Mausoleum seiner bibliothekarischen Verehrung auf.

*

Das Ideengewimmel dieses Bandes ist folgenden, von Jean Paul betitelten Heftkonvoluten entnommen, die in seinem Nachlaß von der Preußischen Staatsbibliothek aufbewahrt werden:

Ästhetische Untersuchungen 1. 1794
Aesthetik 2. 1800
Ästhetik 3
Dichtungen 1. 1790
Dichtungen 2. 1797
Dichtungen 3. 1819
Einfälle 1. 1782
Einfälle 2. 1785
Einfälle 3. 1790
Einfälle 4. 1796
Gedanken 1. 1799
Gedanken 2. 1802
Gedanken 3. 1803
Gedanken 4. 1805
Gedanken 5. 1806
Gedanken 6. 1809

Gedanken 7. 1810
Gedanken 8. 1812
Gedanken 9. 1814
Gedanken 10. 1817
Gedanken 11. 1819
Gedanken 12. 1824
Merkblätter [1816/17–1821]
Perthes 1. 1810
Perthes 2. 1818
Philosophische Untersuchungen 1. 1790–93
Philosophische Untersuchungen 2. 1749–1801
Philosophische Untersuchungen 3. 1801
Philosophische Untersuchungen 4. 1821
Vita-Buch [1806–1822]

Jean Paul hat diese Hefte jeweils auf dem Umschlag mit Titel und einem Datum versehen, das nur den Beginn seiner Eintragungen festhält. Seiner regelmäßigen Arbeitsweise entsprechend, vermehrte er deren Umfang stetig während der nächsten Jahre, ohne das Abschlußdatum eigens nachzutragen. Unsere unten aufgeführten Stellennachweise zitieren deshalb nur den Umschlagtitel der Handschrift und verzichten auf eine absolute Chronologie.

Jean Pauls Aufzeichnungen weitläufig mit Anmerkungen zu versehen, Parallelstellen in den Werken nachzuweisen, Personen- und Sachkommentare zu geben oder gar die Verbindung mit Texten aus Jean Pauls Exzerptensammlung herzustellen, haben wir, dem Konzept dieser Ausgabe entsprechend, unterlassen. Die von uns gewählte thematische Gruppierung hält sich dagegen getreu an einen Vorschlag des Autors aus den *Merkblättern:* »Wenn je zerstreute Gedanken gesammelt werden sollen: so müssen sie in bestimmte Fälle gebracht werden.«

Hervorhebungen Jean Pauls, zu denen er sich abwechselnd der Unterstreichung oder lateinischer Buchstaben bediente, sind einheitlich in Kursive wiedergegeben. Orthographie und Interpunktion der Handschrift wurden beibehalten. Stillschweigend aufgelöst haben wir dagegen Abkürzungen, die nach der Gewohnheit des 18. Jahrhunderts und vor allem Jean Paulscher Eigenwilligkeit beinahe jedes Wort angreifen. Die Lesbarkeit der Texte mag diesen Bruch unbedingter historischer Treue entschuldigen. In ganz wenigen Fällen haben wir einen Eintrag nur im Ausschnitt zitiert, ganze Sätze allerdings unangetastet gelassen. Wo uns zum besseren

Verständnis die Einfügung eines Wortes hilfreich schien, ist dies durch eckige Klammern ausgewiesen. Spitze Klammern verweisen auf die Eigentümlichkeit Jean Pauls, den so umschlossenen Text als Variante über der Zeile zu notieren und die Wahl zwischen beiden einer späteren Entscheidung vorzubehalten. Nach seinem Tode ist die offene Variante nur noch dem Leser eine.

In den nächsten Jahren erscheinen weitere Bände in der Nachlaß-Abteilung der *Sämtlichen Werke Jean Pauls,* die auch die von uns benutzten Hefte enthalten werden. Es liegen dann vor:

Band 6 *Schriften zur Biographie* (darin enthalten: *Dichtungen, Vita-Buch, Merkblätter*)
Band 7 *Ästhetische, philosophische und politische Untersuchungen (Perthes)*

Band 8 *Gedanken-Hefte*

Band 9 *Bausteine, Erfindungen, Einfälle*

Zu Dank verpflichtet sind wir den Herausgebern der Bände 6 bis 8: Winfried Feifel, Janina Knab und Götz Müller †. Gedankt sei auch Prof. Dr. Tilo Brandis von der Preußischen Staatsbibliothek Berlin und dem Verlag Hermann Böhlaus Nachfolger Weimar.

Stellennachweise

1: Gedanken 1. 1799 • 2–5: Ästhet. Untersuchungen 1. 1794 • 6–8: Dichtungen 2. 1797 • 9: Einfälle 2. 1785 • 10–11: Gedanken 1. 1799 • 12: Gedanken 10. 1817 • 13–18: Gedanken 11. 1819 • 19 bis 24: Gedanken 3. 1803 • 25: Gedanken 4. 1805 • 26–29: Gedanken 5. 1806 • 30–32: Gedanken 6. 1809 • 33–35: Gedanken 7. 1810 • 36–37: Gedanken 8. 1812 • 38–40: Gedanken 9. 1814 • 41: Merkblätter 1816/17 • 42–44: Merkblätter 1818 • 45–47: Merkblätter 1820 • 48–49: Merkblätter 1820/21 • 50: Merkblätter 1821 • 51: Perthes 1. 1810 • 52: Phil. Untersuchungen 1. 1790–93 • 53–54: Vita. 1808 • 55–56: Vita. 1810 • 57: Vita. 1811 • 58–61: Vita. um 1806/07 • 62: Vita. 1807 • 63–66: Vita. 1808 • 67: Vita. 1809 • 68: Vita. 1810 • 69–70: Vita. 1813 • 71: Vita. 1815 • 72: Vita. 1816 • 73: Vita. 1819 • 74: Vita. 1820 • 75–77: Vita. 1821 • 78–85: Vita. um 1806/07 • 86: Ästhet. Untersuchungen 1. 1794 • 87–90: Aesthetik 2. 1800 • 91–100: Ästhet. Untersuchungen 1. 1794 • 101: Ästhetik 3 • 102: Dichtungen 2. 1797 • 103–105: Gedanken 1. 1799 • 106–112: Gedanken 10. 1817 • 113–117: Gedanken 11. 1819 • 118: Gedanken 12. 1824 • 119–120: Gedanken 2. 1802 • 121: Gedanken 5. 1806 • 122–124: Gedanken 7. 1810 • 125–127: Gedanken 8. 1812 • 128–130 Gedanken 9. 1814 • 131: Merkblätter 1818 • 132–139: Merkblätter 1820 • 140: Merkblätter 1820/21 • 141: Perthes 2. 1818 • 142: Vita. 1816 • 143: Vita. 1808 • 144: Vita. 1819 • 145: Vita. 1821 • 146: Aesthetik 2. 1800 • 147–149: Ästhet. Untersuchungen 1. 1794 • 150: Einfälle 1. 1782 • 151: Einfälle 2. 1785 • 152–154: Gedanken 1. 1799 • 155–156: Gedanken 11. 1819 • 157–160: Gedanken 2. 1802 • 161–162: Gedanken 3. 1803 • 163–165: Gedanken 7. 1810 • 166: Gedanken 8. 1812 • 167: Merkblätter 1820 • 168: Gedanken 1. 1799 • 169–174: Ästhet. Untersuchungen 1. 1794 • 175: Dichtungen 2. 1797 • 176: Einfälle 1. 1782 • 177–180: Gedanken 1. 1799 • 181: Gedanken 10. 1817 • 182–184: Gedanken 11. 1819 • 185: Gedanken 2. 1802 • 186–188: Gedanken 3. 1803 • 189: Gedanken 5. 1806 • 190–192: Gedanken 6. 1809 • 193: Gedanken 7. 1810 • 194–195: Gedanken 8. 1812 • 196–199: Gedanken 9. 1814 • 200: Merkblätter 1818 • 201: Merkblätter 1821 • 202: Vita. 1820 • 203: Vita. um 1806/07 • 204: Merkblätter 1820 • 205–212: Ästhet. Untersuchungen 1. 1794 • 213: Ästhetik 3 • 214–215: Dichtungen 2. 1797 • 216: Einfälle 1. 1782 • 217–218: Einfälle 2. 1785 • 219–223: Gedanken 1. 1799 • 224–228: Gedanken 10. 1817 • 229–230: Gedanken 11. 1819 • 231: Gedanken 2. 1802 • 232–236: Gedanken 3. 1803 • 237: Gedanken 5. 1806 • 238–239: Gedanken 8. 1812 • 240: Gedanken 9. 1814 • 241–243: Merkblätter 1818 • 244–246: Merkblätter 1820 • 247: Perthes 2. 1818 • 248: Vita. um 1806/07 • 249: Vita. 1809 • 250:

Vita. 1822 • 251: Gedanken 5. 1806 • 252–283: Ästhet. Untersuchungen 1. 1794 • 284–286: Aesthetik 2. 1800 • 287–288: Ästhetik 3 • 289–296: Dichtungen 2. 1797 • 297–302: Einfälle 1. 1782 • 303–304: Gedanken 1. 1799 • 305–306: Gedanken 10. 1817 • 307 bis 309: Gedanken 11. 1819 • 310–321: Gedanken 2. 1802 • 322 bis 329: Gedanken 3. 1803 • 330–331: Gedanken 4. 1805 • 332–340: Gedanken 5. 1806 • 341–343: Gedanken 6. 1809 • 344–345: Gedanken 7. 1810 • 346–352: Gedanken 8. 1812 • 353: Gedanken 9. 1814 • 354: Merkblätter 1821 • 355–357: Phil. Untersuchungen 2. 1794–1801 • 358: Phil. Untersuchungen 3. 1801 • 359: Merkblätter 1818 • 360: Vita. 1816 • 361–363: Dichtungen 2. 1797 • 364: Einfälle 3. 1790 • 365: Einfälle 4. 1796 • 366–368: Gedanken 1. 1799 • 369–370: Gedanken 10. 1817 • 371–374: Gedanken 11. 1819 • 375–379: Gedanken 2. 1802 • 380–381: Gedanken 3. 1803 • 382 bis 386: Gedanken 4. 1805 • 387–392: Gedanken 5. 1806 • 393–398: Gedanken 6. 1809 • 399–402: Gedanken 7. 1810 • 403–415: Gedanken 8. 1812 • 416–422: Gedanken 9. 1814 • 423–425: Merkblätter 1818 • 426: Merkblätter 1819 • 427–434: Merkblätter 1820 • 435: Merkblätter 1820/21 • 436–437: Merkblätter 1821 • 438: Phil. Untersuchungen 3. 1801 • 439: Vita. 1806 • 440: Vita. 1807 • 441: Vita. 1813 • 442: Vita 1820 • 443: Vita. 1821 • 444 bis 451: Vita. um 1806/07 • 452–454: Vita. 1807 • 455–463: Vita. 1808 • 464: Vita. 1810 • 465: Vita. 1811 • 466: Vita. 1812 • 467: Vita. 1815 • 468: Vita. 1816 • 469–470: Vita. 1817 • 471: Vita. 1818 • 472–473: Vita. 1820 • 474: Vita. 1822 • 475–485: Vita. um 1806/07 • 486: Gedanken 4. 1805 • 487: Dichtungen 2. 1797 • 488–496: Einfälle 1. 1782 • 497–505: Einfälle 2. 1785 • 506: Einfälle 3. 1790 • 507–508: Einfälle 4. 1796 • 509–510: Gedanken 1. 1799 • 511: Gedanken 10. 1817 • 512: Gedanken 12. 1824 • 513 bis 515: Gedanken 2. 1802 • 516: Vita. um 1806/07 • 517: Gedanken 2. 1802 • 518–521: Gedanken 3. 1803 • 522–524: Gedanken 4. 1805 • 525–530: Gedanken 5. 1806 • 531: Gedanken 6. 1809 • 532–534: Gedanken 7. 1810 • 535–536: Gedanken 8. 1812 • 537: Merkblätter 1818 • 538: Merkblätter 1819 • 539–545: Merkblätter 1820 • 546: Merkblätter 1820/21 • 547: Merkblätter 1821 • 548 bis 549: Vita. 1821 • 550: Vita. 1808 • 551: Einfälle 4. 1796 • 552 bis 554: Gedanken 1. 1799 • 555: Gedanken 10. 1817 • 556–558: Gedanken 11. 1819 • 559: Gedanken 2. 1802 • 560–562: Gedanken 3. 1803 • 563–568: Gedanken 4. 1805 • 569–572: Gedanken 5. 1806 • 573–575: Gedanken 7. 1810 • 576: Gedanken 8. 1812 • 577–578: Gedanken 9. 1814 • 579–582: Merkblätter 1820 • 583 bis 584: Vita. 1806 • 585: Vita. 1808 • 586: Vita. 1809 • 587: Vita. 1820 • 588–590: Vita. um 1806/07 • 591: Einfälle 2. 1785 • 592 bis 595: Dichtungen 1. 1790 • 596–597: Dichtungen 2. 1797 • 598: Dichtungen 3. 1819 • 599: Einfälle 1. 1782 • 600–602: Einfälle 2. 1785 • 603: Gedanken 10. 1817 • 604: Gedanken 5. 1806 • 605: Gedanken 9. 1814 • 606: Merkblätter 1819 • 607: Merkblätter 1820 • 608–612: Phil. Untersuchungen 3. 1801 • 613: Phil. Untersuchungen 4. 1821 • 614: Vita. 1810 • 615–616: Vita. um 1806/07 • 617–618: Vita. 1806 • 619–624: Vita. 1807 • 625–626: Vita. 1808 • 627–628: Vita. 1811 • 629: Vita. 1812 • 630: Vita. 1816 • 631: Vita. 1818 • 632: Vita. 1819 • 633: Vita. 1820 • 634–635: Vita. um 1806/07 • 636–637: Ästhet. Untersuchungen 1. 1794 • 638–642: Dichtungen 2. 1797 • 643–647: Gedanken 1. 1799 • 648–649: Gedanken 11. 1819 • 650–651: Gedanken 2. 1802 • 652–656: Gedanken 3. 1803 • 657–660: Gedanken 4. 1805 • 661–662: Gedanken 5. 1806 • 663–664: Gedanken 8. 1812 • 665–666: Gedanken 9. 1814 • 667: Merkblätter 1816/17 • 668: Merkblätter 1818 • 669–671: Merkblätter 1820 • 672–673: Merkblätter 1821 • 674 bis 676: Vita. 1808 • 677: Vita. 1810 • 678: Vita. 1813 • 679: Gedanken 1. 1799 • 680–682: Dichtungen 2. 1797 • 683: Einfälle 1. 1782 • 684: Einfälle 2. 1785 • 685–688: Gedanken 1. 1799 • 689–690: Gedanken 10. 1817 • 691–692: Gedanken 11. 1819 • 693: Gedanken 2. 1802 • 694–701: Gedanken 3. 1803 • 702–703: Gedanken 4. 1805 • 704–705: Gedanken 5. 1806 • 706–708: Gedanken 6. 1809 • 709–710: Gedanken 7. 1810 • 711–712: Gedanken 8. 1812 • 713 bis 714: Gedanken 9. 1814 • 715–716: Merkblätter 1820 • 717: Merkblätter 1820/21 • 718: Merkblätter 1821 • 719: Phil. Untersuchungen 1. 1790–93 • 720: Phil. Untersuchungen 2. 1794–1801 • 721: Phil. Untersuchungen 3. 1801 • 722: Gedanken 3. 1803 • 723: Dichtungen 1. 1790 • 724–731: Dichtungen 2. 1797 • 732–733: Dichtungen 3. 1819 • 734–735: Einfälle 1. 1782 • 736–746: Gedanken 1. 1799 • 747–750: Gedanken 10. 1817 • 751–761: Gedanken 11. 1819 • 762: Gedanken 12. 1824 • 763–768: Gedanken 2. 1802 • 769–783: Gedanken 3. 1803 • 784–786: Gedanken 4. 1805 • 787–792: Gedanken 5. 1806 • 793: Gedanken 6. 1809 • 794–796: Gedanken 8. 1812 • 797–798: Gedanken 9. 1814 • 799–802: Merkblätter 1816/17 • 803–806: Merkblätter 1818 • 807–809: Merkblätter 1819 • 810–815: Merkblätter 1820 • 816: Merkblätter 1820/21 • 817: Merkblätter 1821 • 818: Perthes 1. 1810 • 819–821: Phil. Untersuchungen 3. 1801 • 822: Phil. Untersuchungen 4. 1821 • 823: Gedanken 10. 1817 • 824: Ästhet. Untersuchungen 1. 1794 • 825: Dichtungen 2. 1797 • 826–828: Gedanken 10. 1817 • 829–831: Gedanken 11. 1819 • 832–834: Gedanken 2. 1802 • 835: Gedanken 3. 1803 • 836: Gedanken 4. 1805 • 837–838: Gedanken 5. 1806 • 839–841: Gedanken 7. 1810 • 842–844: Gedanken 8. 1812 • 845–848: Gedanken 9. 1814 • 849: Merkblätter 1816/17 • 850: Merkblätter 1820 • 851: Perthes 1. 1810 • 852: Perthes 2. 1818 • 853: Phil. Untersuchungen 1. 1790–93 • 854: Gedanken 8. 1812 • 855–856: Dichtungen 2. 1797 • 857–859: Einfälle 1. 1782 • 860–863: Einfälle 2. 1785 • 864–866: Einfälle 3. 1790 • 867–869: Einfälle 4. 1796 • 870–872: Gedanken 1. 1799 • 873–874: Gedanken 10. 1817 • 875–880: Gedanken 3. 1803 • 881: Gedanken 4. 1805 • 882–892: Gedanken 5. 1806 • 893–896: Gedanken 6. 1809 • 897–899: Gedanken 7. 1810 • 900–908: Gedanken 8. 1812 • 909–911: Gedanken 9. 1814 • 912: Merkblätter 1816/17 •

913: Merkblätter 1818 • 914–917: Merkblätter 1819 • 918–925: Merkblätter 1820 • 926–954: Perthes 1. 1810 • 955–958: Perthes 2. 1818 • 959: Phil. Untersuchungen 1. 1790–93 • 960–961: Phil. Untersuchungen 2. 1794–1801 • 962: Vita. 1820 • 963: Gedanken 5. 1806 • 964–965: Dichtungen 1. 1790 • 966–980: Dichtungen 2. 1797 • 981: Dichtungen 3. 1819 • 982–983: Einfälle 1. 1782 • 984 bis 985: Einfälle 2. 1785 • 986–991 Gedanken 1. 1799 • 992–995: Gedanken 10. 1817 • 996–1001: Gedanken 11. 1819 • 1002–1007: Gedanken 2. 1802 • 1008–1010: Gedanken 3. 1803 • 1011: Gedanken 4. 1805 • 1012–1014: Gedanken 5. 1806 • 1015: Gedanken 6. 1809 • 1016: Gedanken 7. 1810 • 1017–1019: Gedanken 8. 1812 • 1020–1024: Gedanken 9. 1814 • 1025–1027: Merkblätter 1818 • 1028–1029: Merkblätter 1820 • 1030–1032: Phil. Untersuchungen 2. 1794–1801 • 1033–1039: Phil. Untersuchungen 3. 1801 • 1040: Phil. Untersuchungen 4. 1821 • 1041: Gedanken 8. 1812 • 1042: Dichtungen 2. 1797 • 1043: Einfälle 1. 1782 • 1044: Gedanken 1. 1799 • 1045–1047: Gedanken 2. 1802 • 1048–1050: Gedanken 3. 1803 • 1051–1053: Gedanken 4. 1805 • 1054–1062: Gedanken 5. 1806 • 1063: Gedanken 6. 1809 • 1064–1066: Gedanken 8. 1812 • 1067–1070: Gedanken 9. 1814 • 1071: Gedanken 10. 1817 • 1072: Merkblätter 1818 • 1073: Merkblätter 1819 • 1074 bis 1081: Merkblätter 1820 • 1082: Merkblätter 1821 • 1083: Phil. Untersuchungen 4. 1821 • 1084: Vita. 1808 • 1085: Vita. 1810 • 1086: Vita. um 1806/07 • 1087: Gedanken 1. 1799 • 1088–1090: Dichtungen 1. 1790 • 1091–1095: Dichtungen 2. 1797 • 1096: Einfälle 1. 1782 • 1097–1104: Einfälle 2. 1785 • 1105: Einfälle 4. 1796 • 1106–1116: Gedanken 1. 1799 • 1117–1119: Gedanken 10. 1817 • 1120–1122: Gedanken 11. 1819 • 1123–1128: Gedanken 2. 1802 • 1129–1134: Gedanken 3. 1803 • 1135–1137: Gedanken 4. 1805 • 1138–1151: Gedanken 5. 1806 • 1152–1157: Gedanken 6. 1812 • 1165–1170: Gedanken 9. 1814 • 1171–1178: Merkblätter 1816/17 • 1179–1184: Merkblätter 1818 • 1185: Merkblätter 1819 • 1186–1195: Merkblätter 1820 • 1196–1198: Merkblätter 1820/21 • 1199: Merkblätter 1821 • 1200: Phil. Untersuchungen 1. 1790–93 • 1201: Phil. Untersuchungen 2. 1794–1801 • 1202: Vita. 1813 • 1203: Vita. 1820 • 1204: Gedanken 3. 1803 • 1205–1207: Dichtungen 1. 1790 • 1208–1212: Dichtungen 2. 1797 • 1213–1218: Einfälle 1. 1782 • 1219: Einfälle 2. 1785 • 1220–1221: Gedanken 1. 1799 • 1222–1223: Gedanken 10. 1817 • 1224: Gedanken 11. 1819 • 1225–1227: Gedanken 2. 1802 • 1228–1231: Gedanken 3. 1803 • 1232: Gedanken 4. 1805 • 1233–1234: Gedanken 5. 1806 • 1235–1236: Gedanken 7. 1810 • 1237: Gedanken 8. 1812 • 1238: Merkblätter 1816/17 • 1239–1243: Merkblätter 1818 • 1244–1246: Merkblätter 1819 • 1247–1260: Merkblätter 1820 • 1261–1262: Merkblätter 1820/21 • 1263: Merkblätter 1821 • 1264: Perthes 2. 1818 • 1265–1266: Phil. Untersuchungen 3. 1801 • 1267: Phil. Untersuchungen 4. 1821 • 1268: Vita. 1807 • 1269: Vita. 1814 • 1270: Gedanken 1. 1799 • 1271: Dichtungen 1. 1790 •

1272–1273: Einfälle 1. 1782 • 1274: Einfälle 4. 1796 • 1275: Gedanken 10. 1817 • 1276–1277: Gedanken 11. 1819 • 1278–1279: Gedanken 12. 1824 • 1280: Gedanken 2. 1802 • 1281–1282: Gedanken 4. 1805 • 1283: Gedanken 5. 1806 • 1284: Gedanken 8. 1812 • 1285–1287: Merkblätter 1816/17 • 1288: Merkblätter 1818 • 1289–1290: Merkblätter 1820 • 1291–1294: Merkblätter 1820/21 • 1295: Phil. Untersuchungen 1. 1790–93 • 1296: Phil. Untersuchungen 2. 1794–1801 • 1297–1307: Phil. Untersuchungen 3. 1801 • 1308–1309: Vita. um 1806/07 • 1310–1315: Dichtungen 2. 1797 • 1316–1317: Dichtungen 3. 1819 • 1318: Einfälle 4. 1796 • 1319: Gedanken 10. 1817 • 1320: Gedanken 2. 1802 • 1321: Gedanken 3. 1803 • 1322: Gedanken 4. 1805 • 1323: Gedanken 8. 1812 • 1324: Merkblätter 1816/17 • 1325–1332: Merkblätter 1820 • 1333: Merkblätter 1821 • 1334: Vita. 1806 • 1335: Merkblätter 1818 • 1336: Aesthetik 2. 1800 • 1337: Ästhet. Untersuchungen 1. 1794 • 1338–1339: Dichtungen 1. 1790 • 1340–1364: Dichtungen 2. 1797 • 1365–1368: Dichtungen 3. 1819 • 1369: Einfälle 4. 1796 • 1370–1374: Gedanken 1. 1799 • 1375: Gedanken 10. 1817 • 1376: Gedanken 11. 1819 • 1377–1380: Gedanken 3. 1803 • 1381–1382: Gedanken 5. 1806 • 1383: Gedanken 6. 1809 • 1384: Gedanken 8. 1812 • 1385: Gedanken 9. 1814 • 1386: Merkblätter 1819 • 1387–1398: Merkblätter 1820 • 1399: Phil. Untersuchungen 1. 1790–93 • 1400: Phil. Untersuchungen 2. 1794–1801 • 1401–1403: Phil. Untersuchungen 3. 1801 • 1404: Vita. um 1806/07 • 1405–1406: Vita. 1819 • 1407–1408: Vita. 1821 • 1409: Vita. um 1806/07 • 1410–1412: Dichtungen 1. 1790 • 1413–1419: Dichtungen 2. 1797 • 1420–1421: Einfälle 1. 1782 • 1422–1424: Einfälle 2. 1785 • 1425: Gedanken 1. 1799 • 1426: Gedanken 10. 1817 • 1427–1430: Gedanken 11. 1819 • 1431–1432: Gedanken 3. 1803 • 1433–1434: Gedanken 5. 1806 • 1435–1436: Gedanken 7. 1810 • 1437–1440: Gedanken 8. 1812 • 1441–1444: Gedanken 9. 1814 • 1445–1446: Merkblätter 1818 • 1447–1451: Merkblätter 1820 • 1452: Vita. 1808 • 1453: Merkblätter 1818 • 1454–1456: Dichtungen 1. 1790 • 1457–1464: Dichtungen 2. 1797 • 1465–1466: Dichtungen 3. 1819 • 1467: Einfälle 2. 1785 • 1468: Merkblätter 1820 • 1469: Phil. Untersuchungen 1. 1790–93 • 1470–1518: Einfälle 1. 1782 • 1519–1562: Einfälle 2. 1785 • 1563: Einfälle 3. 1790 • 1564–1577: Einfälle 4. 1796 • 1578–1580: Gedanken 1. 1799 • 1581: Gedanken 10. 1817 • 1582–1587: Gedanken 11. 1819 • 1588–1589: Gedanken 2. 1802 • 1590: Gedanken 3. 1803 • 1591–1595: Gedanken 4. 1805 • 1596–1598: Gedanken 5. 1806 • 1599: Gedanken 6. 1809 • 1600–1602: Gedanken 7. 1810 • 1603: Gedanken 9. 1814 • 1604–1605: Merkblätter 1818 • 1606–1607: Perthes 1. 1810 • 1608: Dichtungen 2. 1797 • 1609–1622: Dichtungen 1. 1790 • 1623–1665: Dichtungen 2. 1797 • 1666–1667: Dichtungen 3. 1819.

Jean Pauls IDEEN-GEWIMMEL, eine Sammlung von unveröffentlichten Aufzeichnungen aus dem Nachlaß von J.P.F. Richter, ist im März 1996 als einhundertfünfunddreißigster Band der ANDEREN BIBLIOTHEK im Eichborn Verlag, Frankfurt am Main, erschienen.

Thomas Wirtz und Kurt Wölfel haben die Texte dieses Bandes aus einem Bestand von etwa vierzigtausend Blättern ausgewählt; sie haben auch die Einführung und die editorischen Nachbemerkungen beigesteuert.

Das Lektorat lag in den Händen von Ulrike Streubel.

Dieses Buch wurde in der Buchdruckerei Greno in Nördlingen aus der Korpus Sabon Monotype gesetzt und auf einer Condor-Schnellpresse gedruckt. Das holz- und säurefreie mattgeglättete 100g/qm Bücherpapier stammt aus der Papierfabrik Niefern. Den Einband besorgte die Buchbinderei G. Lachenmaier in Reutlingen.

1. bis 11. Tausend, März 1996. Einmalige, limitierte Ausgabe im Buchdruck vom Bleisatz.

ISBN 3-8218-4135-4. Printed in Germany.

Von jedem Band der ANDEREN BIBLIOTHEK gibt es eine Vorzugsausgabe mit den Nummern 1–999.